문학과 문학사상

文學과 文學思想

金仁煥 著

한국학술정보[주]

머 리 말

나는 이해받으려고 글을 쓰지 않는다. 사람과 세상을 이해하고 싶어서 글을 쓴다.

지금까지 나는 우리 시대를 해석하는 온당한 길을 찾아 방황해 왔다. 글을 다듬고 생각을 매만지는 일에 마음을 쓰지 못하고 쉬지 않고 낯선 곳으로, 낯선 곳으로 나아가면서 시간을 소모하고 정신을 피로하게 하였다.

마음속에 현실의 윤곽이 희미하게나마 붙잡히는 듯한 느낌을 지니게 되어 발표했던 글들을 모아보았다. 흐트러진 상념의 조각들이 부끄럽게 여겨지기도 하지만, 그것들을 묶어 주는 방향성을 스스로 간파할 수 있음에 용기를 얻었다.

앞으로 이 책의 내용을 공고하게 다지고, 생활에서 실천하는 데에 정성을 바치겠다.

1977년 9월 1일

이 책을 처음 쓴 지 30년이 지났다. 그때 이후로 많은 물이 다리 아래로 흘러갔다. 책을 다시 낼 수 있는 기회를 나는 즐겁게 받아들였다.

2005년 12월 11일

金 仁 煥

차 례

I. 조선시대 후기 문학

1. 용담유사의 내용분석

　『용담유사(龍潭遺詞)』의 내용에 대해서는 두 가지 상반된 해석이 입론되어 왔다. 그 하나는, 용담유사의 내용은 유불선무(儒佛仙巫)의 복합체로서 새로운 사상을 포함하고 있지 못하다는 주장이며, 그 다른 하나는, 용담유사의 내용이야말로 파천황(破天荒)의 독창을 함축하고 있다는 생각이다.

　이러한 두 가지 연구의 태도는 용담유사에 대해서만이 아니라 국학 연구의 모든 영역에 두루 나타나는 태도이니, 전자를 종합주의, 후자를 이변주의라고 명명할 수 있다. 대체로 종합은 바람직한 것이나, 아무러한 대상이든지 가리지 않고 잡동사니를 만들고 마는 태도는 그 논리의 결여를 지적하지 않을 수 없다. 또 대상에서 가치를 발견하고 해석하는 일이 국학 연구의 중요한 방향이기는 하더라도, 그 대상을 이변으로 내세우는 태도에는 오히려 그 주관주의를 탓하지 않을 수 없다. 모든 사회현상에는 반드시 역사적인 원인이 깃들어 있으며, 세상에는 이변이란 없다고 생각하는 것이 차라리 더욱 마땅한 국학 연구의 방법론이 될는지 모른다.1)

1

용담유사에는 선교(仙敎)와 무격(巫覡)의 내용이 없다. 무위이화(無爲而化)와 지상신선(地上神仙)이라는 어휘가 보이기는 하나, 이러한 어휘가 곧 그 사상내용을 지적하는 것은 아니다. 노래를 해석할 때는 반드시 사상을 표현하는 데 중요한 구실을 하는 말과 단순한 장식으로 사용된 말을 구별하여야 하는데, 위의 어휘들은 다 장식으로 사용된 것이다.

夢에 우의편천 일도사가
효유해서 하는 말이
萬壑千峯 첩첩하고
人跡이 寂寂한데
잠자기는 무슨 일고
수신제가 아니하고
遍踏강산 하단말가

（夢中老少問答歌）

용담유사에 나오는 선가 어휘의 본질을 이 노래처럼 잘 드러내는 것은 없다. 분명히 도사란 말이 씌어 있으되, 내용은 유교이다.
용담유사에는 무격의 영향은커녕 무격에 대한 강렬한 부정이 표현되어 있다.

漢나라 巫瞽事가
我東方 전해 와서
집집이 위한 것이
名色마다 잡신일세

（道德歌）

---

1) 이 글의 대본으로는 李敦化가 지은 『天道敎創建史』－天道敎 中央宗理院, 1933, 景仁文化社, 1970년 影印本 제1편 附錄을 택하였다.

라고 하여 무당과 판수가 중국에서 옮아온 것이라고 노래하기도 하고, 「몽중노소문답가」에서는 망진자(亡秦者)는 호야(胡也)라고 한 녹도(錄圖)를 믿고 허축방호(虛築防胡)하다가 3세 망국(三世亡國)한 진나라 고사를 끌어 복점의 허망함을 경계하기도 한다.

2

용담유사에 가장 많이 눈에 띄는 구절들은 유가류의 그것이다. 수신제가와 가도화순(家道和順)은 누구나 힘써야 할 일이며, 충성과 효성을 포함하는 삼강오륜은 모든 사람이 따라야 할 길이 된다.

최제우의 생각이 어떠한 데에 힘을 기울였던가를 쉽사리 파악할 수 있는 노래에 「교훈가」가 있다. 대개 사람들은 남들 앞에서는 명분을 논하고 큰소리를 서슴지 않으나, 자여질(子與姪)에 대할 경우에는 가장 조심스러워 행여나 그릇될까 염려하는 법이다. 그러므로 자질에게 타이르는 내용으로 된 이 「교훈가」는 곧 최제우의 실다운 생각이라고 보아도 좋을 듯하다. 그런데 그 내용은 역시 안빈낙도한 이후에 수신제가하는 일이며, 어진 이를 본받아 가정지업(家庭之業)을 지키는 일이다. 이 노래 속에 최제우가 훌륭한 사람의 생활로서 그리고 있는 모습은,

> 人物待接하는 거동
> 세상사람 아닌듯고
> 처자에게 하는 거동
> 仁愛之情 지극하니

라고 하여, 이웃과 부드럽게 사귀고 처자와 정겹게 사는 것에 지나지 않는다.

용담유사의 거의 모든 노래에 의기·공경·염치 등의 어휘가 보이고, 「도

덕가」와 같은 노래는 곧장 명명덕(明明德), 지어지선(止於至善) 또는 천명지
위성(天命之謂性), 솔성지위도(率性之謂道) 등 『대학』과 『중용』의 인용
을 보여주기도 한다.

이렇게 볼 때에 최제우의 천도가 밝은 덕을 휘황하게 빛내어 지극히 착한
데에 머물고, 하늘이 분부한 사람의 본성을 따르는 길과 다른 것이 아님을
알 수 있다. 이것은 최제우 자신이 스스로 공자에 연원을 대고 있음으로 이
루어 보아도 분명하다.

> 自古성현 문도들은
> 百家詩書 외어내어
> 淵源道統 지켜내서
> 공부자 어진 도덕
> 가장 더욱 밝혀내어
> 천추에 전해 주니
> 그 아니 기쁠소냐
>
> (道修詞)

더욱, 귀신을 노래한 부분을 살펴보면, 용담유사의 내용이 유교에 뿌리박
고 있는 것을 잘 알 수 있으니,

> 천지 역시 귀신이요
> 귀신 역시 음양인 줄
> 이같이 몰랐으니
> 經傳 살펴 무엇하며
>
> (道德歌)

라는 대목에서 천지와 음양으로 귀신을 풀이한 것은 무격과는 전혀 관계없
는 주희의 해석이다.

귀신의 덕됨은 위대하다. 사람의 눈에 보이지 않고 귀에 들리지도 않는 것이 귀신이지만, 귀신은 만물의 본체가 되어 있는 것이므로 버릴 수 없다.[2]

이 말을 해석하는데 주희는 두 사람의 견해를 빌었다. 귀신이란 것은 2기의 양능(良能)이다. 2기로 말하면 귀(鬼)라는 것은 음의 영(靈)이고, 신(神)이라는 것은 양의 능(能)이다. 1기로 말하면 이르러 신장하는 것이 신이 되고, 돌이켜 돌아가는 것이 귀가 되니, 기실은 같은 것이라는 해석은 장재(張載)의 말을 이끈 것이며, 귀신이란 천지의 공용(功用)이며, 조화의 자취라고 해석한 것은 정호(程顥)의 말을 이끈 것이다. 용담유사는 곧 주희의 계통을 잇고 있다.

용담유사를 읽을 때에 더욱 깊이 고심하지 않으면 안 될 말은 '천리'와 '기운'이라고 생각된다. 이 말은 성리학의 이와 기를 우리말로 풀어놓은 것인데, 천리 이외에 '투리(透理)'와 '순리(順理)'라는 말도 간혹 보인다.

僅保家聲 사십평생
布衣寒士뿐이라도
天理야 모를소냐
사람의 手足動靜
이는 역시 귀신이요
善惡間 마음用事
이는 역시 기운이요
말하고 웃는 것은
이는 역시 造化로세

　　　　　(道德歌)

그러면 용담유사가 성리학의 내용과 맥락을 함께 할 수 있는 이유는 어디에 있는가? 주리파의 문하에서 나와 철저한 주기론자가 된 임성주(任聖周)

---

2) 鬼神之爲德 其盛矣乎 視之而不見 聽之而弗聞 體物而不可遺. 中庸章句 第16章.

와 주기파의 문하에서 나와 철저한 주리론자가 된 기정진(奇正鎭)이 우이 (牛耳)를 잡고 있던 19세기의 사상계에 최제우가 어떠한 교분을 대고 있었던 것 같지는 않다.

그 이유는 최제우의 가계에서 찾아보는 것이 타당하다고 생각된다. 그 아버지 최옥의 스승 이상원(李象遠)은 퇴계학의 정통 후계자로 알려진 이상정(李象靖)의 지친이었다. 『근암집(近菴集)』 권5에는 「퇴계선생언행록발(退溪先生言行錄跋)」이라 제한 글이 있고, 권6 행장에는 다음과 같은 말이 적혀 있다.

> 글읽기를 즐겨 심한 병이 아니면 손에서 책을 떼지 않았다. 제자백가를 널리 공부하여 通曉하였는데, 특히 성리학에 관한 글을 힘써 읽었다.

대체로 이황의 사상은 궁리(窮理)와 천리(踐理)라는 두 낱말로 요약된다. 이(理)는 천지 사이에 나타나 있지 않은 곳이 없다. 위에서 솔개가 하늘로 나는 것도 이치요, 아래서 고기가 못에서 뛰는 것도 이치다. 이치는 평범하고 명백하게 눈앞에 드러나 있는 것이다. 이치는 만물의 각기 그러한 까닭이며, 마땅히 그러해야 하는 원칙이다. 이치는 진실하고 무망(無妄)한 만큼 천하에 이치보다 실한 것이 없고, 무성무취(無聲無臭)한 만큼 이치보다 허한 것이 없다. 이치는 극존무대(極尊無對)하여 사물을 분부하되 사물에게 분부를 받지 아니하고, 기가 이겨낼 수 없는 것이다. 이치는 기운의 주재요, 기운은 이치의 재료다. 이치와 기운은 본래 분별이 있는 것이나 형식 사물에서는 뒤섞이어 쪼개어 나눌 수 없다.

이러한 내용을 현대적 용어로 바꾸면, 이치는 형식이요, 기운은 그 형식에 따라서 현상을 구성하는 재료라고 하겠으나, 이황은 이러한 내용을 철저하게 심학으로 전개하였다.

원래 이치란 말은 유교에서 성, 도, 교(敎), 태극, 천명 등과 서로 통하는 의미인데, 이황은 그것을 본체와 작용으로 나누어 "저 정의(情意)도 조작도 없다고 말하는 것은 이의 본연의 체이고, 발할 수 있고 낳을 수 있다는 것은 이의 지묘한 용(用)이다"[3]라고 했다. 그리고 이러한 이치는 인간의 마음에 갖추어져 있으며, "마음의 이르는 바를 따라서 이의 나타남도 이르지 않는 곳이 없고, 다하지 못하는 바가 없다."[4] 이치에 기운이 따르지 않으면 현상화를 이룰 수 없고, 기운에 이치가 타지 않으면 이욕에 빠져 금수가 된다고 하여, 이황이 4단과 7정을 대립시킨 이유도 이 심학적인 데에 있다. 마음공부에 있어서는 4단을 7정에 대립시켜 더욱 강조하지 않을 수 없는 것이다.

이황이 천리(踐理)라고 한 말 속에는 퍽이나 다양한 의미가 포함되어 있다.[5] 그러나 그 의미의 핵심은 '경(敬)' 자에 있다. 중용에서 "참됨은 하늘의 길이요, 참되게 함은 사람의 길"이라 함을 받아서 이황은 "하늘에 있어서는 참됨이라고 하고, 사람에 있어서는 공경이라고 한다"[6]고 밝혔다. 진실로 공경을 지니는 방법을 체득하면 이치가 밝아지고 마음이 정하여져서 이것으로 사물의 이치를 다하면 사물이 나의 거울을 피할 수 없고, 이것으로 일에 응하면 일이 마음의 누가 될 수 없다는 것이다. 이황이 말하는 거경(居敬)이 어떠한 것인가를 쉽게 파악할 수 있는 대목이 있다.

어찌 한 가지 소견이 있다고 하여 급히 자기의 뜻을 붙잡고, 타인의 한 마디 비난도 용납하지 아니할 것인가? 또 어찌 성현의 말씀이 자기와 같으면 곧 취하고, 자기와 같지 아니하면, 혹은 억지로 같게 하고 혹은 배척하여 그르다고 할 수 있겠는가? 진실로 이와 같이 한다면, 비록 당시의 온 천하 사람 가운에 나와 더불어 능히 그 시비를 다룰 만한 자가 없게 한다 하더라도 천만세 후에 성현이 나와 나의 티와 틈을 지적해내고, 나의 숨은 병을 엿보아 깨뜨림이 없으리라고 어찌 생각할 수 있겠는가? 이것이 군자가 힘써서 뜻을 겸손하게 하고 말을 살펴 하며, 정의에 복종하고 선을 따라서 감히 한 때에 한 사람

---

3) 蓋無情意云云 本然之體 能發能生 至妙之用也. 全書上, 889面, 卷 39答李公浩問目.
4) 蓋理雖在物 而用則在心也……隨人心所至 而無所不到 無所不盡. 全書上, 465面. 答奇明彦 別紙.
5) 主於踐理者 養氣在其中 聖賢是也 偏於養氣者 必至於賊性 老莊是也. 全書上, 335面, 卷 12 與朴澤之.
6) 全書上, 294面.

의 계교를 이기려고 하지 않는 이유이다.7)

이렇듯 사람을 공경스럽게 대하는 태도는 그 극에 이르러 하늘을 공경하는 데까지 나아간다. 공경의 확호한 대상은 결국 하늘에서 찾을 수밖에 없다. 이황은 공경을 풀이하여 하늘을 섬기는 일이라고 밝히었다.8)

용담유사가 심학의 전통에 서 있는 것은 "심학이라 하였으니 불망기의하여 서라〔교훈가〕"하고 노래하는 데에서 엿볼 수 있으며,

> 道成德立하는 법은
> 한 가지는 정성이요
> 한 가지는 사람이라
> (敎訓歌)

라고 하여 도가 사람의 정성, 다시 말하여 사람의 마음에 달려 있음을 밝히는 데에 이르러 더욱 분명하게 된다. 여기서 도란 이치와 다른 것이 아님에 또한 주의하여야 한다.

용담유사는 그 바탕의 하나를 심학에 두고 있을 뿐 아니라 심학의 핵심이라고 할 만한 거경을 또한 보배롭게 존중한다.

A. 남의 제자되는 법은
百年結義하온 후에

---

7) 何能一有所見 遽執己意 不容他人一喙耶 又何得於聖賢之言 同於己者 則取之 不同於己者 則或强之以爲同 或斥之以爲非耶 苟如此 雖使當時擧天下之人 無能與我抗其是非者 千萬世之下 安知不有聖賢者出 指出我瑕隙 覿破我隱病乎 此君子之所以汲汲然 遜志察言 服義從善 而不敢爲一時薪勝一人計也. 全書上, 423面. 卷16 答奇明彦. 論四端七情 第二書.

8) 朱子曰……觀其推親親之厚 以大無我之公 因事親之誠 以明事天之道 蓋無適而非所謂分立而推理一也. 全書上, 200面. 卷7 經筵講義.
　　以上의 全書面數는 모두 1958년에 成均館大學校 大東文化研究院에서 影印한 책에 의거하였다.

恭敬히 받은 문자
毫末인들 변할소냐
　　　　(道修詞)

B. 仁義禮智 지켜두고
　君子말씀 본받아서
　誠敬二字 지켜내어
　先王고례 잃잖으니
　　　　(道德歌)

　이 외에도 '성지우성(誠之又誠) 공경해서', '성경이자(誠敬二字) 밝혀두
고', '성경이자(誠敬二字) 못 지킬까' 등으로 공경에 해당하는 어휘는 이루
매거할 수 없으리만큼 많다. 궁리(窮理), 천리(踐理), 투리(透理), 순리(順
理)가 모두 이 '경' 한 자에 불과한 만큼 당연한 일이면서 동시에 이황과 최
제우가 같은 자리에 서 있는 사실을 새삼 느끼게 한다.
　용담유사는 과연 이 공경을 매우 종요롭게 여기어 논어의 한 대목을 자상
하게 풀기도 한다.

　학문을 함이 비유하면, 메를 쌓는데 한 삼태기의 흙이 모자라서 마는 것도
제가 마는 것이요, 또 이를테면 저 평지에 첫 삼태기의 흙을 부어 놓고 나아감
도 제가 나아가는 것이니라.9)

아홉길 造山할 때
그 마음 오작할까
당초에 먹은 생각
過不及될까 해서
먹고먹고 다시 먹고
五仞육인 모을 때는

───────────────
9) 譬如爲山 未成一簣止 吾止也 譬如平地 雖覆一簣進 吾往也. 論語, 子罕篇.

보고나니 재미되고
하고나니 성공이라
어서 하자 바삐 하자
그럭그럭 다 해갈 때
이번이나 저번이나
차차차차 풀린 마음
躁躁해서 자조 보고
지질해서 그쳤더니
다른 날 다시 보니
한 소쿠리 더했으면
여한 없이 이를 공을
어찌 이리 不及한고

(興比歌)

흙을 모아 산을 쌓는 정성과 인내로 알뜰하게 나아가면서, 지나치게 하지
도 말고 모자라게 하지도 말며, 흥을 내어 서두르지 말고, 조급해 하다가 게
으르게 되지도 말라는 충고이다. 이것은 헛되이 천착하고, 억지로 탐구하며,
싹의 대궁이를 뽑아 자라는 것을 북돋우려는 행위에 대한 비판이며, 절실한
공경의 내용 그대로이다.

이황이 궁극의 거경으로 사천(事天)에 도달한 바와 마찬가지로 용담유사
도 사천을 노래한다.

대저 인간 草木群生
死生在天 아닐런가
不時風雨 원망해도
臨死呼天 아닐런가
三皇五帝 성현들도
敬天順天 아닐런가
淸薄한 이 세상에

不顧天命하단말가

　　　　　　　(勸學歌)

최제우는 '수인사대천명(道修詞)'이니 '천고정비(天高聽卑)(興比歌)'니 하는 문자를 쓰기도 하나, 결국 '경' 자에 집중되는 것은 이황과 같다.

敬畏之心 고사하고
敬天순리하단말가

　　　　　　　(道德歌)

하늘과 이치가 공경과 통한다는 이러한 사상은 글자 그대로 퇴계 심학의 본질이 된다. 용담유사의 하늘은 이황이 궁리 끝에 얻은 하늘과 결론은 같으나 문맥으로 보아서 훨씬 풍속화된 의미를 함축하고 있음도 느낄 수 있다.

3

용담유사는 하늘을 추상명사인 하느님으로 표현하면서 유교의 내용을 떠난다. 이황은 천(天)이 곧 이(理)라고 하여 하늘을 숨어 있는 원리로 파악한 것인데 ― 그 작용으로는 평범하고 명백한 것이나 그 본체로는 미묘하고 은밀한 것이다 ― 그러나 용담유사의 하느님은 사람과 직접 인격적인 만남을 이룰 수 있는 존재이다. 사람이 하느님을 만나는 체험은 말이나 글로 묘사할 수 없을 만큼 신묘한 것이다.

　A. 天恩이 罔極하여
　　 庚申 사월 초오일에
　　 글로 어찌 기록하며
　　 말로 어찌 形言할까

만고 없는 無極大道
如夢여각 득도로다
                    (龍潭歌)

B. 꿈일런가 잠일런가
   천지가 아득해서
   정신收拾 못할레라
                    (龍潭歌)

C. 아마도 이내 일은
   잠자다가 얻었던가
   꿈꾸다가 받았던가
   측량하지 못할레라
                    (敎訓歌)

　　미묘하고 황홀한, 이러한 체험을 깨달음이라고 부를 수 있다. 그런데 '깨닫는다'는 타동사는 목적어를 필요로 한다. 최제우는 과연 무엇을 깨달은 것일까? 용담유사는 그것을 하느님의 말씀이라고 하여 다음과 같이 노래하고 있다.

하느님 하신 말씀
너도 역시 사람이다
무엇을 알았으며
億兆창생 많은 사람
同歸一體하는 줄을
사십평생 알았던가
                    (敎訓歌)

　　결국 억조창생동귀일체(億兆蒼生同歸一體)라는 8자가 '깨닫는다'란 동사의

목적어이다. 그러면 참치부제(參差不齊)한 억조창생이 어떠한 근거에서 동귀
일체할 수 있을까? 억조창생이 동귀일체할 수 있는 가능성은 무엇에 토대한
것일까? 최제우는 그 근거를 "천의와 인심이 같다〔道德歌〕"는 데에서 찾는다.
하느님의 뜻과 사람의 마음이 같다는 말은 사람의 마음속에 하느님의 뜻이
깃들어 있다는 의미로 해석해야 한다. 다시 말하면 사람의 마음에는 하느님
의 뜻과 합치될 수 있는 가능성이 있다는 의미이다. 그러나 사람의 마음이
언제나 하느님의 뜻과 같다면 세상에는 숱한 모순과 혼란이 있지 않을 것이
다. 사람의 마음은 하느님의 뜻과 같게 될 수 있는 가능성을 지녔지만, 또한
사람은 하느님과 짐승 사이에 위치하여 살고 있다. 이러한 의미에서 하느님
과 곰녀의 관계 아래 전개되는 단군신화의 깊은 암시가 있다.

> 하느님이 뜻을 두면
> 禽獸 같은 세상사람
> 얼풋이 알아내네
>
> (夢中老少問答歌)

용담유사가 가장 힘써서 노래하는 부분은 사람의 마음이 하느님의 뜻과
합치되어 억조창생이 동귀일체되도록 정진하는 그 방법에 있다. 그것은 한
마디로 해서 '하느님을 공경하고〔勸學歌〕', '하느님만 생각하라〔勸學歌〕'는 것
이외에 다른 내용이 아니다. 그 방법은 매우 어려운 과정을 겪어서 이룩되
며, 스스로 원(願)을 내어 스스로 수행하는 길이다.

> 닦아야 도덕이라
> 너희라 무슨 팔자
> 不勞自得하단 말가
> 하염없는 이것들아
> 날로 믿고 그러하냐
> 나는 도시 믿지 말고

하느님만 믿어서라
네 몸에 모셨으니
捨近取遠하단 말가
　　　　　(教訓歌)

이러한 수행의 방법론이 집약된 것이 열석자 주문이다. "하느님을 모시면 조화가 체득되고 하느님을 길이 잊지 않으면 만사가 깨달아집니다"[10]라는 이 주문은 알 수 없는 의미가 전혀 포함되어 있지 않은 일종의 잠언 또는 기도문이며, 하느님을 모시는 일에 정진하도록 하기 위하여 그 내용을 문장으로 고정시킨 것이다. 하느님을 중심으로 조화와 만사가 짝이 된다. 조화가 이치라면 만사는 기운이며, 조화가 일(一)이라면 만사는 다(多)이며, 조화가 지(止)라면 만사는 관(觀)으로서 은밀한 변증법을 이루고 있는 것이다. 용담유사는 이 열석자를 높이어 다른 모든 일의 위에다 놓았다.

열석자 지극하면
萬卷詩書 무엇하며
心學이라 하였으니
不忘其意하여서라
　　　　　(教訓歌)

깨달음을 이룬 이후에는 모든 지식이 사람을 살리는 약이 되지만, 깨달음이 없는 지식 자체는 자사(自私)·용지(用智)라 하여 헛된 것을 천착하는 데 그치기 쉽다고 보는 것이 동양학의 공통된 입장이다.

이상의 내용을 다시 요약하면 첫째, 하느님을 만나는 체험은 말로 표현할 수 없으며 글로 기록할 수 없다. 둘째, 억조창생(億兆蒼生)은 동귀일체(同歸一體)한다. 셋째, 하느님을 모시는 일이 무엇보다 값지다는 내용이 되는데, 이 내용은 불교의 핵심과 통하는 바 있다. 내용의 대비에 앞서서 최제우의

---

10) 侍天主 造化定 永世不忘 萬事知

생애에 드러나 있는 불교의 영향을 더듬어 보면 그것이 적지 않음을 알 수 있다. 신라 불교의 남은 자취가 짙은 경주 부근11)에서 성장하였고, 사상형 성의 과정에서 중요한 위치를 점한 일의 하나가 34세(1856) 때에 강남 양 산군 원효산(元曉山)의 내원암(內院庵)과 적멸굴(寂滅窟)에서 드린 두 차례 치성이었다.

위에서 제시한 내용과 같은 것은 불교의 사집(四集)이나 사교(四敎)의 아무 데를 펴도 쉽게 찾을 수 있다. 그러나 국학자의 입장에서 『원효대사전 집』12) 가운데 그 대비되는 내용을 살펴보는 것도 무방할 것이다.

말로 이름 지을 수 없고 글로 모양 그릴 수 없는 체험은 바로 불교의 성 격과 일치한다. 원효의 『십문화쟁론』에는 이렇게 풀이되어 있다. "만약에 실 로 유이면 이것이 무와 다른 것은 비컨대 쇠뿔이 토끼뿔과 같지 않음과 같 으며, 공과 다르지 않은 것이면 정히 이것이 유가 아닌 것은 비컨대 토끼뿔 이 공과 다름이 없음과 같다. 이제 유이면서 공과 다르지 않다고 말하니, 그 러한 따위는 세상에 없다. 어찌 있을 수 있겠는가"라는 물음을 받고 원효는 대답하였다.

네가 취하는 바와 같은 것은 다만 이름과 말뿐이다. 나는 말에 붙이어 말을 끊은 진리를 보이나니 마치 손가락에 붙이어 손가락을 떠난 달을 보임과 같 다.13)

또 억조창생 동귀일체에 해당하는 체험을 원효는 "개합(開合)이 자재(自 在)하여 세우고 깨뜨림에 거리낌이 없고, 열어서 분답(紛沓)지 아니하며, 모

---

11) 月城郡 見谷面 柯亭里
12) 東國大學 佛敎史學硏究室編 1冊, 2冊 1949년, 3冊~10冊 1950년 三羊社 프린 트본.
13) 如汝所取 但是名言 故我寄言說 以示絶言之法 如寄手指 以示離指之月. 全集 10 冊 37張.

아서 좁지 아니하고, 세워도 얻음이 없고, 깨뜨려도 잃음이 없다"14)라고 묘사하고, 한마디로 마음은 평등일미(平等一味)라고 표현하였다.15)

더욱 놀라운 것은 원효와 최제우가 같은 어휘를 사용하고 있는 부분이다.

    무궁한 그 이치를
    不然其然 살펴내어
    賦也興也 비해 보면
    글도 역시 무궁이요
    말도 역시 무궁이라
    무궁히 살펴내어
    무궁히 알았으면
    무궁한 이 울 속에
    무궁한 내 아닌가
                        (興比歌)

  변(邊)을 떠났으나 중(中)이 아니요, 중이 아니면서 변을 떠난 연고로불유(不有)의 법은 무에 주(住)하지 아니하고, 불무(不無)의 상(相)은 유에 주하지 않는다. 하나가 아니면서 둘은 포함하는 연고로 진제가 아닌 것이 애초에 속제가 되지 아니하고 속제가 아닌 것이 애초에 진제가 되지 아니하며, 둘을 포함하면서 하나가 아닌 연고로 진속(眞俗)의 성이 세워지지 않는 바가 없으며, 염정(染淨)의 상(相)이 갖추어지지 않음이 없다. 변을 떠났으나 중이 아닌 연고로 유무의 법이 일어나지 않는 바가 없고 옳고 그른 뜻이 두루 하지 않음이 없다. 이에 깨뜨림이 없으면서 깨뜨리지 않음도 없으며, 세움이 없으면서 세우지 않음도 없으니 가히 무리(無理)의 지리(至理)며 불연(不然)의 대연(大然)이라고 이를 만하다.16)

---

14) 立破無礙 開而不繁 合而不狹 立而無得 破而無失. 6冊, 2張. 起信論疏上.
15) 初一色法 有方无方 俱无所得 後三心所 有時无時 皆不可得 是則雖非无法而不得 有可得之法 平等一味. 全集 3冊 45張, 金剛三昧經論卷下.
16) 離邊而非中 非中而離邊 故不有之法 不卽住無 不無之相 不卽住有 不一而融二 故 非眞之事 未始爲俗 非俗之理 未始爲眞也 融二而不一 故眞俗之性 無所不立 染淨 之相 莫不備焉 離邊而非中 故有無之法 無所不作 是非之義 莫不周焉爾 乃無破而

그러면 평등일미가 가능한 근거를 원효는 어디에서 찾았는가? 마음의 구조를 분석하여 평등일미의 근거를 밝히었다. 결코 이름 지을 수 없는 것이나 하는 수 없어 구태여 마음이라 부른다 하고, 원효는 바다 위에 바람이 불고 있는 모습에 견주어 마음을 묘사한다. 무명의 바람이 마음을 흔들어 업식과 전식과 현식을 일으켜 가지가지 망상과 경계를 짓고 다시 말나식이 6식이 상속되는 것이다. 그리고 이 바람에 물결치는 바다를 아뢰야식이라고 일컫는다.17) 여기에 바람이 걷고, 흔들리지 않는 바다를 암마라식이라고 하니, 이에 이르면 평등일미가 실현되는 것이다.

암마라라는 것은 이것을 무구(無垢)라고 이르니 본디 깨달음이고 본디 깨끗함이다. 본성에 고치고 옮기는 것이 없으니 저 금전의 성품에 변함이 없는 것과 같은 연고이며, 금에는 네 가지 의미가 있으니 상락아정(常樂我淨)이다.18)

불교는 조촐한 마음으로 시계인진(施戒忍進)함을 목적 삼으나, 조촐하다는 마음을 내면 이미 조촐한 마음이 아니다. 암마라식이라는 것조차가 애초에 없는 것이나 하는 수 없어 구차롭게 암마라식이라 이른다고 하면서, 원효는 평등일미에 이르는 수행의 방법으로 지관(止觀)을 내세운다.

여러 교문이 비록 허다하나 처음 수행함은 二門을 벗어나지 아니하나니, 眞如門에 의지하여 止行을 닦고, 生滅門에 의지하여 觀行을 일으키는 것이다. 지관이 모두 움직이면 萬行이 곧 갖추어지느니 이 두 문에 들면 모든 문에 다 도달한다.19)

無不破 無立而無不立 可謂無理之至理 不然之大然矣. 全集 3冊 1張. 金剛三昧經論卷上
17) 不生滅與生滅和合 非一非異 故總名爲阿黎耶識. 全集 6冊 21張. 起信論疏上
18) 唵摩羅者 此云无垢 本覺本淨 性无改轉 似彼金錢 性无改故 又金有四義喩本覺中 常樂我淨. 全集 3冊 29張. 金剛三昧經論中.
19) 諸敎門雖有衆多 初入修行 不出二門 依眞如門 修止行 依生滅門 而起觀行止觀雙運 萬行斯備 入此二門 諸門皆達. 全集 6冊 8張 起信論疏上.

　모든 망상분별을 정지시키고, 인연 따라 변화하는 만상을 관찰하라는 이 말을 용담유사의 열석자 주문과 비교하면, 하느님을 모시는 일이 지(止)가 되고, 조화를 체득하고 만사를 깨닫는 일이 관(觀)이 된다.

　억조창생이 동귀일체한다는 깨달음은 동시에 동귀일체에 거스르는 행위에 대한 비판을 포함하게 된다. 용담유사는 그러한 행위를 각자위심(各自爲心)이라고 규정하고 있다. 사람들이 모두 제각기 딴 마음을 먹는다는 말이다.

> 하느님을 우러러서
> 造化中에 생겼으니
> 恩德은 姑捨하고
> 근본조차 잊을소냐
> 가련한 세상사람
> 各自爲心하단 말가
> 敬天順天하여서라
> 淆薄한 이 세상에
> 不忘其本하여서라
>
> 　　　　　(勸學歌)

　사람들이 저마다 딴 마음을 먹는 것은 하느님을 잊음에 말미암는 일이다. 하느님을 잊은 사람, 각자위심하는 사람을 좀더 구체적으로 제시하면 네 가지가 된다. 이치를 거스르는 사람, 낮고 더러운 사람, 세상을 미혹시키는 사람, 하느님을 속이는 사람. 하느님을 모시는 일은 곧 이들과의 싸움이 된다.

> 飜覆之心 두게 되면
> 이는 역시 逆理者요
> 物慾交蔽 되게 되면
> 이는 역시 卑陋者요
> 헛말로 誘引하면
> 이는 역시 惑世者요

안으로 不良하고
겉으로 꾸며내면
이는 역시 欺天者라

　　　　　(道德歌)

　용담유사의 사상사적 탁월성은 이러한 각자위심에 대한 비판이 반침략과
반봉건의 정신에까지 확대되어 전개되는 데에 있다. 최제우가 일본을 적대하
는 것은 그의 7대조 최진립(崔震立)에 대한 추모의 정에 기인되어 발로됨이
클 것이다. 최진립은 임진왜란 때에 아우와 함께 의병을 일으켰으며, 숙종
대에 나라에서 숭렬사(崇烈祠)를 지어 그 충의를 기린 바 있는 사람이다. 그
러나 좀더 넓게 해석하면 이 정신을 반침략 정신으로 파악할 수 있다.

　A. 개 같은 倭賊놈아
　　　너희 身命 돌아보라
　　　너희 역시 下陸해서
　　　무슨 恩德 있었던고
　　　前世壬辰 그때라도
　　　鼇城 漢陰 없었으면
　　　玉璽保全 누가 할까
　　　我國名賢 다시 없다
　　　나도 또한 하느님께
　　　玉璽保全 奉命했네

　B. 개 같은 倭賊놈이
　　　前世壬辰 왔다가서
　　　술싼 일 못했다고
　　　쇠술로 안 먹는 줄
　　　세상사람 누가 알까
　　　그 역시 원수로다

萬古忠臣 金德齡이
그때 벌써 살았더면
이런 일이 왜 있을고
小人讒訴 기험하다
不過三朔 마칠 것을
八年遲滯 무삼일고

C. 내가 또한 신선되어
飛上天한다 해도
개 같은 倭賊놈을
하느님께 造化받아
一夜間에 滅하고서
傳之無窮하여 놓고
大報壇에 맹세하고
汗夷怨讐 갚아 보세

「안심가」에 나오는 이 세 대목을 검토해 볼 때에 하느님을 모시는 일은 곧 나라사랑의 길이 됨을 알 수 있다. 또 하느님을 모시는 사람은 오성과 한음 같은 선비나 김덕령 같은 군인이 될 수 있다. 요컨대 깨달음(飛上天)은 나라사랑과 둘이 아니다. 나라사랑의 길에 방해가 되는 것이 각자위심이며, 각자위심은 또한 침략주의의 본질이 되기도 한다. 제 나라를 사랑하는 것은 이 세계 안에서 제 나라의 자리를 든든하게 하는 것인데, 제 나라만 생각하고 다른 나라를 침략하는 것은 국제적 각자위심이 되기 때문이다. 최제우가 일본을 적대한 이유가 여기에 있다.

용담유사는 또 봉건사회의 특권의 토대인 재산과 지식에 대한 거절을 노래하고 있다.

약간 어찌 修身하면

地閥 보고 가세 보아
趨勢해서 하는 말이
아무는 地閥도 좋거니와
文筆이 有餘하니
도덕군자 分明타고
冒沒廉恥 추존하니
우습다 저 사람은
지벌이 무엇이게
군자를 比喩하며
문필이 무엇이게
도덕을 의논하노

(道德歌)

여기서는 하느님을 모시는 일이 신분사회에 대한 위대한 거절과 하나로
된다. 용담유사는 반침략과 반봉건의 민족혁명을 노래한다. 용담유사 가운데
에서도 가장 찬란한 노래이며, 19세기 우리 문학 전체 가운데에서도 가장
빛나는 노래인 「검결(劍訣)」은 혁명의 노래이다. 이 노래의 올바른 해석은
궁리(窮理)와 거경(居敬), 절언(絶言)과 일미(一味)를 포함한 유교·불교의
전통과 반침략·반봉건을 종합한 창조적 민주사상 – 그 모든 것을 종합한
물질 개벽의 관점에서만 가능하다.

時乎 시호 이내 시호
不再來之 시호로다

萬世一之 장부로서
五萬年之 시호로다

龍泉劒 드는 칼을
아니 쓰고 무엇하리

舞袖長衫 떨쳐 입고
이칼 저칼 넌즛 들어

浩浩茫茫 넓은 천지
一身으로 비켜 서서

칼노래 한 곡조를
시호시호 불러내니

용천검 날랜 칼은
日月을 戱弄하고

게으른 舞袖長衫
宇宙에 덮여 있네

만고 名將 어디 있나
丈夫當前 무장사라

좋을시고 좋을시고
이내 身命 좋을시고

　　다시없는 때를 만난 뛰어난 대장부는 바로 하느님을 모시는 일에 공을 들여 지극한 데에 나아간 사람이다. 그는 나쁜 짓 안 하고 열심히 일하는 일상도덕에 도저할 뿐만 아니라 최제우의 제자 최시형은 일 안하면 양반 된다고 경계하였다. 투철하게 이치를 궁구하여, 범백사에 공경을 다하며, 저 말이 끊어진 평등일미의 경지에 나아가 억조창생으로 더불어 동귀일체한다. 조촐하고 바른 마음자리에 서서 나라사랑의 길을 걷는 대장부가 길고 넓은 소매의 옷을 입고 춤을 춘다. 오래 깃을 드리우고 목을 묻고 있던 학이 신명을 얻어 떨쳐 일어나 춤을 추는 이 순간은 아무 때나 마음대로 얻을 수 있는

것이 아니다. 저도 어쩔 수 없도록 안에서 밀어대는 하느님의 손길이 아니고
는 될 수 없는 것이다. 길고 넓은 옷소매가 우주를 가리우고, 휘두르는 칼날
아래 해와 달이 놀래이니, 하느님을 모시는 일에 정성을 들이면 우주와 벗하
고 일월을 능멸히 여길 만큼 크고 넓은 경지를 얻게 됨을 알 수 있다. 이러
한 우주에 가득 차는 정신을 소유한 대장부 앞에 맞설 만한 세속의 명장이
있을 리 없다. 사람을 죽이는 일에 능한 장수가 어떻게 사람을 살리는 일에
능한 장수를 당할 수 있으랴. 마지막 두 행은 이러한 깨달음의 경지가 매우
기쁘고 황홀한 것임을 토로하고 있다. 용담유사의 깨달음은 비극이 아니라
희극이며, 비장이 아니라 골계이다.

2. 판소리의 사회상

이 글의 목적은 군담소설류(軍談小說類)와 비교하여 판소리사설 및 판소리계 소설의 성격을 해명하려는 데에 있다. 종래에 산만하게 사용되어 오던 군담소설과 판소리계 소설의 영역을 좀더 분명하게 규정하고, 군담소설류와 판소리계 소설의 의미를 구조적이고 전체적으로 해석하려는 것이다. 제목을 사회상이라고 한 이유는 작품의 총체적인 분석의 결과가 사회적 의미로 나타난다는 뜻이지 미리 그러한 면만 추출하겠다는 것은 아니다.

(1) 군담소설류의 세 조건

군담소설류는 17세기 말엽 내지 18세기 초엽의 소설 형태이다. 이에 대해서는 다음과 같은 몇 가지 증거를 제시할 수 있다.

1794년에 나온 오다키고로(小田幾五郎)의 『상서기문(象胥記聞)』에 '장풍 운전, 구운몽, 최현전, 소대성전, 장박전, 임장군충렬전, 소운전, 최충전, 사 씨전, 숙향전, 옥교리전, 이백경전' 등이 언문으로 씌어져 있다는 말이 보이 는데,[20] 사신으로 와 있던 일본인이 사정을 알게 되기까지에는 상당한 기간 이 필요했을 터이므로, 이것으로 미루어 군담소설류의 유행을 18세기 초엽 으로 추정할 수 있다.

구수훈(具樹勳)의 「이순록(二旬錄)」에는 다음과 같은 구절이 있다.

얼마 전에 한 常漢이 10여 세로부터 눈썹을 그리고, 낯에 분 바르고, 여인들 의 언문 글체를 익히 배웠는데, 패설을 잘 읽어 소리가 마치 실제 인물과 같았 다. 문득 간 곳을 알지 못하겠더니, 변하여 여자 옷을 입고 사대부의 집에 출입 하였다. 어떤 때는 맥을 볼 줄 안다고 이르고, 어떤 때는 방물장사를 한다고 일 컫고, 어떤 때는 패설을 읽어 주며, 또 여승들과 단단히 맺어서 부처에게 이바 지하는 기도를 올리고는 하였다. 사대부 집안의 부녀들 가운데 한 번 본 사람 은 그를 사랑하지 않음이 없어서 어떤 사람은 더불어 함께 잠을 말미암아, 한 가지로 음탕한 행동을 지었다. 장판서 붕익이 그것을 알고 그 입에 목사슬을 물려 죽였으니, 만일 입을 열면 어려운 점이 있는 까닭일 따름이다.[21]

장붕익(張鵬翼)은 1735년에 죽은 사람이므로, 그가 상한을 죽인 시기는 17세기 말엽에서 18세기 초엽 사이로 추정할 수 있다.

1790년에 정조가 옥사를 다루면서,

예전에 한 남자가 있었는데 종로의 담배가게에서 남이 패사 읽는 것을 듣고 있다가 영웅이 가장 실의한 대목에 이르러, 문득 눈자위를 찢으면서 거품을 뿜

---

20) 象胥記聞下(天理圖書館所藏) 105面.
21) 頃年一常漢 自十餘歲 畫眉粉面 習學女人諺書體 善讀稗說 聲音如人矣 忽不知去 處 變爲女服 出入士大家 或稱知脈 或稱方物興商 或以讀稗說 且締結僧尼 供佛祈 禱 士夫婦女之一見之者 莫不愛之 或與因宿同作行淫 張判書鵬翼知之 鉗其口殺之 如開口恐有難處故耳.
   稗林(探求堂, 1970) 第9卷, 452~453面.

고 담배 써는 칼을 들어 패사 읽는 사람을 찌르니 곧 죽었다.22)

라고 말하였다. 이러한 일이 예전에 있었다고 하는 것으로 미루어 보면 1790년에서 훨씬 더 올라가는 시기의 이야기일 듯하다.

위의 자료들을 통하여 우리는 방각본(坊刻本)으로서는 1848년의 「삼설기 (三說記)」가 제일 오래된 것이라 하더라도,23) 어떠한 형태로든 군담소설류가 17세기 말엽에서 18세기 초엽 어름에 유행되었음을 짐작할 수 있다.

그런데 종래에 학계에서는 군담소설이라는 용어를 지나치게 막연한 태도로 사용해 왔다. 그것이 장르의 개념으로서 사용될 수 있는 말이라면 좀더 분명한 의미 규정이 그것에 가해져야 하리라고 생각한다. 군담소설류를 검토하여 귀납함으로써 일정한 조건을 찾아낼 수 있어야 한다.

군담소설은 다음과 같은 세 가지 조건을 지니고 있는 듯하다.

1. 간신이 천자를 힘입어 충신을 공격한다.
2. 간신이 외적의 힘을 빌려 천자를 공격한다.
3. 신비로운 힘을 지닌 충신 하나가 간신과 외적을 무찌른다.

　　간신 이두병이 충신 조정인을 모해하여 죽인 후에 다시 태자를 내어쫓고 황제가 된다. 조정인의 아들 조웅이 철관도사에게 무술을 배워서 西蕃을 물리치고 이두병을 죽인다.(趙雄傳)
　　간신 정한담이 충신 유심과 강승상을 귀양 보내고, 외적의 도움으로 천자를 몰아낸다. 유심의 아들 유충렬은 도승에게 무술을 배워 외적을 물리치고 정한담을 죽인다.(劉忠烈傳)
　　간신 왕희가 충신 이익과 장화를 모해한다. 외적이 침입하여 들어오자 이익

---

22) 古有一男子 鍾街煙肆聽人讀稗史 至英雄最失意處 忽裂眦噴沫 提截煙刀 擊讀史人 立斃之.
　　李德懋: 雅亭遺稿 卷3 銀愛傳, 서울大學校 古典叢書 第1輯(1966) 靑莊館全書 第1卷 443面.
23) 金東旭, 前揭書 394面.

의 아들 이대봉과 장화의 딸 장애황은 노승과 도사에게 무술을 익혀 외적을 무찌르고 간신을 몰아낸다.(李大鳳傳)

간신 진권이 충신 황한과 설영을 귀양 보내고 모반하자, 황제의 아우 형왕도 어린 태자를 내쫓고 찬탈하였다. 황한의 아들 황운과 설영의 딸 월중단은 도사에게 무술을 배워 반란군을 무찌르고 형왕을 물리친다.(黃雲傳)

간신이 충신 현택지를 귀양 보내자, 남만·북초·석상·西天·진왕 등이 침입하고 제람후 도길이 모반한다. 현택지의 아들 현수문이 일관대사에게 무술을 배워 외적을 물리친다.(玄壽文傳).

외적의 침입으로 아버지를 잃고 방자 노릇을 하던 장경은 소절도사의 도움을 받아 과거에 급제한다. 연왕이 장경을 귀양 보내고 찬탈하니, 장경은 노승의 지시로 외적을 무찌르고 연왕을 사로잡는다.(張景傳)

충신과 간신의 대립이 제거되고, 신분에 있어서의 '몰락과 상승'만으로 이루어진 소설도 있으니, 이러한 소설들을 '변이형 군담소설'이라고 일컬을 수 있다.

소대성은 부모를 여의고 고생하다가 청룡사 노승에게 무술을 배워, 침입한 외적을 물리친다.(蘇大成傳)

장풍운은 외적의 침입에 아버지를 잃고 장사꾼 원철의 힘을 빌려 과거에 나아가서, 재차 침입한 외적을 무찌른다.(張風雲傳)

양풍은 서모 송씨에게 쫓겨나 고생하다가 신선이 된 외조부의 지시에 따라 외적을 내쫓고 송씨를 처단한다.(楊豊傳)

(2) 군담소설류의 사회적 의미

전형적 군담소설류를 대상으로 삼아 그 내용을 살펴보면 그것이 단순한 이야기임에 그치지 않고 사회적 의미를 함축하고 있음을 알 수 있다.

첫째, 군담소설의 주변세계는 상층 관료의 세계이며, 작중인물과 주변공간의 변증법적 대립은 권력의 상층에서 탈락되고, 다시 그곳에 참여하고 하는 권력투쟁의 과정이다. 이것은 치열하게 전개되었던 17세기의 당쟁과 무관하지 않은 듯하다.

둘째, 충성의 이념이 회복되는 과정을 드러내고 있으나, 천자의 절대성이 크게 흔들리는 모습을 제시함으로써 충성 이념의 위기와 동요를 동시에 드러내고 있다. 유충렬은 천자를 구출하고 나서, 곧 전날의 비행을 힐난한다.

> 소장은 동정문늬 거흐던 정언주부 유심의 아달 충열이옵더니 주류기걸흐야 말리 밧씨 잇삽다가 아부 원수 갑푸랴고 여긔 잠간 왓삽거니와 폐흐 정훈담의 개 곤핍흐심은 몽즁이로소이다. 전일의 정훈담을 츙신이라 흐시더니 츙신도 역적이 되난잇가 그놈의 말을 듯고 츙신을 원찬흐야 다 죽이고 이런 환을 만나시니 천지 아득흐고 일월이 무광흐옵니다.24) (完板)

천자에게 전날의 허물을 따질 수 있다는 것 자체가 봉건질서의 일차적인 동요라고 할 수 있다. 더구나 곤핍 가운데 있는 천자를 염려하는 것보다 먼저 자신의 감정을 앞에 내세우는 태도는 분명히 충성의 이념에 어긋난다.

셋째, 충신과 간신의 싸움에서 충신은 늘 힘없이 재액을 입게 되며 사태의 변화는 신비로운 능력을 획득하는 데에 이르러 달성된다는 생각도 충성과 반역이 권력의 획득을 전제로 성립되며, 천자에게 모든 것을 맡길 수 없다는 의미를 함축하고 있다. 명나라가 망한 이후에도 중국의 천자를 정점으로 하는 봉건질서를 그대로 유지하고 싶어하던 당시의 소망적 사고를 반영하고 있는 듯도 하다.25)

---

24) 金東旭編, 景印 古小說 板刻本全集, 第2冊(延大出版部, 1973) 354~355面.
25) 趙東一은 "存在의 原理로서의 理가 원하지 않는 방향으로 나갈수록 道德的 當爲로서의 理가 재확인되고 재인식되어야 한다"는 宋時烈의 주장을 들어 17세기의 主氣論과 英雄小說의 구조를 대비하였다.
　英雄小說 作品構造의 時代的 性格, 韓國學論集 第4輯(啓明大學, 1976) 82面.

(3) 판소리계 소설의 세 조건

판소리사설 또는 판소리계 소설의 정착 시기를 엄밀하게 규정하는 데는 어려움이 있다. 유동문학이고 적층문학인 판소리를 두고 그 성립 연대를 따질 수는 없기 때문이다. 그러나 판소리가 천민 광대의 손을 벗어나 양반과 궁중에까지 틈입하게 된 시기를 중시하지 않으면 안 된다.

유진한(柳振漢)이 1754년에 전라도 장흥에 있는 동족을 방문하고 돌아와서 「만화본(晩華本) 춘향가」를 지었다.26) 1867년에서 1884년 사이에 신재효의 판소리사설이 이룩되었다.27) 「완판본 수절가」가 성립된 기준 연대를 1873년으로 추정할 수 있다.28) 기타 양주익·정범조·신위·이유원·윤달선 등의 글로써 미루어 판소리사설 및 판소리계 소설을 군담소설류에 이어 시기적으로 그 다음에 연속되는 서사문학이라고 보는 것이 타당하다.

문장체 소설인 군담소설류와 달라서 판소리사설과 판소리계 소설은 내용에서 장르의 속성을 추출할 수 없다. 판소리라는 광대문학이 지니고 있는 유동성과 적층성의 형식적 특징을 외면할 수 없기 때문이다. 판소리사설과 판소리계 소설은 세 가지 형식적 조건을 그 장르적 특색으로 삼고 있는 듯하다.

1) 다양한 근원설화가 추정된다

「심청전」이 불교적 개안설화와 민속적 생지(生贄) 설화를 종합한 것이라면, 그것의 근원 설화로 인도의 법묘동자 설화, 「삼국유사」의 효녀지은 설화, 전남 옥과현, 성덕산 관음사의 연기 설화 등 동양 전체에 미치는 설화적 진폭을 제시할 수 있다.29) 열녀 설화, 암행어사 설화, 아랑형 신원(伸寃) 설화, 염정

---

26) 金東旭, 春香傳研究, 165面.
27) 姜漢永, 申在孝 판소리사설集(民衆書館, 1971) 33面.
28) 金東旭, 春香傳研究, 144面.
29) 金台俊, 朝鮮小說史(學藝社, 1939) 145~149面. *passim.*

설화 등이 교합되어, 20여 종의 근원 설화를 더듬게 되는 「춘향전」을 제외하더라도, 「토끼전」은 육도집경(六度集經)·생경(生經)·불본행집경(佛本行集經) 등으로 불교적인 근원 설화들을 다양하게 내포하고 있으며,30) 「흥부전」도 선악형제담·동물보은담·무한재보담 따위의 불교 색채가 짙은 많은 근원 설화들을 지니고 있다.31) 한편 「변강쇠가」는 장승동투 설화, 구부총(九夫塚) 설화 등 순전히 토속적인 근원 설화를 숱하게 가지고 있다.

2) 삽입가요가 허다하다

판소리계 소설에는 무가, 잡가, 어희가요, 농부가, 향두가, 새타령, 박타령, 방아타령 등에 걸치는 다양한 삽입가요가 들어 있다.32) 보기를 우선 「심청전」에서 이끌면, 불행과 행복, 죽음과 삶이라는 구조적 대비 관계에 앞서서 요란한 삽입가요가 비장하거나 골계적인 효과를 강화하고 있다. 해산할 때에 〈산신전(産神前) 축수〉와 〈아기 어르는 노래〉가 있고, 곽씨부인이 죽자 〈자탄가〉가 나오며, 영분시(營墳時)의 〈상두소리〉, 걸식양육하면서 부르는 〈자탄가〉 등이 삽입된다. 심청이 공양미를 얻으려 비는 〈축수〉, 소분(掃墳)하면서 읊조리는 〈이별가〉가 있고, 뱃사람이 오자 〈만류가〉가 나오며, 이별하고 떠날 때 〈소상팔경〉이 들린다. 투신 직전에 〈제문〉이 있고, 효녀화로 피어나니 〈어부사〉가 들리고, 효녀화를 봉정하며 〈꽃타령〉을 부른다. 봉사가 재취한 후에 〈짝타령〉을 부르고, 황성으로 발정하며 〈신세타령〉을 하고, 황성에 당도하여 민가에 들어 〈방아타령〉을 부른다.33)

---

30) 印權煥, 「토끼전 根源說話研究」, 亞細亞研究 第25號(1967)
31) 印權煥, 「興夫傳의 說話的 考察」, 高大語文論集 16輯(1975)
32) 金東旭, 「판소리 挿入歌謠研究」, 韓國歌謠의 研究(乙酉文化社, 1961)
33) 沈淸傳의 臺本으로는 完板 上 30張·下 41張本을 사용하였다. 宋洞新刊의 京板 20張本은 完板과 少異하고, 安城板 21張本은 上記 京板과 大同하다. 이들과 계통을 달리하는 京板 24張本이 있으나 판소리의 특성이 많이 소멸하였으므로 제외하였다.(이상 金東旭編, 古小說 板刻本全集 第2冊에서)

3) 결정 본을 찾을 수 없다

유동과정·적층과정에서 서로 다른 길을 따라 정착되었기 때문에 허다한 이본이 산출되었으므로, 판소리계 소설에서는 판본들 사이에 일정한 계통수(系統樹)를 설정할 수 없고, 부득이 춘향전군·토끼전군 등으로 부를 수밖에 없는 사정이 있다. 김동욱이 「춘향전」에서 문제삼은 판본은 38종이나 되며,34) 「토끼전」의 이본은 필사본만 헤아려도 가람본에 2종, 고대본에 2종, 일사본·서울대본·정노식본·국립도서관본에 각 1종 등이 흔히 눈에 띈다.

(4) 판소리계 소설의 사회적 의미

판소리사설과 판소리계 소설의 장르적 속성은 형식에서 추출하였으나, 그렇다고 해서 판소리계 소설 전체에 걸치는 내용의 특징을 찾을 수 없다고 할 수는 없다. 다만 그것이 장르 규정에 적합할 만큼 분명하지 않을 뿐이다. 판소리사설과 판소리계 소설 전체에 걸치는 내용적 공통소를 사회상이라고 일컫고 고찰하려는 것은 그것이 장르의 본질에 좀더 가깝게 나아갈 수 있는 방도가 되기 때문이다.

첫째, 등장인물이 군담소설류의 상층 관료에서 거의 민족 전체로 확대되었다. 손쉬운 대로 「춘향전」 하나만 보아도 "춘향과 李道令·房子·月梅·香丹·卜學徒·雲峰營將·李翰林·郞廳·기타의 農民·獄鎖匠·판수·番手에 이르기까지 南原이란 地方 官衙를 중심으로 일어나는 艷情說話를 形象함에 있어 평범한 紐帶 속에 놀랄 만한 사회적 自我意識을 具象化하였다."35) 아래로 유랑민에서 위로 궁정에 이르는 판소리계 소설의 인물적 진폭은 각편 차원의 고찰에서 언급될 터이지만, 우리 문학사에서 특기하여 마땅한 일이다.

34) 金東旭, 春香傳硏究, 70面.
35) 金東旭, 前揭書, 350面.

둘째, 욕구의 대상이 군담소설류의 존경과 권력에서 애정·재산·안전 등
으로 다양해졌다.

신체의 애정으로는 천하잡놈 변강쇠와 천하음녀 옹녀가 북상·남하하다가
개성 청석관에서 만나 같이 살게 되어 욕정에 탐닉하는 「변강쇠가」가 그중
특출한 것이다. 그러나 각 편마다 성적인 요소는 다 짙게 물들어 있으니, 이
것은 물론 광대문학의 특색일 터이지만, 오히려 선비의 사상과 광대의 정서
가 결합하여 이룬 새로운 세계에 주목해야 할 듯하다.

「적벽가」에는 적나라한 남색의 장면이 묘사되고 있다.

> 갈디 숩 깁푼 디로 쯔을고 들어가서 업질으며 흐는 말이 전징에 나온 졔가
> 여러히 되야기로 양각손즁 쥬장군이 춤것 맛을 못 보와서 밤낮으로 홰를 니니
> 옥문관은 구지부득 너 지닌 황문관에 얼요구 시겨보즈 춤도 안 바르고 싱쏘로
> 쑥 디미니 싱눈이 곳 숏는듸 빗살이 끗끗흐야 두 주먹 아득 쥐고 압이를 쏘득
> 갈아 반싱반스 막 젼듸니 그 엽폐서 굿 보는 놈 거름 츠례 달려들어 일곱 놈을
> 칠엿더니[36)

재산에 대한 욕구는 「박타령」에 잘 나타나 있다.

> 인간의 죠흔 거시 부즈박기 쑈 잇난가 욧인군은 엇지흐여 다스타 마다시고
> 밍즈난 엇지흐여 불인흐면 된다신고 다스히도 닉사 죠코 불인힉도 닉사 죠히
> 범여의 부즈되기 계연의 나문 쐬요 빅규의 치산흐기 손오의 병법이라 지물이
> 업시면은 잘난 스람 쓸디 업늬 공즈 갓튼 디셩인도 즈공이 아니면은 철환천흐
> 엇지흐면 흔티죠 영웅이나 쇼하 곳 아니면은 통일천흐 흘 슈 잇나[37)

또 「적벽가」에는 충성과 효도로 대표되는 봉건적 이념에 분명히 반대되는
안전이 욕구의 대상으로서 긍정되고 있다.

---

36) 姜漢永, 申在孝 판소리사설集(民衆書館, 1971) 502面.
37) 姜漢永, 前揭書, 418面.

남들 한창 싸흠홀 제 못통이나 바우 틈에 감안이 숨어 안져 귀경을 실큿ᄒ다
호궤령이 나리거든 살작나와 어더먹고 어더먹고 ᄒ엿스면 평싱 제 몸 치폐 업
제 셜령 승젼혼다기로 승상이나 조호시제 우리 갓튼 군ᄉ덜이 무슨 큰 지미 보
자 물인지 불인지 불계ᄉ싱ᄒ고 왈칵왈칵 달여들어 못된 놈덜이졔38)

셋쨰, 작품 안의 사회현상이 군담소설류의 정치적 권력에서 사회적 권력으
로 변하였다.

이러한 명제를 판소리사설과 판소리계 소설의 각편을 통하여 증명하기 전
에 권력의 사회학적 의미를 명확하게 해명하는 일이 필요할 듯하다. 사회학
의 이론을 우리의 역사에 적용하여 해석하는 태도를 비판하는 사람이 많으
나, 그러한 태도가 이성의 불신이라는 위험한 결과에 떨어지지 않을까 의심
되는 바 있다. 이론이 없는 실증은 실증이 빠진 이론과 똑같이 공고한 사색
이 아니다.

ⅰ) 대체로 인간이 욕구하는 대상에는 재산으로 대표되는 복지적인 것과 권
력으로 대표되는 심리적인 것이 있다. 재산과 같은 성질을 가진 대상이 지식·
기술·건강 등이고, 애정·존경·명성 등은 권력과 같은 성질의 대상이다.

권력은 인간의 관계 구조에 깊이 뿌리박고 있으며, 인간의 성격형성에 광
범위하게 작용한다. 삶의 공간은 권력의 터가 된다는 관점도 가능하다.39)
사회법칙은 권력이란 말을 사용해서 설명될 수 있는 법칙인 경우가 많다. 권
력은 에너지처럼 한 형태로부터 다른 형태로 옮아가며, 권력 자체도 스스로
소멸하고 발생하며, 끊임없이 변화하는 과정이다.

권력의 터는 사회적인 욕구 대상의 박탈이 가능한 상태이다. 권력의 터는
'x에게서 욕구의 대상이 되는 y를 박탈한다'는 문장과 'x에게 욕구의 대상이
되는 y를 부여한다'는 문장의 상호작용으로 구성되어 있다. 권력은 인간의

---

38) 姜漢永, 前揭書, 504面.
39) 尹天柱, 韓國政治體系(高大出版部, 1963) 63面.

관계 구조에 따라 그 범위와 정도를 달리한다. 학생에 대하여 교사가 행사하는 권력보다 더 강한 권력을 부모는 자식에 대하여 행사할 수 있으며, 노동자에 대한 기업가의 권력 행사보다 더 강하게 장교는 사병에 대하여 공격과 방어를 명령하는 권력을 행사할 수 있다. 권력은 사회제도 안에서 사회적인 목표가 허용하는 한계에 의하여 제한되어 있는 것이다.

ii) 사회적인 권력을 한계 지으며, 동시에 보장하는 것이 법이다. 막연하고 복잡한 사회 규범을 명확하고 단순하게 축소시켜 놓은 것이 법규범이다. 법적인 행위는 'x가 k라는 권리를 창설하고 변경하고 폐지하고 이전한다'는 문장으로 표현된다. 법적 사실은 '노동자가 기업가에게 보수를 요구한다'는 문장과 '기업가는 노동자에게 보수를 줄 의무가 있다'는 문장의 상호관계가 보여주는 권리와 의무로 구성되어 있다. 법적 사실은 온갖 잡다한 사정을 제거하고 골격만 남겨 놓은 사실이며, 법적 행위는 유리창을 통하여 타인을 바라보듯이, 살아 있는 인간의 복잡한 심리를 제거한 행위다. 행위의 뒤에 있는 의사는 최소한도로 고려된다. 법은 그것을 건드리면 처벌되는 '최소 요구 조건'의 그물이며, 법조문의 그물에 상호연관성과 의미일관성이 없는 것은 아니나, 그것은 윤리와 관습과 권력의 혼합체이므로, 어떠한 절대기준을 찾을 수 없다.(법은 모든 개인들에게 공통되는 몇 가지 기본요인들에 근거하고 있다. 근본적 평등 원리를 유지하면서 법은 현실을 구성하는 요소의 하나가 되는 불공정의 지속을 요구하는 사회질서를 전복하지 않고도 극단적인 부정을 징계할 수 있다.40))

iii) 인간이 선하다면 권력만 악할 리 없다. 권력에 대한 욕구와 충동은 정상적인 인간성의 일부를 이루고 있다. 정치가 없다면 소수의 사람만 생존할 수 있는 혼란상태가 될 것이다. 우선 정치가 확보되고 그리고 나서 정치가 하나의 일상 관습으로 스며든 시기에 이르러서 비로소 민주화가 수행될 수 있다. 민주화(Democratization)가 제거된 사회응고와 집중화(Concentra-

40) Herbert Marcuse. "Reason and Revolution", Boston, Beacon Press, 1960, p.209.

tion)가 배제된 사회혼란을 우리는 동시에 회피해야 한다.

ⅳ) 권력을 잡고 있는 사람들이 민중의 욕망을 어기며, 전제 정치를 감행하는 경우가 있다. 권력을 잡은 사람이 그것을 남용하여, 그 극한에까지 가고야 마는 사태는 장구한 역사에서 얻어 보기 드문 사례가 아니다. 투옥·고문·사형·전쟁·혁명과 같은 난폭한 권력을 단순한 살인과 동일시할 수는 없다. 이러한 난폭한 권력의 사태에 대하여 바르게 판단하는 일은 매우 어렵다. 그러나 경험적인 관점에서 보아도 역사의 발전이란 여러 가지 사회적 욕구의 대상을 고루 획득할 수 있는 가능성이 확대되어 온 과정이었다. 권력에서도 그것은 끊임없이 사회적으로 재분배되어 왔다. 권력은 그것에 관계된 모든 사람의 이익을 위하여 사용되어야 한다고 요구하는 민중의 압력은 매우 완만한 것이지만 또한 확실한 것이다.

그러면 이러한 권력 공간적인 내용이 판소리사설 내지 판소리계 소설에는 어떠한 모습으로 드러나 있는가?

「토별가」의 설화자는 용왕이 병든 원인을 술과 여색에서 찾고 있다.

　　남희 광이왕이 영덕전 시로 짓고 복일낙성홀시 동서북 슴희용왕 발셔쳥니ㅎ야 디연을 비셜ㅎ니 영타고 옥용격과 능파스 쳐련곡의 풍유도 즁할시고 삼위로 구젼단을 슬토록 셔로 먹고 이숩일리 지니도록 질ᄭᆞᆫ 노라 쥬어더니 연무호연이라 진치를 파훈 후의 용왕이 병이 나셔 어탑의 놉피 누이 여러 날 신음ㅎ여 용셩으로 우난구나(姜漢永 校註 申在孝 판소리사설집 252面. 이하 申本으로 약칭함)

주색에 탐닉하여 병이 든 자가 비록 용궁의 임금이라고는 하여도 그것이 일면에서 실제 궁중에 대한 풍자가 됨을 간과할 수 없다. 용궁에 모인 문관과 무관을 열거하는 데서도 표면으로는 담담한 서술이 되는 듯하지만, 이면

으로는 빈정거림이 깃들어 있으니, '죠관더리 들어오면 의관 신아어로향 향
닉가 날테인듸 속 뒤집난 비린니가 파시평 웃슈로다' 하고 비웃는 것이다.
이들이 모여서 물에 나가 토끼를 잡아올 궁리를 하는데, 모두 입으로는 '임
군의게 죠테면 제 몸 죽기 불고키로 진나라 긔ᄌ츄난 할고ᄉ군ᄒ엿습고 훈
나라 기신이난 광효분ᄉ하얀너다'라고 말하지만, 정작 일에 당해서는 문관과
무관이 서로 상대에게 밀어버린다.

> A. 슈륙이 달나씨니 슈중에의 잇던 군ᄉ 육전을 엇지 할지 졀언 쇼견 가지고
> 도 문관을 ᄌ셰ᄒ야 죠혼 베살 ᄒ여 먹고 죠금 위퇴훈 일이면 호반의게 밀여훈
> 니 비쇽의 잇난 거시 불에풀쏜이기로 변통업시 ᄒ난 마리 교쥬고실 갓ᄉ외다
> (260面)

> B. 져의 집 세력으로 구슝유취훈 것더리 청요훈 베살ᄒ여 아모ᄉ체 모로고셔
> 방 안 장담 져리 ᄒ나 슈륙이 달나씨니 용왕의 훈죠셔를 ᄉ군이 들을 테요 져
> 의들이 죠셔ᄒ고 져의드리 가라시요(262面)

무관들의 이러한 항변은 문관에게 받아온 천대에 대한 원한의 소리이다.
이러한 분쟁의 사태 속에서 스스로 일을 맡아 나서는 것은 '평싱 모도 멸시
ᄒ던' 자라이다. 용왕은 자라를 탐탁하게 여기지 않고 '너 싱긴 모양 보니 어
디 글어ᄒ것나 빅쇼쥬 안쥬ᄒ기 탕가음이 십숭'이라고 핀잔을 준다. 애초
에 신하의 현우를 가리지 못하던 용왕은 나중에도 천신만고하여 공을 이룬
자라를 믿지 않고 토끼에게 속게 된다. 오히려 용왕은 자라를 나무라서 '첫
번 통정 안헌 거시 네가 미오 미련ᄒ다. 이 닉력을 ᄒ여쓰면 양편지방 죠흘
거슬 왕ᄉ난 물론ᄒ고 퇴션셩 부익ᄒ여 전슝으로 뫼셔오라'고 수모를 준다.
용왕이 베푼 잔치에서 토끼가 크게 취하여 '닉 간은 고ᄉᄒ고 나고 입 훈번
맛츄와도 삼ᄉ빅년 예상 ᄉ제' 하니, 용궁의 선녀들이 서로 다투며 토끼에게
입맞추려 하는 장면을 통하여 서민 광대들의 궁중에 대한 비판 의식을 엿볼
수 있다. 이러한 비판 의식이 가장 첨예하게 드러나는 장면은 다시 물에 올

라선 토끼가 '니의 쓩이 죠와 청열을 흔다 흐고 스람더리 쥬어다가 역아드를 멕이나니 네 왕의 두 눈망울 열기가 과흐더라 갓다ㄱ 먹겨시면 병이 곳 나을이라'고 자라를 희롱하는 부분이다.

구조로 보아서 「토별가」의 짜임은 산과 바다의 두 세계가 대비되는 곳에 핵심을 두고 있다. 산에서는 짐승들이 인간으로 인하여 야기된 멸종의 위기에 대처하기 위한 회의를 열고 있다. 그 회의는 아무런 결론이 없이 간사한 여우의 농간으로 흐지부지 끝이 나고 만다. 범과 겨룰 수 있는 유일한 짐승인 곰도 범의 횡포와 여우의 간능을 막지 못하지만 그들의 행동을 신랄하게 비판하기는 한다.

> 오늘 우리 모우기난 순중졔폐흐ㅈ더니 순힝기난 업셰라되 포슈 무셔 할 슈 업고 이준흔 쥐 다람이 과동지즈 다 쎄기여 부모쳐즈 굼길테요 가셰 부죡 멧쏘야지 숭명지통 보와시니 시쇽의 비흐면은 손군은 슈령 갓고 여우난 간물출픽 순힝기난 셰도아젼 너구리 멧쏫시며 쥐와 다람이난 굼쩌 안난 빅셩이라(284面)

「토별가」의 구조는 바다로 대표되는 상층 권력의 세계와 산으로 대표되는 하층 서민의 세계가 대비되는 짜임으로 얽어져 있다. 그리고 마지막에 토끼가 '벼슬 싱각 부디 말고 이스 싱각 부디 마쇼 벼술흐면 몸 윗텁고 타관 가면 쳔디밧니'라는 깨달음에 이르는 과정은 곧 상층 관료에 대립된 자신의 위치에 대한 민중의 자기 긍정을 표현하고 있는 것이다.

「박타령」의 서두는 놀보의 성격과 행동에 대한 진술로 전개되어 있다. 놀보는 동내의 주산을 팔아먹고, 일년 동안 노고시킨 후에 새경은 외상을 놓으며, 농사지어 추수하고 나면 옷을 벗겨 내쫓는다. 억지를 써서 술값을 외상으로 달고, 저자에 나가면 제 물건을 억지로 팔며, 걸인을 보면 동냥자루를 찢는다. 먼 길가는 길손에게서 노자를 도둑질하고, 의원에게서 침을 훔치며 소목장이의 대패를 뺏고, 좀도둑의 뒤를 돌보고 끝돈을 먹는다. 그런데 이러한 행위가 모두 재산형성에 관계되는 일임은 주목할 만하다. 재산에 대한 놀보의 욕구는 예절의 형식성에 구애되지 않는다.

> 이번의 졔亽 찌의 음식족만 아니흥고 더젼으로 노앗다가 도로 쏘다니옵난듸
> 지난달 더감 졔亽 노와쓴 돈 흔 푼이 졔상 밋틔 싸져던지 몟 亽람이 죽을 쌘
> (申本 338面)

놀보는 토지에 의거한 대농 내지 중농인데, 박에서 나온 노인이 '병즈 팔
월일의 과거 보러 셔울 가고 딕 사룡이 뷔여 실 졔 슝영흔 네 아비놈 가슨
모도 도적흥여 부지거쳐 도망' 하였다고 꾸짖고, 그 말에 대하여 놀보가 항
변하지 못하는 것을 보아서 놀보의 신분은 낮은 것을 알 수 있다. 그러나
'아비 가셰 요부키로 착관흥고' 지낸다는 실토를 통하여, 우리는 18세기 이
후에는 이미 재산에 의한 신분 상승이 어느 정도 가능하였다는 사실을 추측
할 수 있다.

홍보의 생활을 묘사하는 대목에서 유념할 만한 부분은 '일원산 이강경 삼포
쥬 亽법셩이 낙안 부원다리 부안 쥴니 근방 다 츠져 딩겨보니 비린니의 속
뒤집퍼 암만히도 별 슈 업다 산중의로 딩겨볼가 우복동 슈인셤 쳥학동 빅학
동 두류산 쇽이산 슌창 복흥 타인 산안 흔다는 죠흔 듸를 다 츠져 딩겨보되
소곰 업셔 살 슈 업다'는 서술이다. 이러한 진술을 미루어 볼 때 홍보는 토지
를 잃고 떠돌아다니다 겨우 정착한 소농인 듯하다. 이들의 생활은 고된 노동
으로써 부지된다.

> 홍보－슝평흥평 기음미기 원슨근슨 시초 부기 먹고 더돈 즁셔 두리 십리돈반
> 승교 메기 신슨 셕어 밤짐지기 시멘 공亽 급쥬가기 방쯧난듸 죡역군 담 쌋난듸
> 자갈 줏기 봉손 가셔 모품팔기 더구영의 약티젼 쵸승난 집 부고 젼키 츌승할
> 졔 명졍 들기 공관 되면 슝직 즈기 더졍간의 불무 불기 맛 잇난 기셩아씨 타관
> 인부 편지 젼키 부즈집 어린 실낭 장긔굴 졔 안부 셔기 들병즁亽 슐짐지기 쵸
> 라니판 무투노키(申本 350面)

　　흥보 아내-오뉴월 밧믹기 구시월 짐장흐기 흔 말 밧고 베흘기 입만 먹고 방
이 쯱키 삼기질 비믹기 물네질 뵈짜기 머슴의 헌옷 짓기 숭고의 쌜닉흐기 혼중
가의 진일흐기 치쇼밧틔 오좀쥬기 효주 곱고 장다리기 물방아의 쌀 짜불기 밀
미 갈 졔 집어너키 보리갈 졔 망웃노키 못주리 쪄 망풀뜻기(申本 352面)

　「박타령」은 이들 중농과 토지 없는 소농 사이에서 전개되는 권력 공간
을 작품의 세계로 하고 있다. 제비와 이무기는 이 두 집단의 상징이 된
다. 지주와 중농은 소농을 토지에서 내쫓을 수 있는 권력을 행사할 수 있
다. 그러나 이러한 현실을 소농들이 바르게 파악할 수 있었다는 사실 자
체가 사회적 권력을 재분배하라는 욕구의 표현이다.
　우리 문학사에서 「적벽가」만큼 전쟁 장면을 여실하게 표현한 작품은 없는
듯하다.

　　불 속의 타서 죽고 물 속의 쌘져 죽고 총 마져 죽고 살 마져 죽고 칼의 죽고
창에 죽고 발펴 죽고 눌녀 죽고 업더져 죽고 잡바져 죽고 긔막켜 죽고 숨막켜
죽고 창터져 죽고 등터져 죽고 팔 부러져 죽고 다리 부러져 죽고 피 토흐야 죽
고 쏭쏫고 죽고 웃다 죽고 쒸다 죽고 소리 지르다 죽고 달아나다 죽고 안져 죽
고 셔셔 죽고 가다 죽고 오다 죽고 장담흐다 죽고 부긔 쓰다 죽고 이 갈며 죽
고 쥬먹 쥐고 죽고 죽어 보노라 죽고 지담으로 죽고 흐 셜워 죽고 동무 쓰라
죽고 슈업시 죽은 것이 강물이 피가 되야 적벽강이 적슈강 군장복식 다 타진다
(申本 488面)

　「적벽가」는 촉나라와 위나라의 대립을, 오히려 부수되는 사건으로 삼고, 조
조 군대 안의 대립직 권력 공간을 작품의 핵심으로 삼은 데에 특색이 있다.
　충간하는 유복을 흥깬다는 이유로 찔러 죽이는 조조의 행위는 한계를 넘
어선 '난폭한 권력'의 행사이다. 이렇듯 난폭한 권력 상황에서 조조의 군대
안에는 명령과 복종의 군사적 권력관계가 지극히 형식적이고 외면적인 것으
로 굳어지게 된다. 조조의 부장 정욱은 조조의 권력 행위의 객체임에도 불구

하고, 조조에 대하여 야유하고 풍자하며 스스로 권력의 주체가 되기도 한다.

A. 승상의 흐는 분부 엇지 그리 무식흐오 노불승거 셔불장기 옛 명장의 흔 일이라 상창긔곤 남은 군ᄉ 울며불며 쫄오난디 젹벽강 불속에 우순 어디 남어시며 셜녕 우순 잇다 흐고 승상 혼자 우순 밧고 어디로 가시것오(申本 494面)

B. 죽엄에도 디신 잇쇼 인근셜화 다 빈 후에 관공은 한 말삼에 에라 이놈 근ᄉ흐다 청룡도 드는 칼노 연흔 목을 콱 찍으면 어디가 셩심이 나 디조조라 흐오릿가(申本 522面)

더욱이 7군사 사설에 이르면 병졸들 하나하나의 인격이 클로스업된다. 군담소설류가 영웅 한 사람에게 초점을 모았다면, 판소리사설과 판소리계 소설은 병졸에게까지 중요한 관심을 베풀고 있는 것이다. 첫째 군사는 부모를 그리워하고, 둘째 군사는 아내를 보고 싶어하고, 셋째 군사는 외아들 생각을 하며, 넷째 군사는 형님을 생각한다. 고아로 떠돌며 걸식하여 살다가 30 넘어 첫날밤을 치르는데,

신부 디답 아니흐고 가만이 안젔긔예 뒤로 안쬬 얼풋 벗겨 잔득 안고 드러누워 그리흘 줄 알으드면 곳 시작흐엿실디 고상흐던 이약이며 산림스리흘 걱정을 흔춤 수작흔 연후에 두 무릅 졍이 꿀고 신부 양각 곱게 들고 쥬장군을 잘 바슈와 옥문관에 당도흐니 ᄉ면은 다 막키고 흔 가운디 수랑이라 드러갈가 물너눌가 흔춤 진퇴흐노라니 영츄흐는 천아셩이 ᄉ면에서 쬐쬐흐며 염치업는 우리 긔총 방문 차고 달여들어 상토잡아 이러너여 쌤을 치며 흐는 말리 계명군명 모로관디 이 짓이 원 짓이냐 구박츌문 모라오니 버셧든 옷 못 입어셔 손에 들고 ᄯ라와서 이쩌ᄭ지 못 갓시니 니 셜음은 고ᄉ흐고 주장군이 더 셜어워 잇쩌ᄭ지 눈물방울 딩강딩강 쩔우치니 이왕 시죽흔 일이나 필역흐고 왓드면은 조금이나 셔러울 니 아들놈잇것ᄂ냐(申本 466面)

라고 한탄하는 넷째 군사와, 까치를 잡아가지고 놀던 어린 아이로서 화병(火

兵)으로 끌려와 집생각을 하고 우는 여섯째 군사의 사설은 더욱 처참하다. 그리고 이 모든 설움과 한탄은 결국 일곱째 군사의 자기 생명에 대한 염려로 귀착된다. 들판에 죽어 쓰러진 자기의 시체를 상상하고 모두들 죽음의 공포에 전율하는 것이다. 고향과 부모와 처자를 떠나 생업을 팽개치고 싸움터에 끌려나온 민중의 항의는 날카롭게 현실의 핵심으로 파고든다. 여기에 이르러 장수와 병졸이 이루는 '권력의 터'는 지배층과 민중의 권력 공간으로 확대되며, 권력을 재분배하려는 민중의 욕구가 분명하게 드러나는 것이다.

「변강쇠가」의 히로인 옹녀는 청상살이 끼인 여자이다.

> 열다섯에 어든 서방 첫놀밤 잠자리에 급상한에 죽고 열여섯에 어든 서방 당창병에 튀고 열일곱에 어든 서방 용천병에 페고 열여듧에 어든 서방 베락마저 식고 열아홉에 어든 서방 천하에 디젹으로 포청에 쩌러지고 스물살에 어든 서방 비상 먹고 도라가니 서방에 퇴가 나고 송장치기 신물난다(申本 532面)

이러한 서술이 알려주는 내용에 우리는 착목해야 한다. 가난하고 더러운 환경과 범죄가 일상생활이 되어 있는 주변세계가 곧 옹녀의 생활 장소이며, 최하층민인 옹녀가 평안도 월경촌에서 쫓겨나는 사건도 그 여자는 그 마을에 뿌리박지 못한 유랑민 또는 뜨내기임을 말해 준다. 삼남인 변강쇠와 만나서도 '년놈이 손목 잡고 도방각처 단일 젹에 일원손 이강경이 삼푸쥬 스법성이 곳곳이 차져' 다니며 유랑을 계속한다. 청석관에서 둘이 나누는 기물타령 속에 등장하는 어휘를 살펴보면,

변강쇠-콩밭, 팥밭, 옥답, 조개, 곶감, 으름, 연계
옹녀-물방아, 송아지, 어린애, 젖, 제사, 절구, 알밤

그것들이 모두 논밭이나 세간살이 또는 음식과 관계있는 것이다. 굶주리며 유랑하는 하층민에게 가장 소중한 것은 음식과 거주에 대한 꿈이 아닐 수

없다.

그러나 옹녀가 온갖 고생을 하여 돈을 모아 놓으면, 변강쇠는 그 돈을 노름과 싸움으로 허랑하게 날려 버린다. 배운 글이 없고, 손재주도 밑천도 없는 하층 유랑민의 생활은 의욕을 잃고 빈궁 속으로 침잠해 버리게 되는 것이다. 옹녀의 헌신적인 정성에도 불구하고, 변강쇠 또한 장승동투로 죽는다. 그런데 경기 노강(鷺江)의 대방장승이 지휘하는 경기 34관, 충청 54관, 황해 23관, 평안 32관, 강원 26관, 함경 24관, 전라 56관, 경상 71관의 장승들이 모여 강쇠를 토죄하고, '병 혼나식 가지고셔 강쇠를 차져가서 신문에서 발톱신지 오장육부 너외 업시 시집에 앙토흐듯 지쇼방에 부벽흐듯 각장장판 길음 결듯 왜관목물 칠살 같이' 겹겹이 바르는 장면은 마치 하층민을 억압하는 관료체계의 상징인 듯하다.

치상하고 옹녀와 살려다가 초상살을 맞아 죽는 사람은 중이 하나, 초란이가 하나, 풍각쟁이가 다섯[가객·퉁소장이·무동(舞童)·가야금쟁이·북쟁이]해서 모두 일곱 명이다. 이들의 용모와 태도가 생생하게 묘사되어 있는데, 이러한 부분은 하층 유랑민의 생활상을 알려주는 귀중한 역사적 자료가 된다.

강쇠의 원혼을 위로하고 나서 옹녀는 다시 고통스런 유랑의 길에 오른다. 아마 그 여자는 죽음이 찾아올 날까지 유랑생활을 계속할 것이다. 유랑민의 생활은 이승에서나 저승에서나 처량하고 고독하다.

　　연반군은 어디 가고 담비불만 발가시며 힝주곡비 어디 가고 두건이는 슬피 우노 어허너허 명정공포 어디 가고 작디기만 지퍼시며 앙장휘장 어디 가고 헌 공석을 더펏난고 어허너허 중강틀은 어디 가고 지게송장 되여시며 상계복인 어디 가고 일미인만 쓰오눈고(申本 600面)

유랑민의 생활이 판소리로 불려진 사실41) 자체가 사회의 모순을 파악하고

---

41) 鄭魯植의 『朝鮮唱劇史』(朝鮮日報社 1940)에 의하면 宋興祿이 변강수타령에 능

민족을 단일체로 결합하는 데 기여한 바 있을 것이다.

「심청전」은 생지(生贄) 설화를 통하여, 몰락 양반의 궁핍상을 제시하고 있다. '야외의 전토 업고 낭셔의 노복 업셔 가련흔 어진 곽씨부인 몸을 바려 품을 팔러' 생계를 이으나, 심학규는 '누세 잠영지족'이었다. 그런데 이 심학규가 실족한 후에 화주승을 잡고 공양미 시주를 주책없이 약속하는 행위와 심청이 남겨 놓은 재산으로 뺑덕어미와 놀아나다 봉변을 당하는 사건을 예로 들어 판소리의 산만성을 주장하는 사람들이 있다. 과연 심학규의 탈선은 의심할 여지가 없고, '양반의 후예 힝실이 청염흐고 지조가 강긔흐니 사룸마닥 군자라 층흐더라'고 한 대목과 어긋나는 것이 사실이다.

> 동즁 사룸드리 심밍인의 전곡을 착시리 취리흐여 성세가 히마닥 늘러가니 본 촌의 셔방질 일수 잘흐여 밤낫 업시 흘녜흐난 긔갓치 눈이 벌게 게단이난 뺑덕어미가 심봉사의 전곡이 만이 잇난 줄을 알고 지원 첩이 되어 살더니 이년의 입버르장이가 쏘흔 아리 버릇과 갓타여 흔씨 반쎄도 노지 안이 하랴고 흐는 년이라 양식주고 쩍 사먹기 베를 주워 돈을 사서 술 사먹기 정자 밋티 낫잠 자기 이웃집의 밥부치기 동인다려 욕셜흐기 초군덜과 쌈싸오기 술 취흐여 흔밤중의 와달뺑 울럼울기 빈 담비디 손의 들고 보는 디로 담비 청흐기 총각 유인흐기 제반 악증을 다 겸흐여 그러흐되 심봉사는 여러히 주린 판이라 그 즁의 실낙은 잇셔 으모란 줄을 모르고[42]

농탕을 치는데, 이러한 행동은 판소리계 소설보다 판소리 사설에 서는 더욱 심한 바 있다. 그러나 이와 같은 현상을 두고 산만하다고 풀이하는 해석에는 성급한 면이 있는 듯하다. 「심청전」의 해석에서는 무엇보다 먼저 심학규의 신분이 몰락 양반임을 주의해서 살펴보아야 한다. 그는 양반의 신분이기 때문에 곽씨부인이 살아서 뒤를 돌볼 동안에는 체모를 지킬 수 있었으나, 그는 몰락한 지경에 처하여 있었기 때문에 생활의 모습이 궁핍한 서민과 동

했다고 한다. 25面.
42) 金東旭, 古小說 板刻本全集, 第2冊, 164面.

일하였고, 사고의 습성도 내면에 있어서는 빈민과 같았을 것이다. 고분지통(叩盆之痛)이라는 말이 있듯이 아내의 상을 당하여 집례함에는 한계가 있어야 하는데, 심학규가 '그삼을 쌍쌍 두다리며 머리 탕탕 부드치며 니리 궁글치 궁글며 업더지며 잡바지며 발구르며 고통ㅎ며' 벽용(擗踊)하는 것은 양반답지 않은 과례로서 가난한 서민의 행위에 적합한 것이다. 이렇게 볼 때 뺑덕어미와 함께 탈선하여 봉변하는 것은 '몰락 양반'인 심봉사의 신분적 양면성 또는 성격적 이원성의 자연스러운 귀결이며, 오히려 작품의 현실성과 통일성을 북돋아 주는 것이다. 이러한 내용을 작품의 구조적 양면성이라고 이해하여 광대문학의 산만성을 개진하려 함은 잘못이다. 문학을 생산하는 상상력의 경우에는 양반이라고 하여 통일성이 있고, 광대라고 하여 산만성이 있는 것이 아니다. 상상력과 이성은 다 현실의 전체성을 파악하는 능력으로서, 계량적인 오성이나 신체적인 정서보다는 훨씬 강하고 폭이 넓은 것이다. 양반의 상상력보다 민중의 상상력이 더욱 전체적 통일성을 갖추고 있다는 사실을 우리의 문학사는 실증하고 있다.

봉건 질서의 동요를 가장 뚜렷하게 나타내고 있는 판소리계 소설은 「춘향전」이다. 변사또는 '너 갓흔 노류장화가 슈절이란 말이 고히ㅎ다[京板 16張本]'고 나무라며, 조두순의 「대전회통」을 이끌어 '조롱관장하는 죄난 겨셔율의 율써 잇고 거역관장하난 죄는 엄형정비하는이라[完板]'고 꾸짖는다. 그러나 춘향이는 '충효열녀 상하 잇소[完板]' 하고 항변한다. 춘향이 옳다고 믿는 수절과 정절을 변사또는 어불성설이라고 생각하며, 변사또가 당연하고 합법적이라고 믿는 행동을 춘향은 권력의 난폭한 행사라고 생각한다. 이렇게 서로 다른 사고가 공존하는 사회는 이미 지배 질서가 동요된 세계이다.
경판·안성판·만화본·신재효본·이고본·일사본 등에 나오는 불망기의 교환도 낮은 신분의 여인이 감히 문기를 청하여, 양반의 양심을 구속하려고 하는 반봉건적 행위가 된다.
이러한 현상을 지적하고 김동욱은,

　이런 內容面에서 테마의 伏線과 委曲은 그대로 廣大의 對社會的 位置 속에서
兩班과 庶民을 같은 顧客으로 하는 兩端의 肯定과 否定을 通한 辨證法的인 代
辯意識이 있는 것이라 하겠다.43)

라고 해명하고 있다. 이러한 설명이 근리한 문맥을 얻고 있다는 것은 그
후에 여러 사람이 표현을 바꾸어 같은 주장을 내세우고 있는 데에서도
짐작할 수 있다. 그러나 여기서 발단된 연구가 작품의 이원성 내지 양면
성을 고정시키는 방향으로 진행되는 것은 옳지 않다. 문학 작품의 존재
의미는 어떻게 혼란스러운 현실이라도 그것을 전체적으로 거머잡고 작품
으로 구조화하는 데 있으며, 반대로 작품은 언제나 현실의 전체상을 구조
적으로 함축하고 있는 것이기 때문이다. 이원성 내지 양면성을 유럽의 서
사구조에 대비되는 한국적 서사양식이라고 하는 데 이르러서는 더욱 큰
문제가 있다. 첫째, 그 사람들이 판소리의 서사적 특성을 강조하여 늘 유
럽의 서사양식과 비교하는 행위 자체가 지나치게 유럽적 평가기준에 사
로잡혀 헤어나지 못하고 있다는 증거이다. 둘째, 판소리의 특성을 규정하
는 용어로서 이원구조라거나, 소리와 아니리의 미학적 반복이라는 용어를
사용함은 그 용어들이 불일치의 일치(discordia concors) 또는 아리아
와 레치타티보라는 서구적 개념의 느슨한 적용 내지는 변형에 그쳐 있는
때문이다. 말하자면 자연스럽게 좀더 작품의 심층에 스며들지 못한 분석
에 아쉬움이 있다는 것이다.

　「춘향전군」은 두 갈래로 나누어 작품의 통제성을 파악하는 것이 타당할
것이다.

　'월노의 가연이 아리따운 기생에 있었다(月老佳緣紅粉妓)'와 '여자가 우리
집이 멀지 않으니 오세요 하니 남자가 좋다고 했다(女曰無遲男曰唯)'는 대목
으로써 춘향이 기생임을 못박아 놓은 만화본(晚華本)에서 시작하여 '본읍기
생 16세, 임자 4월 7일생'으로 밝힌 경판본과 안성판본, 그리고 '바로 교방에

_____
43) 金東旭, 韓國歌謠의 研究(乙酉文化社, 1961) 416面.

서 만났으나 아직 어려서 이름이 교방에 딸리지는 아니하였다(正値敎坊未屬
名)'라고 되어 있는 「광한루악부(廣寒樓樂府)」와 '본읍기생 월매 딸 기생 춘
향'으로 못박은 이고본(李古本)·일사본(一簑本)·고대본(高大本) 따위가 한
무리를 이루고, 성천총의 서녀로 등장하는 신재효본과 성참판의 서녀로 확정
된 완판본이 다른 한 무리를 이룬다.

첫 유형에서 춘향이는 신분이 기생이므로 이도령을 유혹하거나 애정을 거
래하는 데 아무런 구속을 받지 않는다. 그리고 춘향의 수절은 애정의 거래가
그 여자의 내면에서 애정 자체로 변화한 데서 원인을 찾아야 한다. 이도령과
사귀면서 춘향은 저도 모르게 자기를 사랑의 대상과 동일시하게 되었고, 양
반의식을 자기화하게 되었던 것이다. 이와 같은 양반의식의 자기화는 이도령
과 이별한 후에 고독을 통해서 더욱 강화되었는지도 모른다. 또 어쩌면 춘향
의 잠재의식 가운데는 신분을 상승시키고자 하는 욕구가 움직이고 있었는지
도 모른다. 천한 기생인 춘향이 '양반은 핏줄이 아니라 윤리에 의하여 성립되
며, 누구나 정절을 지키면 양반이 될 수 있다'고 생각했음직도 하다.

다음 유형의 작품의 경우에는 사랑에서 거래의 요소가 불식된다. 양반의
서녀인 춘향은 어려서부터 '양반의 씨'라는 자부심을 지니고, 양반의식을 자
기화할 수 있게 된다. 비천한 현실의 생활은 그러한 의식을 더 강하게 해주
었을 터이고, 앞에 없는 아버지에 대한 그리움도 '아버지와 자기의 동일시'를
더욱 조장하였을 것이다.

    A. 네가 미친 자식일다 도령임이 엇지 나를 알어서 부른단 마리냐 이 자식
    네가 니 마를 종지리식 열씨 까듯 하여나부다44)(춘향이 방자에게 하는 말)

    B. 니 마음더로 할진더는 육예를 힝 할 터나 그러딜 못하고 기구녁 서방으로
    들고 보니 이 안이 원통하랴45)(이도령이 춘향에게 하는 말)

---

44) 金東旭, 古小說, 板刻本全集, 第3冊, 319面.
45) 前揭書, 327面.

C. 어려부팀 절곡한 쓰시 잇셔 힝여 신세를 그릇칠가 으심이요 일부종사하려
하고 사사이 하는 힝실 쳘석갓치 구든 쓰시 청송녹죽 전나무 사시절을 닷토난
듯 상전벽히 될지라도 늬 딸 마음 변할손가46)(월매가 이도령에게 하는 말)

A와 B를 통하여 춘향의 신분이 방자와 같은 천인에 속함을 알 수 있고
C를 통하여 그 여자의 내면세계가 양반의식으로 차 있음을 짐작할 수 있다.
사실에 있어서 천한 신분과 양반의식은 「춘향전」을 이해하는 열쇠이다. 춘향
이 천인의 신분인 데서 초야의 애욕적 장면이 자연스럽게 되며, 춘향의 내면
적 양반의식을 통하여 변사또에 대항한 '위대한 거절'이 가능하게 된다.

「춘향전군」에 공통된 암행어사 출도 장면에 대하여 지나치게 손쉬운 폐단
을 지적하는 사람이 많지만, 그러한 견해에도 공감되지 아니한다. 그것은
'민간의 전곡목포를 다 고미풔질ᄒ여드리[京板]'는 난폭한 권력에 대한 징계
라는 소극적 의미를 내포하는 데 그치는 것이 아니다. 암행어사 출도 장면은
올바른 권력에 대한 민중의 소망이라는 적극적 의미를 함축하고 있다. 군담
소설류가 상층 관료의 세계에만 통하는 올바른 권력을 희망하였다면, 판소리
사설과 판소리계 소설은 민족 전체에 해당되는 범위의 올바른 권력을 소망
하고 있다고 할 수 있다. 양반들이 「춘향전」을 태연히 듣고 보았던 사실은
그들의 특권의식 자체가 18세기에 이르러 이미 분열하고 있었음을 웅변으로
증명한다.

일본의 경우에는 국학과 난한이 성립되고 한국의 경우에는 실학과 동학이
성립되어 근대지향의 방향성을 개념화하기 전에 두 나라에는 모두 광범위한
민란에 이어 민속문화와 지방문화가 활발하게 전개되었다. 판소리는 한국의
민속문화와 지방문화를 대표하는 서민예술이라고 할 수 있다. 판소리 속에는
민중의 근대지향이 표현되어 있다.

---

46) 前揭書, 326面.

3. 놀이의 본질

– 양주 별산디놀이의 경우

 반세기 가깝게 연구되어 온 결과 가면극의 대본을 채록하고 그 공연의 실제를 탐사하는 일은 이제 완결된 듯하다.

 그러나 좀더 나아가서 가면극의 의미를 밝히는 작업은 혼미를 벗어나지 못하고 있다. 가면극의 겉모습을 더듬으며 거기에 자의적인 해석을 가하는 데 그쳐서 객관적인 타당성을 얻는 데는 실패하고 있다. 문제는 어찌하면 가면극의 속바탕을 분명하게 드러낼 수 있을까 하는 데에 있다. 이 글은 정신분석의 통찰에 기대어 가면극의 그 속뜻을 붙잡는 데에 목적을 둔다.47)

---

47) 이 글의 臺本으로는 張漢基編 『韓國民俗劇』(正音社, 1976) 중의 「楊洲 山臺 假面劇 脚本」을 사용하였다.

1

〈양주 별산디놀이〉를 보는 관중은 우선 그 춤사위와 삼현 장단에 맞춰 흥겨움 속으로 들어간다. 그러나 놀이가 진행되어 나가는 동안에 관중에게 크게 충격을 주는 내용은 흥겨움 자체가 아니라 격렬한 싸움과 애욕의 표현이다.

흥겨움조차도 싸움과 애욕에 짙게 물들어 있다. 상좌 둘과 먹중 넷, 그리고 옴중과 완보를 팔먹중이라고 하는데, 이들이 흥청거리고 노는 장면은 사이좋은 놀이이지 싸움은 아니다. 그러나 상좌가 옴중의 막대기를 뺏고 숨는다거나, 옴중과 완보가 서로 의관을 뜯어먹으려 하며 욕설을 주고받는다거나, 노장을 마당 한가운데 내다 놓고 큰 조기를 잡았다고 하면서 먹는 시늉을 하거나 하는 것은 싸움과 비슷하다. 또 〈양주 별산디놀이〉 가운데서 가장 흥겨운 장면은 염불거리, 침 놓는 거리, 애사당 북거리인데, 이 세 거리 가운데에는 왜장녀와 말뚝이가 육담을 주고받는 애사당 북거리가 그중 애욕적인 성격이 짙으나, 말뚝이의 아들·손자·증손자는 음마정병이 들어 죽게 되었고, 염불을 하던 팔먹중들도 곧 오입쟁이로서의 본색을 드러내고 마음껏 그 장기를 발휘하여 애욕스러운 분위기를 조성한다.

타협이 없는 주먹다짐의 싸움은 신 장사를 하는 말뚝이와 노장 사이, 소무 둘을 서로 차지하려고 치고받고 하는 취발이와 노장 사이, 양반의 위신을 세우려는 샌님과 그것을 꺾으려는 종 말뚝이 사이, 애첩을 지키려는 샌님과 그 여자를 빼앗으려는 포도부장 사이에서 전개된다. 신하래비의 구박에 자결하고 마는 미얄할미의 죽음도 타협이 없는 싸움이라고 볼 수 있다.

그리고 적나라한 애욕은 신 장수의 원숭이가 소무를 건드리고 신 장수가 원숭이를 건드리는 장면, 취발이가 노장에게서 빼앗은 소무를 관중 앞에서 범하는 장면, 신하래비의 아들 도끼와 그 누이가 심한 육담을 주고받는 장면에 표현되어 있다.

도끼: 그러나 저러나 매부 어디 갔소?

누이: 니 매부 나간 지는 석삼년 열아홉 해가 넘는다.

도끼: 그동안 옹색한 일 많았겠구랴.

누이: 이 동네 개평 여러 번 뗐다.

도끼: 아이구 그 개평이면 나도 좀 주지. 시방 대 보랴오.

　무엇 때문에 가면극은 이렇듯 지나친 싸움과 애욕의 표현이 되었을까? 싸움과 애욕이 짙고 많으므로 가면극은 돌아볼 가치도 없을 만큼 하잘것없는 것이라고 판정거나, 그러한 면을 통해서 민중의 생명력을 발견할 수 있다고 하여 위대한 예술로 평가하는 행위는 둘 다 그릇된 것이다. 올바른 연구는 싸움과 애욕의 표현이라는 결과 또는 현상을 놓고 깊이 고심하여 그것의 원인 또는 본질을 해석해 낼 수 있는 것이 되어야 한다.

　그러한 과정을 정신분석의 통찰에 힘입어 밝혀낼 수 있다고 생각된다. 정신분석의 입장으로 볼 때 인간의 삶은 본능과 의식의 두 가지로 구성되어 있다. 본능의 성질은 즉각적인 만족을 추구하고 쾌락과 놀이를 따르며 억압의 부재를 원하는 데에 있다. 그러나 삶을 이러한 본능에만 맡겨 놓으면 삶 자체의 자기 보존이 위태롭게 되기 때문에 삶은 본능을 변형하는 것이다. 의식은 지연된 만족을 추구하여 만족을 유예시킬 줄 알며 쾌락의 억제와 괴로운 노동을 능히 감당하며 안전을 원한다.

　의식이 하는 중요한 일은 본능을 억압하는 것이다. 본능을 억압하여 자기를 안전하게 유지하는 구실이 의식의 임무이다. 이러한 설명을 요약하여 본능은 쾌락원칙을 따르고 의식은 현실원칙에 의존한다고 말할 수 있다. 인간의 삶은 쾌락원칙과 현실원칙의 양면성을 포함하고 있는 것이다.

　의식은 본능의 억압이므로 인간의 문화는 결국 본능의 억압에 그 토대를 두고 있다. 그런데 의식이 본능을 억압하는 그 정도는 사회와 시대에 따라 서로 다르다. 이러한 억압의 과정 가운데에서 언제 어디서고 부득이하여 결코 풀어버릴 수 없는 면을 기본억압이라고 부르고, 특정한 시대와 특정한 사회에 국한되어 필연적인 것이 아닌데도 여러 가지 이유로 첨가된 면을 과잉 억압이라고 일컫는다.

삶이 쾌락원칙과 현실원칙의 양면성을 지니고 있듯이 본능 자체에도 양면성이 함축되어 있다. 본능은 화합본능($Eros$)과 파괴본능($Thanatos$)으로 형성되어 있다. 유기체의 원시상태로 퇴행하려는 충동이 화합본능이고, 무기체의 상태로 퇴행하려는 충동이 파괴본능이다. 원래 화합본능과 파괴본능이라는 이 본능의 두 벡터는 서로 도우며 작용하여 본능 자체를 강화하고 확대하는 직능을 하는 것이다. 사물과 타인에 대하여 존중하고 염려하고 이해하는 데에 화합본능의 일이 있고, 그러한 존중과 염려와 이해에 대하여 방해하는 세력을 부정하고 증오하고 깨뜨리는 일이 파괴본능의 임무이다.

삶의 가장 큰 목적은 화합본능과 파괴본능의 어울림에 있다. 그런데 그 어울림은 의식의 억압이 기본적인 선에 그쳐 있을 때에 가능하다. 삶의 모든 측면을 샅샅이 유용한 노동으로 전환시키려고 하는 과잉억압이 본능에 가해지면, 화합본능과 파괴본능 사이에 유지되던 균형이 무너진다. 이러한 위험성은 개인의 문제일 뿐 아니라 문화 전체의 문제가 되기도 한다.

> 문화는 끊임없는 승화를 요구한다. 그것은 따라서 문화의 건설자인 에로스를 약화시킨다. 약화된 에로스에 의한 비성화(非性化)는 파괴적인 충동을 풀어 놓는다. 파괴본능이 화합본능에 대하여 지배권을 획득하려고 노력하는 본능의 해리(解離)에 문명이 위협을 받게 되는 것이다. 자제를 근원으로 하고, 진보되는 자제 아래서 발전하면서 문명은 자기파괴로 기울어진다.[48]

과잉억압의 상태 아래서는 화합본능과 파괴본능의 어울림이 무너질 뿐 아니라 화합본능이 축소되고, 파괴본능이 강화된다. 파괴본능은 원래 화합본능을 도와주는 구실을 하던 것이나, 본능의 고른 실현이 불가능하게 되면 파괴본능 자체가 본능을 대표하게 된다. 왜냐하면 본능이란 의식의 어떠한 억압

---

48) H. 마르쿠제, 金仁煥 譚, 에로스와 文明, 旺文社(1973), 95面.

아래서도 완전히 마멸되지는 않기 때문이다. 어린애의 성욕에 비교되는 화합본능은 신체의 전부에 퍼져 있으면서 작용하는 것으로서 화합본능이 잘 실현되는 전형적 상태는 예술 감상에 황홀하게 도취되는 순간이다. 그러나 화합본능이 축소되고 파괴본능이 앞에 나오게 되면 합리적인 쾌락은 대상을 잃고 사이비 쾌락으로 변질된다. 파괴본능의 실현인 증오와 부정은 어디까지나 화합본능의 존중과 염려와 이해를 돕는 것인데, 이것이 전도되어 증오와 부정 자체가 삶의 목적이 되고 쾌락의 대상이 된다. 소위 '성기 성욕'의 강화도 화합본능이 축소된 결과이다.

〈양주 별산디놀이〉에 나타나는 싸움과 애욕의 표현은 건전한 본능의 실현이 아니라 과잉억압 상태 아래서 파괴본능이 강화된 모습을 드러내고 있다. 욕설과 싸움만이 아니라 그 지나친 성기 애욕의 표현도 화합본능이 축소된 결과임을 보여준다.

민중 가면극이 크게 성했던 시기는 18세기 말엽에서 19세기 초엽의 사이였다.49) 생산능률의 저하에 직면한 봉건제도50)는 그때 말기적 현상을 드러내어 민중에 대한 억압과 착취가 몹시 심하였다. 민중이 노동하여 이룩한 성과에 기생하면서 사대부 계급은 기술 수준의 향상을 위하여 아무런 생산적 직능도 맡아하지 못하였고, 스스로 국한된 벼슬자리를 놓고 당쟁에 휘감기어 아무런 생산적인 사색을 도모하지 못하였다. 〈양주 별산디놀이〉가 지나치게 억압되어 있는 본능의 표현임은 그러한 데에 원인이 있다.

2

과잉억압을 포함한 현실원칙의 지배는 매우 완강하다. 〈양주 별산디놀이〉는

---

49) 趙東一, 假面劇의 喜劇的 葛藤, 서울大學校 大學院(1968) 61面.
50) 한국에는 封建制度가 없다는 주장이 있다. 西歐의 *Feudalism*에 비추어 본 견해이다. 나는 자본주의 시대에 가까운 시대로서 자본주의와 반대되는 성격을 지닌 時代를 指稱하는 넓은 개념으로 이 용어를 사용하였다.

과잉억압 상태 아래서 왜곡된 본능을 드러내고 있다고 논술하였다. 그러나 〈양주 별산디놀이〉의 의미는 다만 그것에 그치는 것이 아니다. 가면극의 좀더 깊은 의미는 그것이 놀이라는 데에 있다.

그러면 놀이란 무엇인가? 의식의 표현이 노동인 데 비하여 본능, 특히 화합본능의 표현이 놀이다.

> 현실원칙이 도입되어도 사고 활동의 하나의 양식은 분기(分岐)된다. 그것은 현실의 검사로부터 자유롭고 오직 쾌락원칙에만 종속된다. 어린이들의 놀이에서 이미 시작되어 후에 백일몽으로 계속되는 그것은, 실제적인 대상에의 의존을 포기하는 상상력(*das Phantasieren*)이다.51)

본능에 대한 의식의 억압이 아무리 심하여도 상상력과 놀이는 언제나 남아서 생생하게 활동한다. 어떠한 경우에도 상상력과 놀이는 쾌락원칙에 위탁되어 있다. 그러므로 〈양주 별산디놀이〉는 그 내용에 섞여 있는 싸움과 애욕의 표현을 검토하면 왜곡된 본능의 표현이지만, 그것을 구조적으로 검토하여 놀이라는 성격에 유의할 때는 화합본능의 표현이 된다. 〈양주 별산디놀이〉뿐 아니라 모든 가면극의 바탕은 놀이에 있다.

문학의 삼대 장르인 시와 소설과 희곡을 가르는 기준-장르 표지는 물론 시 : 1인칭 장르, 소설 : 3인칭 장르, 희곡 : 2인칭 장르라는 주관성과 객관성과 상호성에 있을 터이다. 그러나 그 장르의 원형을 더듬어 노래와 이야기와 놀이로서 장르 표지를 삼아도 된다. 어느 시대, 어느 장소에도 노래와 이야기와 놀이는 있다. 그러므로 놀이의 본질에 대하여 고심하는 일은 희곡의 바탕을 탐구하는 것이 된다. 희곡이 고도로 발전하여 놀이로서의 성격을 떠나면 희곡의 사멸이 시작된다. 희곡이 현실의 문맥 가운데서 생생하게 살아 있으려면 놀이의 성격을 늘 지니고 있어야 한다. 심우성이 산디판 또는 놀이판

---

51) Sigmund Freud, "*Collected Papers* Ⅳ," London, Hogarth Press(1950), pp.16~17.

의 확립을 요구하는 것도 이러한 데에 그 이유가 있다.

> 이제 우리가 마당굿 형식의 놀이판을 새삼 가져가야겠다는 생각은 마당굿 자
> 체의 극술(劇術)의 빈곤을 보충하자는 뜻이 전혀 아님을 알아야 한다. 마당굿
> 으로 통하는 동양적 극형식은 오늘날 훌륭한 극술로 대두되고 있다. 서구의 근
> 대적 극형식에 한계를 느낀 서구적 연극인들의 돌파구 구실로서가 아닌, 자생
> 적이고도 정직한 창조의 차원에서 우리의 극술은 논의되고 있는 것이다.52)

가면극은 반드시 놀이로서 검토되어야 한다. 놀이의 성격은 논리를 떠나서
활동하는 데에 의미가 있다. 그러므로 가면극을 서구의 극이론으로써 조작적
으로 연구하는 태도는 거부되어야 한다. 그러한 연구는 논리에 맞으면 맞을
수록 오류이다.

〈양주 별산디놀이〉가 함축하고 있는 놀이로서의 특징은 우선 시공의 낙차
가 심한 것이다. 시공의 낙차는 〈양주 별산디놀이〉의 모든 곳에 드러나지 않
는 데가 없으나, 손쉽게 노장 마당과 취발이 마당의 두 마당에서만 찾아보기
로 한다. 노장 마당의 첫 부분은 노장이 등장하자 놀란 팔먹중들이 온갖 사
설을 늘어놓으며 달려가 확인하는 장면이다. 둘째 부분에서는 팔먹중이 조기
잡으러 간다고 하여 뱃노래를 부르면서 노장을 산디판 가운데로 끌어내어
갈라 먹는 시늉을 한다. 셋째 부분은 노장이 소무 둘을 유혹하여 처첩을 삼
는 장면이다. 이 세 부분은 시간적으로나 공간적으로 상당히 동떨어진 것인
데도 불구하고 '사이' 없이 잇달아 전개된다.

취발이 마당은 취발이가 노장과 싸워서 소무 하나를 얻는 부분과 그 소무
와 취발이가 아이를 낳아 기르는 부분으로 구성되어 있다. 특히 뒷부분에 시
공의 낙차가 심하다. 뒷뜰 구경 운운하며 치마를 들치고 하다가 아이를 낳아
야겠다고 통정한다. 소무가 복통을 하고 순산하니, 취발이가 아이를 안고 논
다. 아이가 글을 배우겠다고 하여 천자와 한글을 가르친다. 이러한 사건들은

---

52) 沈雨晟, 韓國의 民俗劇, 創作과 批評社(1975), 19面.

모두 시간적으로나 공간적으로 동떨어진 것들인데 극의 진행과정으로 보아서는 연속되어 사이에 '틈'이 개재되지 않는다.

김재철은 이러한 시공의 낙차를 역사적으로 해석하여 논증하였다.

> 만일 從來의 舞劇과 全然히 沒交涉하고 이룩된 純全히 새로운 一種의 劇이라 하면, 마땅히 그 內容이 前後가 連絡되고 整頓되지 않으면 아니 될 것이다. 이와 같이 各場이 서로 連絡이 없는 데에는 여러 가지 歌舞百戱가 군데군데 包含된 것이라고 推測할 수가 있다.53)

한편 김열규는 희극적 불일치성이라는 장르적 특색에 기대어 시공의 낙차를 해석하였다.

> 前後 一貫된 플롯이 없고 斷片的인 事件의 堆積으로 엮어지는 탈춤에는 時間의 持續性이 必要없다. 곧잘 現在에서 過去에로 飛躍하고 場面과 다음 場面을 잇는 時間的인 脈이 없다. 時間의 轉換이 自由로운 것처럼, 或은 時間이 斷續的인 것처럼 탈춤의 場面도 그만큼 잘 變한다. 悲劇에서는 嚴正하게 要求되는 時間과 場所의 一致가 喜劇에서는 굳이 要求되지 않는다. 그 時間과 場所의 一致가 要求하는 制約에서 喜劇은 自由로운 것이다. 이것도 탈춤이 지니는 喜劇的 不一致性이라 看做될 수 있을 것이다.54)

그러나 실제로 공연되는 〈양주 별산디놀이〉는 이 두 사람의 견해처럼 불일치성이 심한 것은 아니다. 상당한 분량의 시공 낙차를 포함하고 있기는 하나 내면적인 통일성은 여전히 있다. 그 통일성은 삶과 죽음, 출산과 사망, 성장과 노쇠의 변증법에 있다. 침놓는 거리는 말뚝이의 아들, 손자, 증손자의 죽음에서 시작하여 삶으로 끝나며 포도부장 거리는 노쇠한 샌님이 물러나고 건강한 포도부장이 애첩을 차지한다. 극 전체의 구조로 보아서는 취발이 마당의

---

53) 金在喆, 朝鮮演劇史, 學藝社(1939), 79面.
54) 金烈圭, 「現實文脈 속의 탈춤」, 震檀學報 第39號(1975) 176面.

출산과 신하래비 마당의 죽음이 대조된다. 그리고 첫째 마당에서 고사 지내는 일과 마지막 마당에서 제사 지내는 일이 일치되어 앞뒤를 맞추고 있다.

놀이의 또 하나의 특색은 빗나간 소리, 즉 헛소리와 신소리이다. 한글학회 큰사전은 티격태격을 "서로 뜻이 맞지 아니하여 이러니저러니 시비를 말하는 꼴"이라고 풀이하였으나, 가면극에서는 티격태격하는 헛소리와 신소리가 흥청거림을 북돋아 주고 있다.

옴중과 상좌의 티격태격이나 먹중과 옴중의 티격태격이 다 재미있는 장면들이다. 그러나 빗나간 소리의 일품은 팔먹중 마당이니, 그 가운데 애사당 북거리는 더욱 재미있다. 말뚝이가 애사당이 치는 법고를 빼앗아 신명을 내는데, 완보가 나와 훼방을 놓는다. 완보가 북을 가지고 동서남북으로 엇가고, 뺑뺑 돌고, 벗어 던지며 말뚝이를 놀린다.

  (말뚝이는 완보가 꼼짝도 하지 못하게 발 앞에다가 금을 그어 놓는다.)
  말뚝이 : 이놈아, 너 이 금 밖에 나오면 네 에미 붙느니라.
  완보 : 여러분, 보시오. 내가 금 밖에 나갔나, 저놈이 금 밖에 나갔나.

이 외에도 소무와 노장이 서로 유혹하며 벌이는 티격태격, 말뚝이와 노장이 신을 사고팔며 벌이는 티격태격, 취발이와 아들이 글을 가르치고 배우며 나누는 티격태격, 쇠뚝이와 말뚝이가 샌님에 대항하여 싸우는 사이사이에 개입되는 티격태격에 모두 헛소리가 들어 있다. 샌님이 마지막으로 손이나 만져 보자고 하는데, 포도부장이 대신 자기의 손을 주어 일어나는 티격태격 장면도 흥미롭다.

한글학회 큰사전은 신소리를 "상대자의 말에 관련하여 신등머리지게 받아넘기는 말"이라고 풀이하고, '고맙습니다' 하는 말에 대한 '곰 왔으면 총 놓게요', '신소리한다' 하는 말에 대한 '신이 소리하면 발바닥은 육자배기한다' 따위의 예를 들어 놓았다.

가면극의 대사는 그 전부가 신소리와 말재롱으로 되어 있다고 하여도 과

언이 아니다.

그 臺詞의 특징의 一面을 들어 보면 德談은 巫堂에서의 借用이고 才談은 나왔다를 出生했다로, 썼다를 借金으로, 죽었다를 새평이쳤다(옛날에는 共同墓地가 莎萍里에 있었음)로 결말을 쓴다든가 잿골(齋洞)에 먼짓골을 對應시켜 본다든가 相對者를 부를 때 안갑을 할 녀석, 에미 할 놈아, 도둑놈아의 卑語를 쓴다든가 하는 점을 들 수 있다.55)

신소리 가운데 드러난 것은 다음과 같다. 팔먹중이 염불을 하는데, 말뚝이가 끼어들어 '나무어미타불, 나무할미타불' 한다. 그 이유를 "너는 도가 한층 낮으니 나무어미타불이지만, 나는 도가 한층 높아서 나무할미타불"이라고 대답한다. 침놓는 거리에서는 말뚝이의 손자 나이가 열다섯이라고 하고, 금세 죽었다고 했는데, 완보는 "죽은 지가 수십 년이나 된다. 살은 다 썩고 뼈는 박골 진창이 다 되었다"고 놀린다. 애사당 북거리에서 애사당이 치는 법고를 빼앗으며 말뚝이는 "법고라는 것은 벌거벗고 치는 것인데 바지, 저고리, 전복을 입고 쳐?"라고 나무란다. 노장 마당에서 완보가 노장에게 하는 말에도 신소리와 말재롱이 들어 있다.

절간에 계시어 千手千眼 觀自在菩薩 廣大圓滿 大陀羅尼나 부르고 계시면 하루에 葉담배가 세 매요, 松粉이 세 그릇이요, 돈이 석 냥이요, 상좌 삐역이 세 판인데 무엇 하러 떵꿍하는 데 가담하였오?

샌님 마당에서 쇠뚝이와 말뚝이가 하는 대사는 모두가 신소리이며, 포도부장 거리에서 샌님이 애첩에게 정다운 체하는 말이 제 마음은 돌배맛이고, 콩을 나누어 적은 쪽을 주겠다는 둥 하는 말도 신소리이고, 신하래비 마당에서 도끼와 그의 누이가 도끼의 이름을 두고 까뀌, 끌, 대패를 끌어대는 것도 헛소리이다.

---

55) 李杜鉉, 「楊洲山臺놀이 硏究」, 亞細亞硏究 通卷 第30號(1968) 53面.

3

쾌락원칙의 표현인 놀이는 스스로 현실원칙에 대한 비판이 된다. 특정한 사회의 현실원칙을 형성하는 지배의 논리는 노동체계와 가족구조에 의하여 유지된다. 가족의 규모로 구성되어 있는 원시 집단을 상정하면, 그 둘은 하나가 된다. 지배자들은 많은 금기를 설정하여 넓게는 사회, 좁게는 가족 안에서 쾌락을 자의적으로 배분한다.

〈양주 별산디놀이〉에는 기존의 노동체계와 가족구조를 거부하는 항의와 비판이 함축되어 있다. 미얄은 신하래비의 구박을 받고 자결하며, 도끼와 그의 누이는 아버지의 암상맞음을 비난한다. 또 샌님 마당은 양반을 비난한다. 또 샌님 마당은 양반을 비판한다.

> 샌님 마당은 언청이 샌님이 쇠뚝이와 말뚝이를 잡아들여 착취하고, 돈으로 흥정하며, 같은 계급인 포도부장에게 애첩을 빼앗기는 봉욕을 그리고 있다.56)

샌님 마당에 욕설이 가장 많이 나오는 것은 비판의 굳셈을 보이는 것이기도 하지만 현실적인 예속을 놀이 속에서 역전시킴으로써 비판의 잠재적 가능성을 보존하는 것이기도 하다. 문안을 드리면서 "잘못 받으면 육시처참에 송사리뼈도 아니 남소"라고 위협하는 것이나, 이름을 문자 '아자 번자'라고 제 이름에 존칭을 쓸 뿐 아니라 샌님에게 '아버지'라고 부르게 해 놓고 좋아라 하는 것은 다 환상적 승리의 표현이지만, 완강하게 유지되는 환상은 기어코 현실이 되고 만다.

또 하나의 비판은 노장에 대한 것인데, 노름으로 돈을 모아 소무 둘을 데리고 희롱하는 이 중은 비판의 대상이 될 만하다. 그런데 우리는 같은 골계 속에서도 해학과 풍자와 반어를 구분해야 한다. 해학은 비판의 대상을 아프

---

56) 金世中, 「楊洲別山臺假面舞劇의 實際」, 우리문화 제2집(1968) 109面.

게 하지 않는 것이요, 풍자는 비판의 대상을 아프게 하는 것이다. 반어는 대립과 긴장이 지속되는 것으로서 경우에 따라서 해학이 되기도 하고, 풍자가 되기도 한다. 가부장과 지배계급에 대한 비판은 풍자이나, 이 노장에 대한 비판은 반어이다.

노장은 극의 진행과정에서 말을 하지 않는다. 상좌·연잎·눈꿈적이 등 부차적 인물과 소무·애사당·왜장녀 등의 여자 역도 무언이나, 중요한 작중자아로서 무언인 것은 노장뿐이다. 정신분석의 입장에서 무언이 열반을 암시하는 것으로 해석할 수 있다.

쾌락과 죽음의 전율할 만한 결합인 일반 원칙의 우위는 확립되자마자 해소된다. 유기적 생명의 퇴행적 타성이 아무리 보편적인 것이라 해도 본능은 근본적으로 상이한 양식으로 자기의 목적을 달성하기 위하여 노력한다. 그 차이는 삶을 유지하는 것과 삶을 파괴하는 것의 차이와 거의 같다. 에로스는 타나토스를 극복하고 지배권을 획득한다. 그것들은 계속해서 죽음으로의 하강을 방해하고 지연시킨다.[57]

정신분석의 관점에 서면, 열반원칙은 있을 수 없다. 〈양주 별산디놀이〉가 노장에 대한 반어를 통해서 보여주는 것도 열반원칙의 불가능성이다.

---

57) H. 마르쿠제, 前揭書, 27面.

Ⅱ. 나라 잃은 시대의 시와 비평

4. 20년대 문학비평

이 글은 「개벽」지를 대상으로 하여 20년대 전반기의 문학비평을 검토하려는 목적 아래 구상된 글이다. 같은 시기에 간행된 여러 가지 잡지를 놓아두고 「개벽」지를 자료로 삼은 이유는 다음과 같다.

첫째, 20년대 전반기의 문학을 이해하는 데 도움이 되는 서지적 문헌은 많이 있으나, 「창조」(1919년 2월~1921년 5월)가 9호, 「서광」(20년 1월~20년 8월)이 8호, 「수양」(20년 7월~20년 9월)이 2호, 「폐허」(20년 7월~21년 1월)가 2호, 「장미촌」(21년 5월)이 1호, 「백조」(22년 9월~23년 9월)가 3호로서, 통권 9호를 넘은 잡지가 없으며, 심한 경우에는 창간호가 종간호가 된 예도 있다. 그러나 「개벽」은 1920년 6월에 처음으로 간행되어 1926년 8월까지 6년 3개월 동안 모두 72호를 발행하였다. 우선 그 분량에 있어서 다른 모든 자료를 압도함을 알 수 있다.

둘째, 다른 잡지들이 문학 동인지의 성격을 띠고 좁은 범위에 국한되어 있었던 데에 반해서 「개벽」은 천도교 청년회에서 사회운동 내지 문화운동의 한몫으로 생각하고 펴낸 본격적인 종합지이므로, 그 내용의 질에 있어서도 단연 다른 문헌보다 뛰어나다.

셋째, 「개벽」은 종합지이면서도 문학에 알뜰하게 배려하여 다른 어떤 문학지보다 더 많은 지면이 창작과 비평에 할당되어 있다. 22년 1월의 통권 19호부터는 아예 책 전체가 문학 부문과 기타 부문으로 나누어져서 페이지까지 따로 매기고 있다.

이 글은 근대문학 수용, 형식 비평, 심리 비평, 사회 비평의 네 부분으로 전개된다.

유럽 문학에 대한 이해가 고전문학을 발전적으로 계승하는 데에 커다란 영향을 입혔다는 전제에서 먼저 근대문학 수용이란 장을 마련하였다. 다음에 형식 비평과 심리 비평과 사회 비평을 다룬 것은 모든 비평의 종류를 크게 나누면 이 세 가지 가운데 어느 하나에 들어갈 수 있다는 생각에 따른 것이다. 문학활동을 구성하는 근본요소는 작가와 작품과 독자이며, 비평은 작가론·작품론·독자론의 세 영역을 넘어설 수 없다. 작품의 내적 언어의 변증법, 말씨와 리듬과 비유와 서술자의 다양한 태도와 압축된 결구 등을 섬세하게 다루려면 형식 미학의 토대가 요구되며, 작가의 정신적 궤적을 추적하는 데는 심리학이 필요하며, 독자의 독서경험은 그 자체가 사회학적 의미를 가질 수 있다.

「개벽」에 실려 있는 비평들이 작품의 미적 효과를 섬세하게 파악하고 있고, 작품의 표면구조를 아래서 지탱하고 있는 심리학적 중심을 해석하고 있으며, 사회집단의 의식과 작품의 구조 사이에서 정신적 상동성을 추출하거나 개인과 사회의 관계라는 어려운 문제를 깊이 천착하고 있다는 말은 아니다. 그러나 향가-여요, 시조-가사, 고전소설을 제외하고 남는 20~30년대 문학과 50~60년대 문학을 두고 볼 때에 20년대 전반기가 그 후의 문학적 성장의 싹을 포함하고 있다는 사실은 부인할 수 없을 것이다. 이 논문의 의도는 바로 이 싹을 찾는 데에 있다.

논의의 전개는 20년대 전반기의 문학비평을 동시적 질서로 보아서 전체적인 성격을 드러내려고 노력할 터이며, 발표의 연보는 무겁게 여기지 않겠다. 해석의 자유를 연대적 순서에 의하여 침해받고 싶지 않기 때문이다.

(1) 근대문학수용

유럽의 근대문학을 이 나라에 소개하는 데 진력한 사람들 가운데 가장 뚜렷한 이는 김억이다. 그의 글 「근대문예」(12, 15, 16, 17, 18, 19, 20, 21호)는 고전주의와 낭만주의와 자연주의와 상징주의를 상호 연관되어 있는 맥락으로 파악한 우리나라 최초의 평론일 것이다. 김억은 고전주의를 르네상스의 형식주의적이고 객관주의적인 성격이 초래한 결말이라고 보았다. 균형·명석·통일·규범·절도 등의 그 성격을 특징짓는 낱말들은 한결같이 의고적(擬古的)이고 보수적인 면을 강조하고 있다는 것이다. 여기에 반하여 프랑스혁명을 기틀로 하여 일어난 주관주의 문학인 낭만주의는 자유와 평등과 우애를 내세우는 일면, 신앙과 전설적 용렬(勇烈)을 강조하는 일면, 아름다움을 위하여 초속생활(超俗生活)을 주장하는 처사적 일면으로 종잡을 수 없이 착잡한 모습을 보이게 되었다.

김억이 셋째로 드는 것은 자연주의이다. 과학과 산업의 진보는 신앙과 이상을 소멸시키고 영웅이 기를 펴지 못하게 하였다. 기계와 인공이 인간의 외부 생활뿐 아니라 내부생활까지 지배하게 되어 어두운 현실에 과학적인 냉철함으로 메스를 가하는 자연과학주의가 등장했다는 것이다.

이 자연주의의 심화 과정을 김억은 세기말의 변질이라고 명명한다. 도덕과 윤리에 대한 무관심은 과학만능에서 관능만능으로 바뀌고 이상의 소멸은 무기력하고 몽상적이고 단편적(斷片的)인 망상을 야기하였다. 이어서 니체와 윌리엄 제임스와 앙리 베르그송에 대하여 가볍게 논하고, 유럽 근대문학의 한 결산으로서 심볼리즘에 대하여 사실을 근본으로 잡고, 그 사실의 참된 정신을 직감하려는 노력이라고 그것을 규정하였다.

> 눈에 보이는 世界와 無限의 世界를 相通시키는 使者가 심볼이라고 합니다.
> 사람과 하느님과의 사이를 傳達하는 것이라고 하여도 같은 뜻입니다. 萬像을
> 通하여 神秘無限의 世界를 暗示하려는 것입니다. 말로 傳達할 수가 없으므로
> 暗示하여 極히 細密한 것—情調를 傳하려는 것입니다.(21호 36面)

「근대문예」 이외에도 김억은 소설을 위해서만 생활을 소비한 플로베르의
보수성과 분석성을 지적하는 「플로베르」(19호, 플로베르는 중국의 문사통치
를 선망하였다 한다)와 신체에 대한 정신의 승리가 불가능하다는 생각에서
꿈과 죽음의 그늘을 드리우고 만상을 바라본 「로덴바하」를 해석한 글(10,
11호)을 남겼다. 비평가라기보다는 유럽문학에 대한 온당한 해설가라고 김
억을 평가할 수 있다.

박영희도 이 시기에 근대문학 수용의 한몫을 담당하였다. 지식인의 실의와
희망을 논한 「체호프 희곡에 나타난 환멸기의 고통」(44호), 보들레르의 생
애와 문학에 대한 독특한 해석인 「보들레르론」(48호), 그리고 빠사로프에게
서 허무주의자가 아니라 실용의 정신, 노동의 정신, 건설의 정신을 찾아낸 「
빠사로프의 부정적 정신」(64호)의 세 편 가운데 「보들레르론」이 탁월하다.

> 그는 生의 虛僞에 대하여 反語的, 嘲笑的 態度로 觀察하고 또 聲明하였다. 嚴
> 酷한 生存競爭의 獸的 行動을 보면서 또 그 가운데 사랑의 本能的 꽃이 있음을
> 보았다.(10面)

예술가에게는 성실한 감염 능력과 인류 화합의 종교적 자각이 요구된다는
「톨스토이의 예술론」(9호)을 김찬영(金贊永)이 소개하였고, 오천석(吳天錫)
은 범인이 미칠 수 없는 체험과 관찰과 사상으로 위대한 영혼의 소설을 써
낸 도스토예프스키의 생애와 문학을 소개하였다.(41호)

이렇게 보아 오면, 우리 문학에 깊은 영향을 주었거나 주고 있는 유럽의

문학사조와 문학가는 이때에 이미 거의 다 소개되었음을 알 수 있다. 그리고 그러한 소개와 해결이 무비판적인 경도가 아니라 중요성과 필요성을 헤아린 선택적인 수용이었음도 또한 짐작할 수 있다.

그런데 향가－여요, 시조－가사, 고전소설의 전통과 유럽의 근대문학을 접붙이려는 시도는 방법상의 어려움을 면할 수 없었을 것이다. 이러한 때에 우리와 비슷한 처지에 있는 중국의 사정을 이해하는 것이 우리에게 큰 도움이 되리라는 것은 두말 할 나위가 없는 사실이다. 1920년 5호에서 1921년 7호까지 3호에 걸쳐 분재된 양일화(梁日華)의 「호적씨를 중심으로 한 중국의 문학혁명」은 이러한 관점에서 중요한 평론이다. "須言之有物, 不模倣古人, 須講求文法, 不作無病之呻吟, 務去爛調套語, 不用典, 不講對仗, 不避俗語俗字" 등의 선언도 선언이려니와, 호적의 사상적 기초인 문학 진화론은 유익한 영향을 우리 작가들에게 입혔을 것이다. 또 평이하고 신선하고 명료한 사실문학, 사회문학을 건설해야 한다는 진독수의 주장은 소설 창작의 재료수집법, 결구법, 묘사법을 논한 호적의 견해와 아울러 실제적이고 구체적인 도움을 우리 문학에 주었을 것이다.

「개벽」지에는 유럽 연극에 관해서도 대체로 연극사적 안목을 갖추고 선별하여 해석한 결과가 드러나 있다. 사적 범위가 극에서 표현주의에 미치고 있기 때문이다. 「연극의 기원과 희랍극의 고찰」(金雲汀 : 31, 32호)은 그리스극의 전개를 배우의 수효, 합창 가무대의 직능, 가면의 사용, 드라마의 말뜻, 아리스토텔레스의 모방론, 비극과 희극의 갈래에 이르기까지 자상하게 풀이한 글이다.

秋季祭禮에는 放歌亂舞의 滑稽猥雜한 行列이 盛行하고 모든 方式이 神的 均齊로부터 人間的 放逸로 趣移하여 生에 對한 歡喜가 漳溢하였다. 數萬의 男女가 한 곳에 集合하여 終夜토록 炬火를 피우며 形形色色의 原始的 遊戱에 醉하고 男根의 模型을 만들어 찬 女子, 野獸의 假面을 쓴 男子들의 行列隊가 市中을 巡廻하며 익살의 問答과 웃음을 자아내는 別別動作을 다하여 動物的 歡樂을 助長하였다. 이와 같이 拘束에서 解放, 沈悲에서 熱喜로 趨移하고 그 遊戲가 喜劇을 産出한 動機를 作하였다. 그러나 그 中에 가장 喜劇의 要素라 할 것은 合唱隊의 指導者가 觀衆을 向하야 才談을 하던 것이 喜劇의 큰 助長이 되었다.(32호 18면)

김수산(金水山)은 연출가 앙뜨완느의 생애를 리얼리즘 연극의 확립과정과 아울러 고찰하면서 자연스럽게 인생의 단면(斷面)을 무대의 세 벽 사이에서 보여주는 그의 연출이 거꾸로 희곡 자체에 영향을 주어서, 복잡한 플롯이 없어지고, 기계(奇計)가 없어지고, 짧고 신속하고 진실한 연극이 이루어지도록 했다고 보았다.(68호 「自由劇場」)

리얼리즘 연극의 완성자인 입센에 대해서는 현철(玄哲)의 글(7호)이 있다. 「브란트」, 「인형의 집」, 「민중의 적」, 「로스메르솔름」, 「바다의 부인」, 「헤다 가블러」, 「유령」 등의 작품에서 내적으로 자각한 생활이라는 주제와 집약성을 강조하는 형식을 지적한 평론이다. 현철은 또 15호에서 독일의 표현주의에 대하여 재현과 묘사를 반대하고, 자연으로부터 해방되어 내적 정념의 분출에 의해서 전쟁과 관료제도에 반대한 연극 운동이라고 풀이하고, 그 통일성의 결여를 예술적 단점으로 비판하였다.

많은 유럽 비평의 번역 가운데서 주목할 만한 것은 로망롤랑의 「민중예술론」(金億 譯, 26호에서 29호)과 르나찰스키의 「실증미학의 기초」(朴英熙 譯, 68, 69, 71호)이다.

전자는 민중극을 수립하려면 과거의 연극을 부정해야 한다는 내용이다. 18세기의 사교계를 떠나서는 이해할 수 없는 귀족 취미와 야만적 영웅주의를 버려야 하며, 풀 수 없는 신비와 부정확한 박식을 자랑하는 사상과 정서의 허위를 버려야 하며, 신흥하는 부유계층의 조수 노릇을 하면서 사회 개량의 가면을 쓰는 속임수를 버려야 한다는 것이다. 고전주의와 낭만주의와 자연주의가 동시에 부정된 셈이다. 후자는 유기체와 환경의 상호작용을 두고, 그 균형의 파괴를 고통, 그 균형의 회복을 쾌락이라고 보는 관점에서 에너지의 진화와 퇴화를 논한 글이다. 혐기(嫌忌), 위축, 수동 등의 퇴화에 대하여

진화는 생명의 변이(變移), 적응을 넘어선 진보, 과잉 능력의 목적 없는 소비, 생명과 생장에 대한 동경 등이다. 예술도 삶에 해로운 것을 계획적으로 제거하는 인간의 움직임의 하나이다.

이러한 번역들은 20년대 전반기의 우리 문학을 이해하는 간접의 자료로서 기여하는 바 크리라고 생각된다.

(2) 형식비평

산문문학과 시문학의 두 방면에 있어서 형식 비평에 뚜렷한 발자국을 남긴 사람은 현철이다. 창간호와 2호에 걸친 「소설개요」는 소설을 사건·성격·배경·문장·의도의 다섯 요소로 나누고 나서 1인칭·3인칭·서한체 등의 사건을 마련하는 방법과 성격을 드러내는 해부적 방법과 희곡적 방법을 서로 대응시키어 사건 마련과 성격 제시 사이의 긴밀한 연관성을 밝히고, 이 연관성에 기여하는 배경이 되어야 하며, 직업과 풍토와 버릇에 따르는 대화가 되어야 한다고 하였다.

「소설연구법」(3, 4호)에서는 위의 평론을 부연하여 통독(通讀)과 세독(細讀)을 겸하여 이상의 다섯 요소를 파악하라고 충고하고 있다. 단순한 소설 감상법이라고 하겠으나 소설들의 비교를 말하는 내용은 연구에 속한다 할 수 있고, 다음과 같이 탁월한 배경 파악법도 제시되어 있다.

往往히 背景도 人物과 事件에 類似한 平行線으로 進就하는 수도 있고 或은 全혀 反對로 對照의 效用만 取得하는 수도 있다.(4호 135면)

5호로부터 7호까지의 세 책에서 같은 평자의 「희곡개요」가 실려 있다. 먼저 소설에 견주어 희곡이 가지고 있는 많은 제약을 열거한 후에 현철은 어떠한 충돌을 중심으로 하여 사건이 '발단-도입-오르는 행위-전환점-내리는 행위-파국'의 순서로 전개된다고 하였다. 특히 파국의 성질을 자세히 설명하면서, 희극과 비극의 차이와 구분을 바르게 갈피짓고, 체호프의 극에 간혹 나타나는 '결말 없는 종결'에 대하여 다음과 같이 비판하였다.

> 元來 人生이라고 하는 것은 果然 始初도 없고 終末도 없는 것이다. 그러나 限없는 生의 連續한 가운데는 어떠한 節節에 이르러 始初도 있고 終末도 있는 한 團塊를 이루어 一部分씩 接續되어 있는 것은 가리지 못할 事實이다.(6호 74면)

이러한 원론적인 강의를 넘어서 좀더 본격적인 비평에 속한다고 볼 수 있는 글에 「문학에 표현되는 감정」(8, 9호)과 「문학상으로 보는 사상」(16호)이 있다. 문학이 관심을 두는 것은 오관으로 아는 감각이 아니라 마음으로 받아들이는 감정이다. 그런데 스스로 감동되지 않는 일을 감동된 듯이 거짓으로 꾸미는 것이나, 스스로 경험하지 아니한 일을 고인의 술회를 따라서 같이 진술하는 것은 지극히 몹쓸 짓이다. 사상에서도 그 경우는 같다. 사상은 새롭고 기이하고 알 수 없는 것일 필요는 없다. 외계의 인지인 사실과 내심의 반성인 고찰은 둘 다 사상에 필요하다. 소설이란 사물을 묘사하는 것이 아니고, 그 사물에 대한 소설가의 인상을 서술하는 것이다. 사상은 곧 감정의 토대가 된다.

> 感情의 根本은 事實과 考察 卽 思想에 있는 것이다. 그러함으로 優秀한 文學일수록 그 思想이 充實하여 사람을 깨닫게 할 힘이 많은 것이다.(91면)

이상과 같이 현철은 논술하였다. 형식 비평의 모습을 분명히 붙잡고, 그 윤곽을 밝힌 현철의 여러 비평에 기대어 염상섭과 현진건이 구체적으로 실제 비평에 임하였다. 1923년의 42호에 실린 『올해의 소설계』에서 염상섭은

현진건의 「할머니의 죽음」을 정련된 감정과 명민한 이지로 감상주의를 벗어
난 작품이라고 평하였고, 박종화의 「목매이는 여자」를 미숙한 사상의 소설이
라고 비판하였다. 현진건은 1926년의 66호 「신춘소설만평」이란 제목 아래
구상과 극적 광경의 묘를 얻은 박영희의 「사건」과 사건의 핵심을 붙잡지 못
한 최서해의 「폭군」을 평론하였다.

시문학에서도 탁월한 형식 비평은 현철의 글이다. 시는 운문이라야 하느냐
또는 운문이 아니어도 되느냐 하는 문제에 대한 황석우의 논란을 날카롭게
비판하고 현철은 시는 운문이라고 주장하였다. 음향을 포함하는 넓은 의미에
서 음조 곧 언어의 형식적 규칙성은 시에 필수적이다. 그렇다고 해서 현철이
운문이라는 말을 율격과 각운에 한정한 것은 아니었다.

> 大槪 情이 極烈하면 어떠한 리듬이 있는 形式을 表現하는 것은 우리가 實地
> 로 哄笑, 戲狎, 憤怒, 喜悅이 多少의 現著한 節奏를 가지지 아니함이 없는 것을
> 보아도 알 것이다.(6호 97면)

운문이 지닌 또 하나의 특색은 문장의 전도이다. 문장의 전도란 말을 현철
은 아래와 같이 해석하였다.

> 우난 것이 버꾸기가 푸른 것이 버들숲가
> 漁村 두세집이 내 속에 나락들락
> 아이야 새 고기 오른다 헌 그물 내어라

"이 詩를 보아라. 오직 趣味 있고 雅談스럽지 아니한가. 萬一 이 뜻을 남이
알아듣기 쉽도록 하자면 "버들숲이 푸른 것 같은데 버꾹새가 우는 듯하다. 두서
너 집 되는 漁村이 연기 속에 잠겨 있구나. 아이야 헌 그물 가져오너라. 고기가
내에 올라온다." 이렇게 하면 詩趣는 없으나 意味는 더 分明해진다. 普通文章과
顚倒된다는 말이 이러한 것을 말한 것이요, 決코 '우는 것이 버꾸기가'라고 하
는 것을 '버꾸기가 우는 것'이라고 顚倒하는 것은 아니다."(6호 100면)

황석우가 7호에 자유시는 운문이 아니라고 반박하자, 현철은 다시 이로정연하게 자유시도 그 바닥에는 반드시 운문으로서의 규칙과 형식이 있음을 밝히고, 한걸음 더 나아가서 상징주의 운운하며 모호한 시를 쓰는 황석우의 태도는 자기(自欺)이며 기인(欺人)이라고 지적하였다.

> 먼저 우리의 古歌를 研究하여 그 詩想과 詩形이며 또는 그 民族性이 那邊에 있는 것을 깊이 안 後에 朝鮮語를 잘 알아야 할지요, 그런 뒤에는 外國 詩想이나 詩形을 배울 것이며 또 그 主義主張을 參酌하여 가장 우리 民族性의 特長에 融入하는 것이라야 비로소 참으로 黃君의 偉大한 所謂 國民詩歌가 創造될 줄 안다.(8호 129면)

성실하고 탁월한 현철 비평의 한 결론이 17호의 「모름이 미로부터」이다. 불안·불평·공포·분노·반역 등 모든 사회의 추태는 아름다움의 고갈에 원인이 있다는 주장이다. 현철은 아름다움을 생존의 기본 욕구라고 정의하였다.

김기진의 「현시단의 시인」(57, 58호)은 그 견해로만 보아서는 완전히 현철의 글과 일치하는 평론이다. 변영로, 김억, 주요한, 조명희, 박종화, 김석송, 이상화, 박영희, 홍사용, 김소월, 백기만, 양주동 등의 시를 그 말씨와 리듬과 비유와 관능묘사를 더듬으며 논술한 김기진은 자유시라는 구실 아래 비시(非詩)가 퍼지게 되는 것을 염려하였다.

> 現代의 自由詩는 그 리듬의 外的 形式에 있지 아니하고 말의 리듬 그것에 있다. 音樂的이라야만 한다는 것은 이것을 의미하는 것이다. 感情이 노래하고 마음이 노래하는 境地─그것을 일컬음은 勿論이다. 그러나 이것은 外的 詩形도 能히 잘 認識치 못한 사람에게 한 개의 좋은 口實을 만들어 주는 듯하지만 其實은 더한층 어려운 條件을 要求하는 것이다. 內容律의 嚴格한 條件은 實로 이것을 말함이다.(57호 4면)

이러한 평론들에 시인들이 좀더 주의를 기울이고 눈을 돌렸다면, 20년대 후반기의 우리 시가 산문을 잘라 놓은 천한 모습으로 떨어지지는 아니하였을 것이다.

그 밖에 직접 형식 문제를 다룬 글은 아니지만, 양명(梁明)의 「신문학건설과 한글 정리」(38호)는 문학의 마지막 보루요, 가장 넓은 집은 결국 말이라는 사실에 비추어 언급하지 않을 수 없다. 양명은 한자를 제한하고, 문법에 맞추어 구두점과 부호를 사용하며, 현재의 우리말을 그대로 쓰도록 주장하였다. 문학가들에게 글을 짓기 전에 주시경, 김두봉, 이규영(李奎榮) 등의 문법책을 참고하라고 권고하는 이 글은 문학과 언어의 관계를 구체적으로 논의한 최초의 시론이 될 것이다.

(3) 심리 비평

심리 비평이라는 1장을 마련했다고 하여 20년대 전반기의 비평가들이 정신분석이나 인간과학에 대한 이해를 가지고 있었다는 말은 아니다. 그런 것이 아니라, 어느 다른 시대와 마찬가지로 이때에도 시인 또는 소설가의 독특한 정신 상태에 대하여 논술한 글들이 보이며, 그러한 글들을 심리 비평의 싹으로 인정하여 받아들일 수 있다는 생각이 가능하다는 뜻이다.

이러한 내용의 평론 가운데, 훌륭한 글은 염상섭의 「개성과 예술」(22호) 및 김소월의 「시혼」(59호)이나, 취의를 달리하는 이 두 편의 글을 양 편에 벌여 놓았을 때, 이것들과 관련되어 그 사이에 들어갈 수 있는 몇 개의 글들이 있다.

염상섭은 봉건주의시대의 자아몰각 상태와 개인주의 시대의 자아각성·자아회복 상태를 양립 불능의 두 극으로 전제하고 개체의 존엄을 선택하였다. 일체의 압박과 예속에서 벗어나는 것이 무엇보다 필요하며, 이런 의미에서

의심은 문화의 효모가 된다. 다음에 염상섭은 자아를 독이(獨異)한 생명이라
고 규정하고, 그 범위를 넓혀서 사람만이 아니라 사물에도 개성과 생명이 있
다고 하였다.

> 百事萬物에 個性이 없음은 없고, 그 個性은 곧 그 事物自體의 生命임을 容易
> 히 了解할 수가 있는 것이다.(4면)

사물조차 개성과 생명을 지녔다면, 사람의 경우에 그것이 가장 힘차게 움
직이며 빛날 것은 물론이다. 위인이란 굳센 개성을 지닌 사람이며, 생명이
끊임없이 연소하는 사람이다. 영혼이 불타오르며, 반발 약동하는 사람인 것
이다. 그렇다면 예술의 본질은 재료와 기법에 있을 수 없다. 그것은 오직 끊
임없이 타오르는 생명과 번쩍이며 뛰노는 영혼에 있을 따름이다. 이렇게 염
상섭은 논하였다. 이상화가 「방백(傍白)」(63호)에서 '새 문학은 생명의 의식
이 사무쳐 나오는 절규'(135면)라고 선언한 것도 염상섭의 평론과 거의 같은
내용이며, 박영희가 「창작비평과 평자」(55호)에서 형식 오락의 비평을 배척
하고, 시대정신을 고려하는 정신 해부의 비평을 높이 내세우는 것도 같은 범
위에 포함될 수 있다고 생각된다.

심볼이라는 말에 주목한 이동원과 변영로의 평론은 다소 그 성질을 달리
하는 것이지만 역시 심리 비평에 포함시킬 수 있다. 이동원의 「상징적 생활
의 동경」(2호)은 단적으로 역사의 진보를 거부하는 입장에 섰으므로 자연히
현재의 한순간을 절대적인 것으로 간주하게 되었다.

> 萬有와 人生을 如何히 複雜하게 變化시키더라도 可及的 그것의 色彩와 意義
> 를 減殺하지 아니하고 그것을 支配하려고 하는 것이 象徵主義의 生活입니다.
> 그런고로 象徵主義에는 必然히 忠實한 觀察과 大膽한 征服과 二要素가 포함된
> 것이니 現實에 卽하여 理想的이고 理想에 趁하여 現實的인 그것이 特徵입니다.
> 그러므로 象徵主義는 事實의 위에 基因하는 憧憬이라고도 말할 수 있고 또는
> 冒險의 위에 立한 實行이라고도 말할 수 있습니다.(38면)

염상섭의 주도하고 설득력 있는 어조와는 반대로 지나치게 현학적인 추상 명사가 난무하여 정확한 뜻을 붙잡기는 어려우나, 창작심리에 대한 언급 내지는 작가의 심적 자세에 대한 그 나름의 주석이라는 것은 알 수 있다. 변영로의 「상징적으로 살자」(30호)는 몇 가지 조목을 마련해 놓고 있다.

① 芥子 씨 속에 宇宙가 숨어 있음과 같이 우리의 一分 안에 하느님의 萬年이 어려 있다.
② 사랑이 가슴에 타는 사람의 한 時間 사는 것은 千萬年 사는 것이다.
③ 陶醉하지 않은 生活은 乾燥·平凡·單調·支離·幻滅·邪惡의 生活이다.

이러한 짧은 문장으로 심볼리즘이 정의될 리도 없으려니와 아름다움이라든가 격정주의라든가 하는 다른 말로 설명할 수 있는 로만주의적 심정에 내용이 전혀 다른 심볼리즘을 얹어 놓은 결과가 되었다. 절대로서의 언어를 말하는 상징주의와는 관계없이 이러한 정조를 한 편의 좋은 비평으로 완성시킨 글이 김소월의 「시혼」이다. 인간은 몸과 마음보다 자기에게 더 가깝게 있는 반듯한 영혼의 힘에 의하여 크게 느끼고 높이 깨닫는다. 반향과 공명을 항상 잃지 않는 악기와도 같고, 모든 물건이 가장 가까이 비쳐 들어오는 거울과도 같은 이 영혼이 산마루와 샘 같은 외물에 닿아서 운율적인 언어로 나타난 것이 시혼이다. 그리고 시혼 자체는 영혼과 똑같이 불변체이지만, 시 작품은 시상·리듬·정조·명암에 따라 이동이 생기게 된다.

달밤에는 달밤에뿐 固有한 陰影이 있고, 淸麗한 꾀꼬리의 노래에는 亦是 그 에뿐 相當한 陰影이 있는 것입니다. 陰影 없는 物體가 어디 있겠습니까. 나는 存在에는 반드시 陰影이 따른다고 합니다……詩作의 價値如何는 적어도 그 詩作에 나타난 陰影의 價値如何일 것입니다.(15면)

내가 이러한 비평을 높이 평가하는 이유는 그것이 어색한 지식의 수준에서 멀리 벗어나 온전하게 자기화되어 있다는 데에 있다. 내용은 고사하고 자기 언어를 쓸 수 있다는 것은 창작에서와 한가지로 비평에 있어서도 귀중한 사실이다.

소설 작품을 대상으로 한 실제 비평에 심리학적 비평이 속하는 것이 있다. 이익상은 11호에서 현진건의 「빈처」를 읽고,

> K는 藝術家로서는 너무 本能을 抑壓하고 그 創作의 特徵이 암만해도 不足치 아니한가 한다. 自己의 四圍 사람들이 자기를 惡評한다고 그것에 不平과 不滿을 품은 것이라든지 世間과 自己의 處地가 背馳되는 것을 알면서도 如何한 特殊의 覺悟가 없는 듯한 것은 모두 K의 性格의 弱點인가 한다. 이런 性格의 所有者에 對한 作家의 同情이 너무 濃厚한 듯하다.(116면)

미숙한 문학청년인 작중인물의 심리적 특징을 정확하게 파악하고, 절도를 지켜서 작중인물과 작가를 혼동하지 않는 비평적 양식을 보여주었다고 여겨진다. 김기진도 56호의 「1월 소설평」에서 심리비평적인 터치를 가하였다. 감상주의에 떨어지지 않으면서 질박한 성격에 넘쳐흐르는 애정을 드러내었다 하여 전영택의 「화수분」을 격찬하고, 현진건의 「불」에 대해서는 상당히 자상하게 작중인물의 심리를 분석하였다.

> 순이가 식전 아침에 물 길러 개울로 나가서 송사리 새끼를 잡는 것이 무엇보다 自然스럽다. 죽이고 나서의 두려움을 느끼는 心理도 決코 作者가 그 다음에 점심때 밥을 머리에 이고서 들로 가다가 순이로 하여금 정신을 잃고 자빠지게 하고자 하여서 일부러 꾸미어 논 트릭으로만 볼 수 없을 만큼 自然을 얻었다. 그리고 이것은 순이가 밥 광주리를 메어치고 까물치게 되고 시어미에게 매를 맞고 叛逆의 마음을 품게 되기까지의 動機를 주는 伏線으로서 大端히 重要한 位置에 놓였다. 순이가 시집에 對해서 叛逆하는 그 마음의 說明을 더 훨씬 明瞭하게 作者가 說明하지 않은 것도 도리어 나어린 순이의 性格을 살리는 點에서 成功하였다고 본다.(1에서 2면)

이로써 보건대, 심리 비평에서는 전체적인 안목으로 살피어 원론 비평보다 실제 비평이 더욱 착실한 효과를 얻었다고 할 수 있다. 이것은 교과서다운 강의에는 강했으나 실제 비평이 따라가지 못한 형식 비평의 경우와 반대 현상인 셈이다.

(4) 사회 비평

많은 연구가들은 지금까지 20년대 비평을 계급주의와 민족주의로 양분해 왔다. 그러나 이러한 선입견은 20년대 전반기에 그 구체적인 근거를 찾을 수 없는 오류이다. 적어도 「개벽」지를 가지고 보는 한에는 그 비평들을 한 갈래는 A이며, 다른 한 갈래는 비A라고 가를 만한 기준이 보이지 않는다.

이 시기에 사회 전체를 의식하고 글을 쓴 비평가로 김기진을 들 수 있다.

　基鎭의 隨筆은 當今에 그 匹儔를 볼 수가 없다. 洗鍊될 대로 洗鍊된 그 글은 珠玉을 꿰어 논 것과 같다. 昏絶되도록 쓰린 魂의 痛哭은 九霄에까지 사모치는 듯하다.(47호 138면)

라고 한 것은 박종화의 말(文壇放語)이나, 김기진이 폭넓고 균형 있는 비평 가라는 증거를 보여주는 자료는 허다하다. 김기진은 문학이 유희 본능과 실용 본능을 함께 가지고 있다고 생각하였다. 말하자면 유희 본능과 실용 본능의 아슬아슬한 균형이 문학이라는 것인데, 이로써 보면 생명이 실용과 유희를 조절하는 힘을 상실한 경우에 소위 예술을 위한 예술이어야 한다는 주장이 나타나게 된다. 김기진은 문학이 단순한 선전문으로 작용하는 것도 통격(痛擊)하였다. 고전주의의 외형적 균제가 낭만주의의 정열과 호기(好奇)로, 낭만주의의 주관적 표현이 자연주의의 객관적 재현으로, 자연과학주의의 무관심성은 끝내 소극과 절망의 퇴폐주의, 즉 세기의 고질로 바뀌어 오늘에 이르렀다.

> 今日의 文學-이것은 自然主義에 反抗해 일어난 모든 現象을 要素로 한 文學이다. 主觀과 個性에 徹底하자는 것이 그 第一 큰 要素이다. 勿論 그 主觀이라는 것은 自然主義 以前의 浪漫主義의 主觀과 同一한 것이 아닌 것은 말할 것까지도 없다. 客觀化되어 가지고 다시 돌아온 主觀인 것이다. 다음으로 그 個性에 徹底한 것이 다시 普遍化되어야만 하겠다. 바꾸어 말하면 內部로 自我에 徹底하고 外部로 社會에 흘러내려야만 하겠다. 客觀을 건너서 온 主觀, 世紀의 痼疾을 건너서 온 새로운 精神, 個性에 徹底한 普遍性, 複雜을 건너서 온 單純-이것들이 우리의 精神이 아니면 아니 된다.(44호 52면)

「금일의 문학, 명일의 문학」이라는 비평은 김기진의 글 가운데서도 중요한 것으로서 그의 문학론이 집약된 내용이다. 이러한 생각에 이르게 한 계기가 된 것이 바르뷔스였던 성싶다. 김기진은 39, 40, 41호에 잇대어 로망롤랑과 바르뷔스의 논쟁을 번역하여 소개하면서 두 사람의 차이보다 같은 지향점을 강조하였다. 현실 회피의 속정주의(俗情主義)를 뿌리뽑는 데에 두 사람은 일치한다는 것이다. 그러면서 김기진은 우리 젊은이들이 일본 문학을 따라다니던 버릇에서 이 프랑스 문학의 한 사건을 그대로 좇아가게 되면 안 되리라는 경고를 동시에 내린다. 그가 주장하는 것은 민중의 얼굴을 똑바로 바라보라는 말이다.

> 一千五百萬石의 쌀을 生産하고 土地의 文卷이 지금 어느 사람의 手中에 있느냐. 所謂 大地主도 自己의 土地文卷을 典執하지 않는 사람이 얼마 되지 못할 것이다. 貧農의 事勢는 말할 것도 없거니와 大農의 所有도 農工銀行이나 東拓會社에 債務로 오래지 않아서 貨幣代身으로 들어가 버릴 것이다. 더구나 그 時日은 멀지 아니하였다. 農業國이던 一千七百萬의 民衆은 저 사람들의 간교한 機械 工業品으로 말미암아 집, 밭, 논두락이 할 것 없이 툭툭 털어버리고 朝鮮서 일어서게 되어버렸다……工場에서는 日給 八十錢 以上 주는 곳이 없다고 한

다. 印刷職工은 二三個月 無賃見習 以後에 月給이 不過 18圓이라고 한다. 機關
手 助手가 初給 38圓에 지나지 못한다. 나날이 쫓겨가는 우리의 살림을 무엇으
로 引導할 수 있느냐?(42호 124에서 125면)

웃는 것도 아니요 우는 것도 아니요, 樂觀한 얼굴도 아니요 悲觀한 얼굴도
아닌, 깎이고 짓밟히고, 이리 땡기고 저리 땡기고, 얽어매어진, 까뭉개어진, 웃
을래야 웃지 못하고, 울래야 울지 못하는 두루뭉수리로 생긴, 悲絕, 慘絕한 얼
굴이다, 웃을 수 있느냐? 웃을 수 없다. 울 수는 있느냐? 울 수도 없다. 奇奇
怪怪한 얼굴이다.(50호 2면)

위의 두 인용을 비교할 때에 앞엣것은 사상적인 논술이고 뒤엣것은 정서적
인 논술이라고 할 수 있는데, 이러한 내용이 김기진의 관심의 대상이었다.
그는 20년대 후반기의 계급문학 전성시대에도 문학의 형식을 중시하여 박영
희의 공격을 받은 바 있으며, 제3전선파라고 자칭하는 임화 등 본격적인 계
급주의자들에게 크게 비판을 받고, 광복 후에도 좌익의 테러로 빈사에 닥친
적이 있음은 널리 알려져 있지만, 특히 20년대 전반기의 비평 활동에는 넓은
의미의 민중적인 자세가 보일 뿐이며, 계급주의의 요소는 찾아볼 수 없는 것
이 분명하다. 그의 어떠한 평론에도 "참말로 나는 무엇을 하면 좋고 무엇을
생각하면 옳은가?"라고 하는 건강한 회의심이 깊이 스며들어 있다.
　이상화의 「문단측면관」(58호)과 현진건의 「조선혼과 현대정신의 파악」(65
호)이라는 두 평론은 그 본질에 있어서 김기진의 비평과 동궤(同軌)이다.

朝鮮이란 나라에도 사람이 있는 以上, 그 사람들 모두가 臨終席에 누워 있는
반귀신이 아닌 以上, 그들에게도 살려는 衝動이 쉬지 않을 것이다. 그 衝動이
있는 것만치는 그들에게도 生活이 있을 것이다. 어떤 나라에서든지 그들의 生活
이 있고, 그들의 言語가 있는 以上, 그들의 生活이 天國살이가 아니고 大地를
밟은 以上, 그들의 言語도 사람의 感覺과 背馳하는 怪物이 아니고 사랑의 痛痒
을 指示하는 表現이라면, 그들에게도 追求하려는 울음이 있을 것이요 美化하려
는 부르짖음이 있을 것이다. 그 울음과 그 부르짖음을 얻어듣지 못하고 그 울음

과 그 부르짖음을 그대로나마 記錄하래도 못하는 사람이 그 나라의 生命을 表現
하는 作者가 되었다면, 글 쓸 사람의 意識을 못 가진 罪가 얼마나 클 것이며,
作者 自身의 本能을 빼앗긴 허물은 어쩌나 될 것인가(李相和, 39면)

　오직 朝鮮魂과 現代精神의 把握! 이것이야말로 다른 아무의 것도 아닌 우리
文學의 生命이요 特色일 것이다. 달뜬 氣熖에서, 고지식한 槪念에서, 수고로운
模倣에서 한 걸음 뛰어나와 차근차근하게 제 周圍를 觀照하고 고요하게 제 心
臟의 鼓動하는 소리를 들을 제, 이것이야말로 우리 文學의 運命인 줄 깨달을
수 있을 것이다.(玄鎭健, 135면)

물론 주체적이고 민중적인 문학론이 김기진에 의해서 비로소 시작된 것은
아니다. 10호의 「문화사업의 급선무로 민중극을 제창하노라」 하는 글에서 현
철은 희랍극에서 신비극·도덕극·신사극을 거쳐 입센과 쇼오에 이르기까지
연극은 민중을 떠난 적이 없다고 하며, 피각(被覺)이 아닌 자각(自覺), 강제
가 아닌 자유, 영육일치와 지정일치의 민중극이 우리에게 시급하리라 하였다.

　英國서는 어떠한 文化를 부르짖든지, 露國은 어떠한 文化를 찾든지, 佛國은
어떠한 文化를 求하든지, 印度는 어떠한 文化를 바라든지, 埃及은 어떠한 文化
를 願하든지 우리가 關知할 바가 아니다. 우리 朝鮮 사람은 우리 朝鮮에 必要
한 文化를 부르짖고 찾고 求하고 바라고 願하지 않으면 안 된다.(110면)

이러한 글들에 견주어서 박영희의 평론은 매우 도식적이고 구호적이다. 그
는 정치적 경제적 고민기는 읍울(抑鬱)과 암흑을 초래하고, 그것은 다시 회
의와 부정으로 변하는 것인데, 사회진화의 원리는 바로 이러한 적극적인 회
의와 부정이라고 보았다.(61호, 「고민문학의 필연성」) 그렇다면 문학의 원
리도 마땅히 사회의 원리와 일치하지 않을 수 없다.(64호, 「신경향파문학과
그 문단적 지위」)

우리는 形式보다도 絶叫에, 描寫보다도 事實表現에, 美보다도 力에, 妥協보다도 不滿에, 誇張보다도 眞理에 나아갈 것도 한가지 覺悟해야 할 것이다.(5면)

여기서 박영희는 절규와 사실과 힘과 불만과 진리를 하나로 보고, 형식과 묘사와 미와 타협과 과장에 대립시키었다. 이러한 내용은 유희 본능과 실용 본능을 함께 받아들인 김기진의 비평에 비교하여 볼 때 그 열거하고 있는 조목의 모호함을 지적하지 않을 수 없다.

「개벽」지에는 이광수의 비평으로, 19호에 「예술과 인생」과 21호에 「문학에 뜻을 두는 이에게」의 두 편이 있다.

고압적이고 독선적인 어조로 이광수는 아무런 전제도 없이 단적으로 정치나 경제나 사회의 변혁에는 의미가 없고 인생을 예술화하는 것만이 중요하다고 판정하였다. 자연과 인사(人事)와 특히 직업을 예술로 알고 자기를 예술 감상자로 대하라고 권고하면서 다음과 같은 망설(妄說)을 서슴지 않았다.

農村에서 養牛作農하는 農夫의 滿足하고 平和로운 얼굴에 비겨, 저 都會 勞動者의 얼굴이 얼마나 醜惡하고 悲慘합니까(14면)

뒤의 글에서 이광수는 문학청년의 교리문답을 작성하였다. 질문과 정답은 아래와 같다.(9면)

① 무엇을 가장 좋아하시오.
  ─어려서는 이야기 듣기와 이야기冊 보기를 좋아하였고 學校에서는 語學과 歷史와 其他 文學書類 보기를 가장 좋아합니다.
② 무엇을 가장 잘 하시오.
  ─作文과 語學을 가장 잘합니다.
③ 무엇이 되기를 願하시오.
  ─小說家 되기를 願합니다.
④ 身上의 事情이 어떠시오.

　　―집에는 먹을 것이나 있고, 健康은 中이나 됩니다.
　⑤ 社會는 당신에게 무엇을 要求하오.
　　―나는 小說家 됨으로 朝鮮 民衆에게 貢獻함이 있으리라고 自信합니다.

　그 다음에는 어학·문법학·논리학·수사학·문학사·문학개론·미학·예
술론·철학·사학·사회학·종교학·경제학·심리학·윤리학·생물학·천문
학 등 온갖 학문을 공부하라고 명령하고, 끝으로 "衣服居處를 恒常 淨潔히
하고 言語動作을 甚히 法度 있게 하며, 酒色 其他의 道德的 罪惡을 멀리"(15
면)해야 한다고 선언하였다. 이광수는 민중의 의식을 부유하고 잡다하게 박
식하고 위선적인 작가의 지도에 일임하고 만 것이다.
　사회 비평에 속하는 실제 비평은 드물다. 이광수에 대한 글이 더러 있으
나, 대개는 성품에 언급하고 작품에까지 관심이 나아간 것이 없다. 이성태
(李星泰)는 독서와 사색과 반성이 결여한 위에 과장이 많은 데에서 이광수
의 연애와 변절의 원인을 찾았고(55호), 양명(梁明)은 그의 선변적(善變的)
이고 경기적(輕騎的)인 성격을 다음과 같이 증명하였다.

　　이렇게 하여 東京에서 運動者 없는 것을 恨嘆하고 上海에서 六穴砲 없는 것,
　爆發彈 없는 것, 軍隊 없는 것, 大砲 없는 것을 恨嘆하고, 歸國 以後 專門家 없
　는 것을 恨嘆하던 그는, 이제 詩人 없는 것을 恨嘆하고 道德家 없는 것을 恨嘆
　한다.(67호 103면)

　실제로 그의 소설에 대해 언급한 평론은 박영희의 「문학상으로 본 이광수」
(55호)라는 글 하나인데, 재미있는 관점이나 작품에 밀착하지는 못하였다.
박영희는 「무정」과 「개척자」에서 다변의 공상적 연애오락 이외에 아무것도
찾을 수 없었다. 과장적 허위로 가득 찬 연애를 위한 예술이 이광수가 실제
로 드러내 보인 내용이라는 것이다.

　'내가 이러한 反心을 품은 줄을 모르고 서울은 잔다'(「開拓者」) 하였으니 그

까짓 約婚한 本夫를 或은 家庭을 反抗하는 것이 性淳뿐이 아니어늘 性淳이로
해서 서울이 잠 못 잘 것이 무엇이리오.(91면)

이른바 정서의 오류를 지적한 것으로서, 사세(些細)한 부분만 보고 개인과
사회의 근원적인 위화와 같이 좀더 본질적인 면을 살피지는 못하였다. 사회
비평이 조심성 없이 실행될 때에는 인신공격의 욕설 비평이 될 수 있다는
현실을 보여준 예가 된다고 하겠다.

(5) 마무리

이 글을 집필한 데에는 두 가지 이유가 있다. 첫째, 지금까지 우리 비평사
를 연구한 사람들이 모두 20년대 후반기의 계급주의 비평에서부터 그 시작
을 삼는 데 대하여 수긍할 수 없는 면이 있다는 생각을 해왔다. 둘째, 19세
기 이전에도 동인시화(東人詩話)와 시화총림(詩話叢林) 등의 시비평이 있었
으나 비평이라는 명칭에 값할 만한 내용은 20세기의 20년대에 비롯한 것이
사실이니, 이때의 비평의 모습을 살펴보면 혹시나 그 이후 30년대와 광복
이후 50~60년대의 비평에 이르는 우리 비평의 어떠한 바탕을 짐작할 수 있
지 아니할까 하는 의문이다. 모든 종말은 시초에 이미 깃들어 있는 것이다.
이러한 의문에서 시작한 이 논문의 고찰은 다음과 같은 결과에 도달하였다.

1) 희랍 문학에서 고전주의·낭만주의·자연주의를 거쳐 상징주의에 이르
는 유럽 문학의 흐름과 톨스토이·도스토예프스키·체호프·플로베르·보들
레르 등 유럽의 중요한 문학자가 온당하게 두루 소개되었다.

2) 기초적 윤곽에서라도 시·소설·희곡의 미적 형식이 문체와 운율과 비

유, 그리고 요약적 제시와 장면화의 수단, 결구의 전개 등의 구체적인 내용
으로 밝혀졌다.

3) 창작에 스며드는 특이한 정신상태를 생명·개성·영혼·시혼이라는 용
어를 사용하여 해명해 보려고 하는 노력이 드러나 있으며, 소설의 작중인물
에 대해서는 어느 정도 작품에 밀착하여 그 심리의 움직임을 붙잡아내었다.

4) 자의적 정언명령을 감행한 이광수의 평론이 있기는 하였으나, 대체로
나라 잃은 시대의 우리 현실을 바로 보고, 그 안에 얽혀 흐르는 우리 삶의
바람직한 방향과 목적을 모색하려는 문학비평이 많이 있었다. 이들이 지니고
있었던 주체적이고 민중적인 문학이라는 원리는 그 표현의 적부보다 그 뒤
에 배어 있는 고심과 회의가 더 큰 감명을 우리에게 준다.

5) 이 시기를 대표하는 비평가는 김억과 현철과 염상섭과 김기진이다. 그
들의 문학에 대한 정열과 올바르고 굳센 상황의식을 되돌아보는 것은 현학
주의와 물량주의에 압도되고 있는 1970년대 문학 비평가들에게 커다란 반성
의 기틀이 될 것이다. 오늘의 시점에서 그들에게 미숙한 면이 있다는 것으로
스스로 자위할 수는 없는 일이다. 그들은 모두가 배타적 비평가가 아니고 포
괄적 비평가이었다. 그들은 말(批評)과 삶이 하나라는 사실을 깊이 깨닫고
있었던 것이다.

5. 김기림의 비평

　서양의 문학이론을 받아들이고, 그것에 의지하여 우리 문학을 판단하고 이해하려던 움직임이 가장 성했던 시기가 1930년대이었다. 이러한 흐름에 대한 비판이 60년대 후반기로부터 제기되기 시작하였으나, 그 후로 10여 년의 세월이 지나고 나서도 이렇다고 드러낼 만한 성과가 나타나지 않았다.

　성과를 이룩하지 못한 이유의 하나는 전통 문학과 유럽 문학에 대한 그릇된 구분에 있다고 생각한다.

　현금에 이르러서도 서양의 문학이론에만 의지하여 비평을 감행하는 연구자는 돌아볼 것도 없다. 그러나 한취(漢臭)의 작품만을 우리 문학이라고 내세우고, 20세기 전반기에 고통스럽게 이룩된 시도를 외면하는 태도도 또한 옳지 않다. 그것은 불교와 유교만을 우리 문화의 요소로 받아들이고, 200년의 역사를 지니고 있는 기독교를 외래의 것으로 배제하는 일과 같이 그릇된 생각이다.

　우리 문학사 가운데 서양의 문학이론이 성했던 시기는 1930년대라고 말했지만, 그렇다면 그로부터 이미 50년에 가까운 시간이 흐른 결과가 된다. 서양 이론에의 경도를 비판할 양이면, 그것과 똑같이 30년대의 비평 가운데 가치 있는 부분을 우리의 이론으로서 온전하게 정립하지 못한 데 대해서도 비판하여야 한다.

30년대의 비평가로 흔히 언급되는 사람들은 김기림과 최재서와 김환태이다.1)

최재서가 비평 활동을 한 기간은 1934년에서 1941년까지 7년 동안이다. 7년 사이에 씌어진 글들이 서로 서어(齟齬)하여 일관성을 찾을 수 없다.

A. 한 조각의 빵을 위하여, 한 잔의 술로 말미암아, 한 마디 오해가 원인이 되어 우리는 얼마나 비루한, 혹은 우스꽝스러운, 혹은 어리석은 행동을 하는가? 그러나 自我는 맹목적이기 때문에 이것을 자각치 못한다. 그러나 만일 다른 사람들이 다른 입장에서 그것을 본다면 그는 노예이고, 인생의 피에로이고, 愚劣漢일 것이다. 여기에 諷刺가 발생할 계기가 생겨난다. 그러나 現代人에 있어 이 같은 관찰자는 다른 사람에 구할 필요가 없다. 그는 그 자신 가운데에 이 같은 관찰자를 가지고 있기 때문이다.2)

B. 散文精神이란 藝術的 自我가 고갈에 빠지려 할 때에 언제나 民衆 속으로 뛰어 들어가서 거기서 새로운 활력을 찾아내려는 정신이다. 그것은 現實을 거부하지 않는 정신이요, 民衆을 숭배하는 정신이다. 현재에 있어 어느 모로 보나 危機에 서 있는 作家가 모든 知的 自矜을 버리고 民衆 속에 용해한다는 것은 불가피한 일이다.3)

C. 단적으로 말하면 歐羅巴 전통에 뿌리박은 소위 근대문학의 한 연장으로서

---

1) 金允植, 「崔載瑞論」 現代文學(1966년 3월)
   金興圭, 崔載瑞硏究, 서울大學校大學院(1972)
   金允植, 「純粹文學의 意味」, 近代韓國文學硏究 所收(1972)
   金柱演, 「批評의 感性과 體系」, 文學과 知性(1972) 겨울호
2) 崔載瑞, 「諷刺文學論」, 朝鮮日報(1935년 7월 21일字)
3) 崔載瑞, 「小說과 民衆」, 東亞日報(1939년 11월 12일字)

가 아니라, 日本精神에 의하여 통일된 東西文化의 종합을 地盤으로 하고 새롭
게 비약하려는 日本國民의 이상을 시험한 대표적 文學이어야 한다.4)

위의 세 인용문을 나란히 놓고 볼 때에 문학에 있어서의 자의식을 강조한
A와 민중의식을 주장한 B와 일본정신을 내세운 C를 앞뒤가 맞도록 해석
하기는 불가능한 일임을 알 수 있다. 최재서의 비평은 비평 자체로서 연구되
는 것보다 지식인의 자유주의와 식민지 토박이의 노예주의가 한 사람의 비
평 속에 동거하는 심리학적 사례로서 연구되는 것이 더욱 가치 있는 일이
되리라고 생각된다(이것은 나라 잃은 시대의 비평 활동에 대한 언급일 뿐이
다. 광복 이후 고통스러운 침묵을 견뎌내며 이룩된 최재서의 문학이론은 우
리 시대의 유일한 비평적 업적으로 평가되어야 한다).

매슈 아놀드와 월터 페이터를 비교하는 논문을 쓰고 영문과를 졸업한 김
환태는 문학을 위한 지적 풍토의 중요성을 밝히거나, 순간적인 황홀감을 작
품 이해의 지름길로 삼는다거나 하는 외국이론의 소개에 재능을 보여주었다.
그러나 그 자신의 견해를 명시하는 경우에는 지나치게 좁은 안목을 벗어나
지 못하여 우리 문학에 이바지한 몫이 크지 못하다.

　A. 나는 批評에 있어서의 印象主義者다. 批評家는 批評하는 作品에서 얻은
知的·情的 印象을 표현하고 傳達하기 위하여 어느 정도까지 創造的 藝術家가
되어야 한다고 믿는다. 批評家는 裁判官보다는 辯護士, 辯護士보다는 肖像畫家
가 되어야 한다.5)

　B. 思想은 知性의 所産이요, 詩는 想像力의 所産이다. 그러므로 한 篇의 詩
속에 담긴 思想內容을 가지고 그 詩의 가치를 결정하려는 것은 큰 잘못이다.6)

---

4) 崔載瑞, 「國民文學의 要件」(原文日語), 國民文學(1941년 11월) 創刊號.
5) 金煥泰, 「나의 批評의 態度」, 金煥泰全集, 現代文學社(1972), 13面.
6) 金煥泰, 「나의 論爭時代」, 前揭書, 77面.

비평과 창작은 서로 돕고, 서로 이룩해 주는 일을 한다. 그 둘은 상대적인 독립성을 지니고 있다. 김환태는 비평의 직능을 바로 파악하지 못하고, 그것을 작품에 예속시키었다. 이러한 입장에 선다면 비평의 존재 이유가 없어진다. 그리고 그는 지성과 상상력을 분리시켜 놓고, 문학에서 사상의 몫을 제거하였다. 톨스토이의 「전쟁과 평화」를 플로베르의 「보바리부인」보다 우위에 놓는 근거를 사상을 제외한 어디에서 찾을 수 있겠는가? 문학에 취미를 가지고 있는 호사가로서는 그렇게 말할 수 있겠지만, 그것은 이미 비평가의 관점은 아니다.

위와 같은 이유에서 김기림의 비평을 30년대를 대표할 만한 내용으로 생각하고 논술하려고 하거니와, 이 글은 두 가지 목적을 가지고 있다.

첫째, 김기림의 비평은 단순하게 모더니즘이라는 말로 일괄할 수 없는 내용이라는 것이다. 이 점에 관해서는 김윤식도 다음과 같이 언급하였다.

    金起林이 내세우는 午前의 詩論이 主知主義的 태도를 갖지만, 정작은 主知主義 文學에 對한 비판임을 명백히 해둘 필요가 있다.[7]

둘째, 김기림의 비평에 내재하는 기준을 찾아서 검토해 보려는 것이다. 위에서 말한 바와 같이 최재서의 비평에서는 일관된 기준을 찾을 수 없었고, 김환태의 비평은 그 기준이 매우 미비한 것이었다. 김기림의 비평이 다른 두 사람의 비평보다 우월하다면, 그것은 그들보다 튼튼한 비평의 기준이 제시되는 데에서만 증명될 수 있을 터이다.

(1) 언어관

김기림은 지금까지 과격한 형식주의자로 알려져 왔다. 김기림은 언어에 대

---

7) 金允植, 韓國近代文藝批評史硏究, 한얼문고(1973), 250面.

하여 예민한 관심을 보이고 있는 것은 사실이다.

그는 박종화, 김억, 김소월, 모윤숙, 박용철의 시를 센티멘탈 로맨티시즘이라고 비판하였다. 근대적인 소비 규모와 낙후된 생산조직을 함께 지니고 있는 우리 사회에는 유행가 작사자가 시인으로 행세할 만한 이유가 있기는 하나 진부한 내용과 고루한 형식을 온존(溫存)한 감상적인 시들은 역사적으로 보아 20년대의 전반기와 함께 소멸했어야 한다는 말이다.8)

> 스스로 옮으로써 讀者를 울리려고 하는 詩가 있다. 그런 경우에 우리는 차라리 그러한 稚氣를 웃을 수밖에 없다.9)

김기림은 자신이 생각하는 새로운 시의 성질을 규정하여, '말의 음으로서의 가치, 시각적 영상, 의미의 가치, 이 여러 가지 가치의 상호작용에 의한 전체적 효과를 의식하고 일종의 건축학적 설계'10)를 포함한 것이라고 하였다.

그는 시의 언어와 과학의 언어를 비교하였다. 과학의 언어는 기호와 사물의 사이에 1대 1의 관계를 설정하려고 노력한다. 그것은 기호 자체에 관심을 끌어당기지 않으며, 그 기호가 지시하는 대상으로 곧장 주의를 옮긴다. 과학의 언어 가운데 대표적인 것은 수학이다. 여기에 비하여 시의 말씨는 고도로 함축적이다. 시의 말씨는 그 말씨 자체에 흥미를 끌어당기며, 역설과 모호성과 의미의 문맥적인 변화와, 하다못해 의미의 문법적인 변화에 기인하는 불합리한 연상까지도 매우 조심스럽게 활용한다.

김기림은 두 개의 실례를 들어서 구체적으로 그 차이를 밝혔다.11)

  A. 진종일
     나룻가에서 서성거리다

---

 8) 金起林, 「우리 新文學과 近代意識」, 試論., 白楊堂(1947), 63面.
 9) 金起林, 「感傷에의 叛逆」, 前揭書, 153面.
10) 金起林, 「모더니즘의 歷史的 位置」, 前揭書, 75面.
11) 金起林, 「詩와 言語」, 前揭書, 21~22面.

行人의 손을 쥐면 따뜻하리라.

B. $\dfrac{d}{dx}\left(ax^{n}\right) = a\dfrac{d}{dx}\left(x^{n}\right) = anx^{n-1}$

다음에, 김기림은 시의 말씨와 일상 언어의 차이를 지적하였다. 대화·상담·성명·보고·비어를 포함하는 일상 언어는 시적인 함축과 과학적인 지시를 아울러 포함할 수 있을 만큼 광범위한 영역이다. 시의 말씨와 일상 언어와의 구별은 질의 문제가 아니고 양의 문제이다. 그러나 주관적인 시인의 작품에서도 우리는 일상적인 상황에서 만나는 사람들에게서는 찾아볼 수 없을 만큼 조리가 서고 고루고루 퍼져 있는 분명한 개성을 찾아볼 수 있다.

20세기의 과격한 형식주의자들은 시어의 특이성을 강조하여 독자를 지각과 주의 속으로 들어가게 하려는 노력에서 일상 언어에 폭력을 가한 것이 시의 말씨라고 생각하는 경향이 있다. 그런데 김기림은 시의 말씨를 일상 언어와 거의 동일하게 보았다. 시의 이상은 '아름다운 회화'가 되는 것이라고 하였다. 형식주의자의 견해와 김기림의 생각이 서로 다르다는 사실은 그가 시의 말씨는 곧 '민중의 언어'라고 말하는 데에 와서 분명하게 된다.

富裕한 有閑階級의 말은 그들의 부엌에서, 그들의 사랑에서, 그들의 宴會場에서 벌써 얼마나 기운이 빠졌고 힘이 없고 주검에 가까워지고 있느냐? 詩人은 그러한 말에는 嘔吐를 느낄 것이다. 더군다나 曾祖父나 더 올라가서는 李朝初期의 말을 가지고 詩를 써서 骸骨들과 親하려는 詩人을 우리 周圍에서 만나지 않으리라고 期必하기 어렵다는 것은 이 얼마나 우리 詩壇의 不幸이냐?

知識階級의 말은 勿論 이러한 有閑階級의 말과는 다르나, 그러나 그들이 걸머진 文化의 疲勞는 그들의 말에 深刻하게 影響하여 많이 活氣를 잃어버리고 있다. 그래서 오늘의 詩에 씌어지는 말에는 多少의 疲勞와 또 無氣力이 섞여 있음을 면치 못할 것이다.

그러나 早晚間 詩人은 그들이 求하는 말을 찾아서 街頭로 또 勞動의 일터로 갈 것은 피하지 못할 일이다. 거기서 오고가는 말은 살아서 뛰고 있는 彈力과

生氣에 찬 말인 까닭이다. 街頭와 激烈한 勞動의 일터의 말에서 새로운 文體를 組織한다는 것은 이윽고 오늘의 詩人 乃至 來日의 詩人의 즐거운 義務일 것이다.12)

시의 말씨를 이루고 있는 2대 요소는 비유와 운율이다.

둘 이상의 사물에서 유사점이나 공통점을 찾아서, 한 사물에다 다른 사물에 속하는 이름을 옮겨 놓는 것이 비유라는 종래의 견해를 김기림은 취하지 않고, 서로 걸고트는 두 문맥의 상호 작용이 곧 비유라는 견해를 택하였다. 비유에는 둘 이상의 사실이 관련되는데, 그것들은 대개의 경우에 폭과 깊이, 부피와 운동을 지니고 있는 문맥들이다. 그곳에는 핵심이 되는 낱말이 있을 수 있으나, 그 핵심 되는 낱말은 전자장(電磁場)과 비슷한 물결무늬를 그리면서 주위로 파동처 나아간다. 이러한 둘 이상의 문맥이 서로 연결되고 대립되며, 화합하고 투쟁함으로써 보통의 독자가 예상하지 못했던 새로운 방식의 문맥으로 형성되는 것이 비유라는 것이다. 이미지라는 용어는 주로 비유를 가리킨다. 시가 계속해서 감각기관에 호소하는 데 주목해서 감각기관의 어떠한 것에 대해서도 호소할 수 있는 시의 특성을 강조하고, 감각경험의 표출을 시의 핵심이라고 생각하는 관점에 서면, 훌륭한 비유는 훌륭한 이미지와 똑같은 것이 된다.

이러한 의미에서 김기림은 훌륭한 이미지를 '조소성을 추구하여 회화를 동경하는'13) 이미지스트의 시에서 찾지 않고 초현실주의자들의 시에서 얻어내었다.

아주 距離가 먼 두 개의 現實을 그것들과는 아무 關係가 없는 面에 同時에 가져오는 한 개의 이미지─假令 르베르디의 '흰 헝겊 조각처럼 겹쳐진 대낮'─는 아리스토텔레스 以來 19世紀까지의 모든 思考의 風俗에 違反한다. 그것은 자칫하면 近世文明 그것의 모든 秩序 및 權威와도 相克한다.14)

---

12) 金起林, 「詩의 用語」, 前揭書, 243~244面.
13) 金起林, 「詩의 繪畫性」, 前揭書, 147面.

김기림은 운율을 시에 불필요하고 거추장스러운 장식으로 거부한 사람이라고 알려져 있다. 일례로 김용직은 다음과 같이 언급하였다.

그의 反韻律·繪畫性 追求의 논리적 근거가 되고 있는 것은 이미지스트들의 생각에 영향을 받은 것이라고 판단된다. 그런데 그가 즐겨 引用한 에즈라 파운드를 예를 들어 보아도 繪畫性의 追求가 곧 詩에 있어서 音樂性의 破棄를 의미하는 것은 아니었다.15)

김기림은 새로운 '시적 정신은 어느새 이 운율이라는 예복이 그들의 몸에는 옹색한 것을 느끼기 시작했다'16)고 토로한 적이 있다. 대개 이 말을 근거로 해서 김기림이 시에서 리듬을 부정하였다고 보는 듯하나, 김기림은 기실 저 나름의 운율에 대한 생각을 가지고 있었다. 그 내용을 해명하기 전에 운율에 대한 두 가지 의미를 분간해 둘 필요가 있다.

좁은 의미로 운율은 일정한 음절 수의 반복에 토대한 율격과 일정한 자음 모음의 반복에 토대한 운(韻)으로 나눌 수 있다.

율격을 이루는 최소 단위는 음절이다. 음절 이하의 것은 율격을 이루는 데 아무런 구실을 하지 못한다. 몇 개의 음절이 모여서 하나의 음보를 이룬다. 몇 개의 음보가 모여서 하나의 행을 이룬다. 예를 들어서 시조에서 한 음보를 이루는 음절의 수는 거의 모든 경우에 3·4·5음절인데 4음절이 최빈수이고 중위수이며, 평균수 x가 3보다 크고 5보다는 작은 곳에 있다. 한 행을 이루는 음보의 수는 모든 경우에 4음보를 표준으로 한다.

운에는 모음과 모음 뒤에 오는 자음이 같고 모음 앞에 오는 자음만이 다른 경우로서, 다른 행들의 끝에 나타나는 각운과 한 행의 안에서 임의의 두 음절 사이에 첫 자음이 같게 나타나는 두운이 대표가 된다. 그 이외에 각운의 조건과 같으면서 같은 행의 중간과 끝 또는 행 중간의 어느 곳에 나타나

---

14) 金起林,「프로이트와 現代詩」, 前揭書, 188面.
15) 金容稷, 韓國現代詩硏究, 一志社(1974) 272面.
16) 金起林,「詩의 繪畫性」, 前揭書, 148面.

는 중간운이 있고, 일종의 유포니 현상으로서 한 행 안에 있는 임의의 두 음절에서 모음은 같고 그 앞뒤에 있는 자음이 다른 모음협화와 서로 다른 모음의 앞뒤에 같은 자음이 오는 자음협화가 있다.

넓은 의미의 운율은 자연 현상과 인간 생활에 나타나는 주기적 운동의 전체이다. 천체의 운동과 조수의 간만과 계절의 교체는 자연 현상에 나타나는 운율이며, 호흡과 혈액순환과 보행과 수족의 운동은 인간생활에 나타나는 운율이다. 호흡의 맥박과 심장의 고동이 장단을 맞추듯이 기대와 예상을 만족시켜 주는 규칙적인 흐름은 쾌감을 초래한다. 또, 뜻하지 않은 교묘한 변화가 쾌감을 환기하는 수도 있다. 복잡하고 미묘한 감정을 표현하기 위해서 시는 음성이 가지고 있는 온갖 성질을 최대한도로 이용한다. 숭고한 감정, 우아한 태도, 비장한 기분, 골계적인 분위기 등에는 각기 그것에 수반되는 독특한 리듬의 속도와 성질이 있다.

김기림이 부정한 것은 기계적이고 도식적인 좁은 의미의 운율이었다. 그는 운율 자체를 시에서 제거하려고 하지 않았으며, 오히려 우리의 호흡에 맞는 새로운 리듬을 탐구하였다.

 A. 모더니즘은 이리하여 前代의 韻文을 主로 한 作詩法에 對抗해서 그 自身의 語法을 지어냈다. 말의 含蓄이 달라졌고, 文明의 速度에 該當하는 새 리듬을, 물결과 帆船의 行進과 이 끝에야 騎馬行列을 描寫할 정도를 넘지 못하던 前代의 리듬과는 딴판으로 汽車와 飛行機와 工場의 燥音과 群衆의 叫喚을 反射시킨 會話의 內在的 리듬 속에 發見하고 또 創造하려고 했다.17)

 B. 우리 詩壇에는 일찍이 未來派的인 突起-爆音-閃光-그러한 것들을 紙上에 爆發시킨 大膽한 運動이 없었던 까닭에 새납과 깽맥이의 粗雜한 音樂들(亡國的인 感傷的인 리듬)은 오래 두고 채 灰燼되어 버리지 않았던 것이다.18)

---

17) 金起林, 「모더니즘의 歷史的 位置」, 前揭書, 75面.
18) 金起林, 「詩의 모더니티」, 前揭書, 112面.

C. 우리는 至今까지 이미지라는 말을 視覺的인 이미지에 限해서 써 왔는데 心理學의 用語例를 採用한다면 聽覺의 이미지라는 말도 쓸 수가 있다.

그런데 吳章煥氏의 〈獻詞〉의 世界는 거진 〈瓦斯燈〉의 世界와는 對蹠的으로 視覺的 이미지보다도 聽覺的 이미지에 차 있는 것을 본다. 繪畵라느니보다는 차라리 音樂의 世界다. 希臘的 明確에 대한 게르만的 放蕩이고 카오스다. 〈瓦斯燈〉보다는 몇 층 더 어둡고 캄캄한 深淵이다. 그것보다도 훨씬 더 젊어서 따라서 激烈하게 움직이는 世界다. 吳氏의 特異性은 이렇게 現代人의 精神的 深淵을 가장 깊이 體驗하고 그것에 適應한 形象을 주었다는 點에 있다.19)

지금까지 그의 언어관을 살펴본 결과로서 드러난 것은 김기림은 과격한 형식주의자가 아니었다는 사실이다. 그는 늘 유기적이고 통일적인 시의 전체성을 온건하게 염두에 두고 있었다. 또한 그를 모더니스트로만 규정하는 태도도 옳지 않다. 그 자신이 '단순한 기법의 종합은 여전히 일방적인 형식주의'20)라고 경고하였고, '영구한 모더니즘이란 듣기만 해도 몸서리치는 말'21)이라고 언명하고 있다. 김기림의 비평집에서 가장 자주 눈에 띄는 낱말은 회화성과 음악성이란 말과 함께 사회성과 역사성이라는 어휘이다.

(2) 사회관

20년대 전반기의 우리 시를 센티멘탈 로맨티시즘이라고 비판한 김기림은 또한 20년대 후반기의 계급주의 시를 '소박한 사실주의'22)라고 규정하고 '내용의 편중은 벌써 1930년 이전에 청산한 오류였다'23)고 단언하였다.

---

19) 金起林, 「30年代. 掉尾의 詩壇動態」, 前揭書. 94面.
20) 金起林, 「詩의 繪畵性」, 前揭書 152面.
21) 金起林, 「모더니즘의 歷史的 位置」, 前揭書 72面.
22) 金起林, 「詩의 모더니티」, 前揭書, 116面.
23) 金起林, 「詩와 現實」, 前揭書, 114面.

生硬한 觀念的 詩는 한 개의 學說이나 思想이 그대로 詩가 될 수 있는 것처럼 생각하는 至極히 簡單한 信念에 基因한다.24)

그는 또 이러한 계급주의 시는 '감상(感想)과 시'25)를 혼동하는 낭만주의 시의 변장이라고 지적하기도 하였다.

앞에서 든 항목에서 알 수 있듯이 김기림은 형식주의에 반대하였다. 내용에는 아랑곳할 바 아니라는 태도는 옳지 않다는 것이다. 형식주의와 계급주의를 동시에 거부하면서 김기림은 '문제의식'을 시와 비평의 주제로 제시하였다. 이러한 시의 이해를 모더니즘이라고 부르기에는 어려운 점이 있다. 김기림은 사회성과 역사성을 '문제의식'의 두 요소로 제시하게 된 것이다.

　　모더니즘은 三十年代의 중쯤에 와서 한 危機에 다닥쳤다. 그것은 안으로는 모더니즘의 말의 重視가 이윽고 그 末流의 손으로 言語의 末梢化로 墮落되어 가는 傾向이 어느새 發見되었고 밖으로는 그들이 明朗한 展望 아래 感受하던 오늘의 文明이 漸漸 深刻하게 어두워 가고 이지러져 가는 데 對한 그들의 詩的 態度의 再整備를 必要로 함에 이른 때문이다. 이에 詩를 技巧主義的 末梢化에서 다시 끌어내고 또 文明에 대한 詩的 感受에서 批判에로 態度를 바로잡아야 했다. 그래서 社會性과 歷史性을 이미 發見된 말의 價値를 通해서 形象化하는 일이다. 말은 社會性과 歷史性에 依하여 더욱 含蓄이 깊어지고 넓어지고 多樣해져서 情緖의 振動은 더욱 强해야 했다.26)

사회성과 역사성이라는 추상적인 어휘로써 지시되는 내용은 막연한 것이긴 하지만 형식주의에 대립되는 어떠한 측면을 지적한 말이라고 볼 수 있다. 김기림이 의미하려고 한 것은 현실의 폭과 유동성이었다.

---

24) 金起林, 「技巧主義批判」, 前揭書, 133面.
25) 金起林, 前揭評論, 132面.
26) 金起林, 「모더니즘의 歷史的 位置」, 前揭書, 77面.

概念의 正當한 內包에 있어서 現實이라 함은 主觀까지를 包含한 客觀의 어떠한 空間的·時間的 一點을 意味한다. 바꾸어 말하면 그것은 歷史的·社會的인 一焦點이며 交叉點이다. 現實은 時間的으로 不斷히 어떠한 一點에서 다른 一點에로 動搖하고 있다. 藝術에 있어서 어떠한 現實의 斷片이 具象化되었을 때 그것은 벌써 現實 以前이다. 거기는 固定된 歷史와 人生의 斷片이 있을 따름이다. 다만 相對的 意味에서 이렇게 不斷히 推移하고 있는 現實을 如實히 捕捉할 수 있는 主觀은 亦是 움직이고 있는 主觀이 아니면 아니 된다. 그러므로 끊임없이 움직이는 시의 精神을 除外한 詩의 技術問題란 單獨으로 세울 수 없는 일이다.27)

엄밀하게 검토해 볼 때에 현실이 한 점이라고 보는 견해는 그것이 지니고 있는 폭과 너비를 고려하지 못한 그릇된 생각이라고 할지라도 이 인용문에서 현실의 진전을 김기림이 투철히 의식하고 있었다는 사실을 간취할 수 있다.

김기림은 현실과 정신을 다같이 움직이는 흐름으로 생각하였다. 이러한 흐름의 최전선에 서 있는 사람이 시인이고, 시인의 사명은 '근대의 초극'28)에 있다고 주장하기도 한다. 근대사회는 그 이기적 갈등과 분열적 모순으로 말미암아 원리를 상실한 혼돈체로 떨어졌다는 것이다.

'근대의 초극'이라는 말은 19세기 초두에 헤겔이 '시민사회에서의 인간 소외'를 지적한 이래로 흔히 반복되어 제시되는 구호의 하나이다.

그러나 김기림이 이러한 추상명사를 시와 비평의 목표로 삼았을 경우에 의외라는 느낌을 받게 되며, 여기에서 김기림의 비평에 내재하는 본질적인 약점을 파악할 수 있을 듯하다.

현실은 구체적인 것이며, 추상적인 것이 아니다. 근대사회의 가장 큰 특징은 나라와 나라 사이에 전개되는 치열한 생산 경쟁과 군사 경쟁인데, 국치

---

27) 金起林, 「詩와 認識」, 前揭書, 105面.
28) 金起林, 「우리 新文學과 近代意識」, 前揭書, 64面.

이후의 환경에서 근대라는 말을 한다는 것은 무리이다. 생산과 소비, 수입과 수출이 자신의 재생산 과정을 스스로 거침이 없이 일제에 의하여 왜곡되어 있는 마당에서는 '이기적 경쟁'을 비판하는 것도 근리하지 않다. 기업은 경쟁의 원리가 되는 비용과 수익의 변화율을 예측할 수 없으며, 임금은 생존의 수준을 하회하여 노동력이 기여한 수익성의 정도와 비례하지 못하고, 동척(東拓)의 고리대적 수탈과 총독부의 역진적 가세(苛稅)로 인해서 기계나 경작지의 수익성을 시장 이자율과 견주어 예상할 도리가 없다.

김기림이 '근대의 초극'이라는 말로써 농촌 문제와 노동 문제를 암시하려고 했다면, 그것도 이치에 맞는 생각은 아니다. 미곡의 증산이나 노동 생산성의 제고는 결국 일제의 수익으로 돌아갈 따름이기 때문이다.

일제하에서 지식인이 할 수 있는 유일한 합리적인 행동은 광복을 위한 투쟁이며, 그러한 투쟁의 실천을 무기 체계와 병참 체계가 결여된 현실에 토대하여 감행하는 것이다. 김기림은 구체적인 현실을 바르게 검토하지도 못하였고, 독립에 대한 신념을 암시조차 하지 못하였다. 20세기 전반기의 우리 문화가 박은식·신채호·한용운·정인보·조소앙으로 이어지는 전개를 중심으로 삼으며, 문학자가 여기에 큰 몫을 하지 못하였다는 사실을 부인하지 못한다. 다만 일정 말기에 친일의 문자를 남기지 않은 몇 사람 가운데에 김기림이 속한다는 것은 밝혀 둘 필요가 있다.

김기림이 우리의 현실에 깊이 뿌리박을 수 없었던 이유는 보편성에 대한 그의 미망에 있은 듯하다. 구체성을 잃은, 죽은 보편성은 삶의 원리가 되지 못한다.

> 한 詩人의 經歷은 動하는 歷史 속에서 끊임없이 擴大되고 높아가는 한 時代의 價値意識을 體現하여 그것을 發展시켜 가는 한 特殊한 精神史에 틀림없다. 여기 詩가 普遍性을 가지는 契機가 있다. 다시 말하면 詩란 價値의 形成이고, 뿐만 아니라 그것은 좁은 個性의 울타리를 넘어서 한 時代의 普遍的인 文化에 늘 다리를 걸쳐 놓고 있는 것이다.29)

보편성에 대한 추구가 삶을 돕지 못하고 삶을 메마르게 하는 것은 얻어
보기에 드문 사례가 아니다.

(3) 과학관

보편성의 추구는 여러 방향으로 수행될 수 있으나, 김기림은 그것을 과학
관 위에서 건설하려고 하였다. 어쩌면 가장 보편적인 것이 과학이라고 김기
림은 생각하였는지 모른다.

> 秩序는 오직 神學的인, 形而上學的인 先史 以來의 낡은 傳統에 선 世界像과
> 人生態度를 버리고, 그 뒤에 科學 위에 선 새 世界像을 세우고 그것에 알맞은
> 人生態度를 새 모랄로서 把握함으로써만 얻을 수 있었던 것이다.……詩人은 비
> 로소 아무 奇蹟도 神들의 이름도 그 속에서 구경할 수 없는 20世紀의 神話를
> 쓸 수 있었을 것이다.30)

어느 시대에나 그 시대에 통용되는 자연관이 있다. 아리스토텔레스의 자연
관에 의존하던 단테와 뉴턴의 자연관에 의지하던 포프 사이에는 뚜렷한 차
이가 드러난다. 알렉산더 포프는,

> 자연과 자연의 질서가 어두움 속에 잠겨 있었다.
> 하느님이 말씀하셨다. 뉴턴이 있어라! 그러자 세상이 밝아졌다.
> *Nature and Nature's laws lay hid in night;*
> *God said, Let Newton be! and was light!*31)

---

29) 金起林, 「30年代 掉尾의 詩壇動態」, 前揭書, 90面.
30) 金起林, 「科學과 批評과 詩」, 前揭書, 90面.
31) Basil Willey, "The History of Science," London, Cohen & West Ltd.
　　(1951) p.93.

라고 노래하였다.

김기림은 검증할 수 있는 사실이 과학의 핵심이라고 하여, 시학을 과학적
방법으로 구성하려는 희망을 품고 있었다.

A. 우리는 보통 學問의 形式分野를 대개 세 가지로 나누어도 無妨할 것 같
다.
一. 博學: 東洋流의 在來 學問 形式이 대체로 여기에 屬한다. 그 決定的 缺陷은
體系가 없다는 點이다.
二. 形而上學: 그 自體의 精妙한 論理는 갖추고 있다. 누가 헤겔더러 그 體系는
現實하고 맞지 않는다고 말하였더니 헤겔은 卽席에서 그것은 自己의 體系
가 나쁜 것이 아니고, 現實이 나쁘다고 대답했다고 한다.
三. 科學: 갈릴레이 以來의 新傳統이다. 主張을 품은 모든 命題는 事實의 檢證
에 비추어서 그 眞假를 決定하는 것을 眼目으로 한다. 論理 自體는 權利가
없다. 그것이 事實－實로 事實과 相應하지 않을 때는 거짓이라는 烙印을
얻어맞는다.32)

B. 그러면 새로운 詩學은 어떤 모양으로 물어야 할까? 그것은 '무엇' 또는 '왜'
와 같은 方式의 물음은 一切 버려야 할 것이다. 그것은 다만 詩는 어떻게 있는가
하는 물음에서 시작해서 거기서 끝나야 할 것이다. 그러므로 詩에 대해서 무슨
幻像이거나 理想을 그려내거나 만드는 것이 아니고, 詩의 事實에 實로 事實에만
肉迫할 것이다……그것은 詩에 대한 아름다운 꿈을 보여주는 것이 아니라 詩의
事實만을 가리킨다. 命題들은 詩의 事實 自體와 비추어 보아서만 그 참이고 아닌
것을 決定한다.33)

과학의 발달은 이미 알려진, 그럴 듯한 체계에 안주하지 않고 오직 사실만
을 밝히려는 열렬한 투쟁에 의존하여 수행되었다. 화이트헤드는 과학정신을

32) 金起林, 前揭評論, 33~34面.
33) 金起林, 「詩學의 方法」, 前揭書, 13-14面.

사실과의 차라리 비합리적인 전투라고 하였다. "나는 원리로 환원시킬 수 없는 완강한 사실 앞에서 굴복하지 않고, 하나하나의 문장을 벼려서 만들지 않으면 안 된다"는 윌리엄 제임스의 말34)은 그대로 과학정신의 본질이 된다. 스콜라철학의 정연한 체계에 대항하여 부분적인 사실을 실험하고 검증하던 갈릴레이의 모험을 상기할 수 있을 것이다. 화이트헤드는 다시 그것을 그리스 비극에 비교하고 있다.

> 과학적 상상력의 개척자들은 아이스킬로스, 소포클레스, 유리피데스와 같은 고대 아테네의 위대한 비극작가들이다. 비극적 사건을 회피할 수 없는 고비로 몰아대는 무자비하고 초연한 운명에 대해 그들이 묘사한 비전은 과학의 비전이다. 그리스 비극의 운명은 근대 사상에서 자연의 질서가 된다. 운명이 작용하는 실례와 증명으로서 특수한 영웅적 사건에 흥미를 쏟는 일이 우리 시대에는 까다로운 실험에 대한 관심으로 다시 나타나는 것이다.35)

화이트헤드가 『과학과 근대세계』("*Science and the Modern World*", 초판은 1925년에 나왔다)에서 밝히고 있는 과학정신과 함께 김기림의 상게 인용문을 살펴보면, 김기림이 의도한 내용을 더욱 잘 알 수 있으며, 문학과학을 확립해 보려는 시도 역시 용혹무괴(容或無怪)임을 짐작할 수 있다.

'왜'라고 묻지 말고 '어떻게'라고 물으라는 제안도 과학의 관점에서는 자명한 이치이다. 왜 그렇게 되느냐고 묻는 질문 앞에서는 뉴턴의 역자승의 법칙이 물체들이 서로 잡아당기고 있다는 신비로운 마술이 되고, 상대성이론의 세계는 앨리스가 놀던 이상한 나라가 된다. 우리는 흔히 전기가 무엇이냐고 묻지만, 과학자는 오직 전기가 어떻게 움직이는가에 대해서, 그리고 측정된 전기적 힘과 전기적 효과를 유도할 수 있는 수학법칙에 대해서 관심을 가진다. 순수하게 추상적인 수학이 추상적이면 추상적일수록 '구체적 보편개념'에

---

34) Alfred North Whitehead. "*Science and the Modern World*", New York, a Mentor Book(1948) p.10
35) A. N. Whitehead, ibid., p.17.

가까운 성격을 띠게 되고, 구체적이고 완강한 사실을 더욱 깊이 해명하도록 도와주게 된다는 것을 과학자는 모두 굳게 믿는다.

과학의 바닥에는 '단순한 수학'에 대한 믿음이 놓여 있다는 것을 김기림은 깨닫지 못했던 성싶다. 시의 사실을 수학법칙과 연결시킬 도리는 없다. 김기림이 시의 사실을 중시한 이유를 충분히 납득할 수 있으나 시의 과학이 성립될 수 있으리라고는 생각되지 않는다.

그렇다면 과학과 시가 공유하는 영역은 전혀 없는가? 그렇지는 않다. 그 영역이 바로 그 시대의 '자연관'이다. 자연관을 문제삼아야 할 자리에 과학을 앉힌 것이 김기림의 오류였던 것이다. 이러한 오류 역시 구체성 대신에 죽은 보편성을 높인 데에 기인한다.

김기림이 다음과 같이 말할 때에도 그것은 자연관을 굳게 하기 위해서가 아니라 과학을 배우기 위해서 그렇게 말한 것이다.

> 筆者는 逆說이 아니라 참말로 이렇게 새로 詩를 하려는 사람에게 勸하고 싶다. 낡은 美學이나 詩學을 읽기 전에 우선 詩를 읽으라고-또 한 卷의 美學이나 詩學을 읽느니보다는 한 卷의 아인슈타인이나 에딩턴을 읽는 것이 詩人에게 얼마나 더 有用한 敎養이 될지 모른다고.36)

김기림이 시학을 읽지 말고 아인슈타인과 에딩턴을 읽으라고 하는 이유는 위에서 살펴보았듯이 과학을 습득할 수 있다는 데에 있다. 그러나 아인슈타인과 에딩턴을 통하여 20세기의 자연관을 이해하고, 시와 비평에 참고할 수 있다는 의미에서 역시 같은 충고를 초학자에게 하는 것도 무방할지 모른다.

전자는 일정한 에너지 단위를 가지고 진동하고 있으며 제멋대로 움직이는 것이 아니라는 사실과 전자의 운동량과 질량은 확률로써 어림할 수밖에 다른 도리가 없다는 사실을 양자역학이 풀어내었다. 전 상태의 확률과 후 상태

---

36) 金起林, 「科學과 批評과 詩」, 前揭書, 41面.

의 확률 사이에는 물론 인과율이 성립하므로 경험세계의 자연관을 부정한
것은 아니지만 인간의 능력으로는 극복할 수 없는 자연의 장벽을 드러냄으
로써 인간의 자연관은 획일성을 버리고 유연성을 획득하게 되었다.37)

　또한, 중성자는 소립자이면서 양자와 전자 그리고 중성미자 같은 새로운 소
립자로 전환하고, 양자도 중성자와 양전자 그리고 중성미자 같은 새로운 소립
자로 전환하며, 에너지가 음전자와 양전자의 한 쌍의 전자를 창생하고, 이러
한 두 전자가 서로 충돌하면, 이것이 동시에 소멸하면서 일종의 전자파로 변
하는 사실, 그리고 에너지의 단위 입자인 광자가 물질 속에 스며들어 가서 다
른 물질에 변화를 주며 자체는 없어지는가 하면, 때로는 그것이 다시 광자로
되어서 생겨 나오는 사실38)은 불생불멸과 항존고정의 기독교적 자연관에 대
립하여, 상호전화와 생멸가변의 불교적 자연관에 접근하는 듯도 하다.

　위치 이동의 진동과 유기체 변형의 진동이 있다. 이 두 변화 유형의 조건들
은 서로 그 성격을 달리한다. 다시 말하면 주어진 패턴이 하나의 전체로서 위
치를 이동하는 진동과 패턴 자체가 변화하는 진동이 있는 것이다.39)

　밀접하게 결합된 시간과 공간의 연속체 안에서 모든 등속도 및 가속도 운
동과 중력을 하나의 법칙 아래 통합하고 있는 상대성이론은 20세기의 자연
관을 더욱 일상의 체험에 가깝게 형성하였다.

　　두 대상이 서로 정지해 있다면, 그것들의 존속을 표현하기 위하여 그것들이
　　같은 의미의 시간과 공간을 이용하고 있으나, 상대적인 운동에서는 시간과 공
　　간은 달라진다. 따라서 다른 단계의 자기에 대해서, 그 생애의 어떤 단계에 상
　　대적으로 운동하고 있는 물체를 우리가 생각한다면, 그 물체는 이 두 단계에서
　　서로 다른 공간의 의미와 또 이에 따라서 서로 다른 시간의 의미를 이용하고
　　있는 것이다.40)

---

37) 吳鎭坤, 科學史, 全州, 普光出版社(1972) 201面.
38) 朴益洙, 新科學史槪論, 新光社(1959) 451~452面.
39) A. N. Whitehead, *Op. cit.*, p.121.

상대성이론의 단적인 표현은 장미가 자기를 실현하는 과정이 백합이 자기를 실현하는 과정과 다르다는 데에 있다. 결국 아인슈타인과 에딩턴의 자연관은 자연을 자기실현의 합창이라고 보는 태도이다.

이러한 태도는 시와 비평이 그 독자의 영역에서 탐구해 낸 것과 통할뿐더러 시인과 비평가에게 좋은 참고가 되기도 한다. 앞에서 김기림은 과학을 찾을 것이 아니라 자연관을 추구했어야 한다고 말한 내용은 이러한 영역을 의미한 것이다.

김기림이 자연은 자기실현의 합창이라는 아인슈타인과 에딩턴의 자연관을 확실히 이해하고 있었다면, 그는 우리 겨레의 자기실현을 억압하는 일제에 대하여 좀더 강인하게 투쟁할 수 있었을 것이며, 합창을 방해하는 일제의 주구들에 대해서도 좀더 강력한 비타협의 자세를 견지할 수 있었을 것이다.

(4) 마무리

이 글은 김기림의 비평을 대상으로 하여, 그것의 폭과 그것에 내재하는 비평의 기준을 탐색하려는 목적 아래 구상되었다. 비평가와 취미적 호사가의 차이는 비평의 기준 여하에 달려 있다.

30년대 비평가 가운데, 최재서는 일관된 기준이 서지 않은 비평을 감행하여 자의식문학·민중문학·친일문학 등을 때에 따라 제안하였고, 김환태는 창작에 비평을 예속시키면서 문학으로부터 사상을 제거하려고 한 문학 애호가에 불과하였다.

이들에 견주어 김기림은 넓은 관심의 폭과 비교적 앞뒤가 맞는 기준을 드러내 보이는 비평을 하였다고 생각된다. 그는 20년대 전반기의 감상주의 시와 20년대 후반기의 계급주의 시를 동시에 비판하면서 언어의 문제를 중시하

---

40) A. N. Whitehead, *ibid*. pp.112~113.

는 모더니즘을 제창하였다. 그리고 언어에 대한 의식이 말초적인 기교주의와 쇄말주의에 타락하는 흐름을 돌리려 하여, 역사성과 사회성을 포함한 현실로 시적 탐구의 방향을 정향하였다. 그는 또 언어와 현실을 캐어나가는 시적 정신의 모험을 과학과 동일시하여 보편성과 사실 중시의 태도를 시인과 비평가에게 권유하였다. 언어와 현실과 과학 사이에 퍼져 있는 상호 맥락과 유기적 관계는 그의 비평 속 어디에서나 쉽게 얻어 볼 수 있다.

이러한 사실에 대한 검토는 다음과 같은 결과에 이르렀다.

1) 김기림은 온건한 언어관을 품고 있었다. 그를 과격한 형식주의자라고 보는 종래의 견해는 잘못이다. 시의 말씨는 개념을 지지하는 것이 아니며, 거기에는 미묘하고 복잡한 느낌·해석·태도 등이 있다는 것을 그는 지적하였다. 시의 말씨를 형성하고 있는 2대 요소인 비유와 운율에 대해서도 그는 주의하였다. 거리가 먼 두 세계가 일순간에 충돌하여 하나의 세계로 화합하는 것을 훌륭한 비유의 본질이라고 밝혔으며, 기계와 함께 살고 있는 현대 생활에 적합한 새로운 리듬을 요청하였다. 김기림을 리듬 부정론자로 단정한 연구자들은 오류를 범한 것이다. 또한 그가 시의 재원으로서 민중의 언어를 지적한 내용은 참으로 탁월한 언어관이다. 민중의 언어를 외면하면 시의 말씨는 생명력을 잃고 고사한다.

2) 김기림은 시의 말씨에서 회화성과 음악성을 중시한 바와 같은 이유에서 시적 현실의 사회성과 역사성을 강조하였다. 회화성과 사회성은 함께 공간에 속하며, 음악성과 역사성은 함께 시간에 속하는 것이다. 그는 시인의 정신이 사회적 현실의 넓이를 감당해 낼 수 있을 만하게 광대해야 하며, 역사적 현실의 진전에 발맞출 수 있을 만하게 끊임없이 움직이고 있어야 한다고 생각하였다. 그리고 이러한 자세의 목표는 이기적 갈등의 마당인 근대사회를 극복하는 데 있다고 언명하였다.

이상과 같은 김기림의 견해에 대하여 독자적인 확대 재생산 과정과 무기병참 체계가 붕괴된 현실에서 '근대의 극복'이라는 추상적인 목표는 아무런 의미가 없으며, 1930년대의 상황에서 가능한 사회성 및 역사성은 우리 겨레가 스스로 발전할 수 있는 모든 힘을 박탈하고 있던 일제에 대한 항거뿐임을 밝혀서 비판하였다. 당시에 구체적인 목표는 광복 하나만이었는데, 김기림은 그 목표를 믿지 못하였다.

3) 추상적이고 보편적인 사고습성의 한 귀결로서 김기림은 과학에 도달하였다. 검증할 수 있는 완강한 사실만을 신앙해야 한다는 뜻이다. 신학과 형이상학을 부정하고 시인과 비평가에게 아인슈타인과 에딩턴을 이해해 보도록 권고한 것은 일리 있다 하겠다.

이러한 견해에 대해서 이 논문은 시인과 비평가는 과학이 아니라 자연관을 문제삼아야 하리라고 명시하였다. 시인과 비평가가 자연의 본질에 대하여 독특하고 명확하게 이해하고 있다면, 그는 과학을 전혀 몰라도 좋은 일이다. 과학과 문학을 서로 연결하려는 시도가 불가능한 것은 아니라고 하여도, 그러한 경우에 취급될 영역은 문화의 두 분야가 공유하고 있는 내용인 자연관이다. 그 하나의 간단한 실례로서 아인슈타인과 에딩턴의 자연관을 광속도 불변의 원리와 같은 이론에서 분리하여 해명해 보았다. 그러나 모든 시인과 비평가가 이러한 자연관을 갖추어야 한다는 말은 아니다. 과학을 중시하는 김기림의 생각에 반대하여 그것에 대한 하나의 대안으로 제시해 본 것일 따름이다.

6. 김태환의 비평

김환태의 비평은 신비평이 나오기 전에 씌어진 글 가운데 신비평에 가장 가까운 문학론이다. 이제는 너무 당연하여 다소 진부하게 느껴지는 클리셰가 적지 않게 보이지만, 그것은 한때 문학 이론의 혁신으로 평가되던 볼프강 카이저의 『언어예술작품』 같은 책의 경우에도 해당되는 이야기이다. 1935년 일제 치하의 조선에 규슈[九州] 대학 출신의 한 젊은 비평가가 나타났다. 그는 문학을 신앙처럼 소중하게 여기는 문학주의자로서, 당대의 현실주의 비평가들의 허술한 문장의 오문과 비문을 하나하나 지적하였다. 그는 무관심적 관심으로 작품을 읽어야 한다고 주장하였다. 이때 무관심이란 현실의 이해타산에 대한 무관심이고, 관심이란 언어와 문장에 대한 관심이라고 해석할 수 있을 것이다. 문법책과 사전을 문학 공부의 가장 중요한 교과서로 이용하는 그의 학습 방법은 저절로 현학적인 모든 것을 철저하게 피할 수 있게 하였다.

　　요사이는 본격적 영문학 연구의 기초 공작으로 영문학보다도 영어학에 더 많은 관심을 두고 있다. 이 기초 공작이 어느 정도로 진보되면　제일 먼저 셰익스피어를 시작하여 일생을 두고 늘어져볼 작정이다.(……중략……) 일생을 붙들고 늘어지기로 한 셰익스피어이므로 누구의 작품보다도 먼저 그의 전 작품에 조선 옷을 입혀놓아야 시원할 것 같다.41)

　연보에 의하면 그는 1934년에 도산을 만나 큰 영향을 받았고 1936년에는 도산과 연관된 사건으로 한 달 정도 경찰서에 수감되었다. 그의 문학주의에는 도산의 민족주의가 흐르고 있다. 우리말에 대한 그의 관심은 이러한 민족주의의 한 표현이었다. 「문법상의 시형(時形)에 대하여」라는 글을 통하여, 우리는 그가 박승빈의 『조선어학』을 비롯하여 당시에 나온 우리말 연구서들을 광범위하게 읽었음을 알 수 있다. 1930년대는 현대국어의 문어 체계가 형성된 시기였다. 이태준과 정지용의 문화적 성과는 박승빈과 최현배의 어학적 성과와 연관되어 있다.

　　우리는 외국 문단에서 섭취하고 배울 것이 많기는 하나, 우리가 그리하는 데는 조선말에 의한 소개가 아니라도 도쿄에서 출판되는 간행물을 통하여 충분히 그것을 달할 수 있다고 주장하는 사람이 있다. 그러나 우리는 이런 사람의 언설에 대하여는 '이제 우리는 조선말을 사용하지 않아도 넉넉히 말을 할 수도, 쓸 수도, 읽을 수도 있으니 그만 조선말의 사용을 폐지하자'는 이론에 대하여 우리가 할 수 있을 답변을 그대로 되풀이 할 수가 있을 뿐이다.42)

　그는 우리말로 씌어진 위대한 문학의 탄생이야말로 우리 민족에게 바치는 최대의 고귀한 선물이라고 생각하였다. 문학에 대한 그의 신앙은 민족에 대한 신앙에 바탕을 두고 있었다. 그는 그로세가 『예술의 시원』에서 한 말을 인용하여 그의 문학주의가 민족주의와 다른 것이 아니라는 사실을 고백하였다.

41) 김환태, 「외국 문학 전공의 변」, 『김환태 전집』, 문학사상사, 1988, 193~194쪽.
42) 김환태, 「1935년 조선문단 회고」, 앞의 책, 253쪽.

　　권모술책은 이탈리아를 분할시켰지만 시는 그것을 결합시켰다. 나폴리人을 향해서나, 롬바르디아인을 향해서나, 꼭 같이 호소한 이탈리아 시인의 힘있는 말은 오랜 분열과 예속의 수세기를 통하여 이탈리아인의 흉중에 그들이 동일한 민족이었다는 것과 동일한 민족이 아니면 안 된다는 의식을 존속시켰다.43)

　민족다운 민족이 되기 위해서는 어설픈 계몽보다 문학다운 문학이 있어야 한다는 믿음이 그의 문학주의의 바탕에 있었다. 그가 문예가협회의 결성을 주장한 것도 도산의 영향과 무관한 일이 아닐 것이다. "조직은 개인의 힘의 총화 이상의 힘을 가진다"44)라는 말은 『안도산 전서』의 어디에선가 본 듯한 어투를 띠고 있다. 조직은 힘이라고 생각하고 문예가협회가 원고료와 검열의 수준을 개선할 수 있다고 본 그의 견해는 흥사단의 무실역행을 연상하게 한다. 그는 문예가협회를 유산시킨 김남천의 의도가 자파의 주도권이 보장되지 않은 데 있다고 보고, 준비위원회에서 토의를 거치지 않고 한두 사람이 결정한 것을 월권이라고 비판하였다. 민주적이고 이성적인 토론 또한 도산주의의 한 요소이다. 그는 이론 투쟁을 비평의 한 역할로 인정하였다. 그는 "이론 투쟁이야말로, 그리고 그것을 위한 기회와 편의의 정비야말로 각파의 문학 활동을 촉진할 가장 유력한 조건의 하나"45)라고 말하였다. 그러나 사회주의까지 포용하고 사회주의자들과의 건설적 대화를 완강하게 지속하였던 도산에 비교해 볼 때, 그의 태도에는 어딘가 정치적 허무주의가 짙게 배어 있다.

　　에스파냐의 반군이 수도에다 대포질을 하는 것도, 정부군이 반군을 진압하기 위하여 독와사를 뿌리는 것도 다 '에스파냐 민중의 행복을 위해서'라고 한다. 만일 그렇다면 그들은 어찌하여 그들이 그렇게도 행복되게 하여주기를 염원하는 그들 민중으로 하여금 서로 총질을 하게 하여 그들에게서 사랑하는 어버이를, 자녀를, 남편을, 아내를, 형제를, 자매를 빼앗고 집을 불지르는 그런 가장

---

43) 김환태, 「예술의 순수성」, 앞의 책, 26쪽.
44) 김환태, 「1935년 조선 문단 회고」, 앞의 책, 248쪽.
45) 앞의 글, 247쪽.

잔인한 행위를 감행하고 있을까? 민중은 오직 그들의 복락을 그들의 피로써만 쓸 수 있기 때문일까? 그러면 유사 이래로 지금까지 그렇게 많은 피를 흘린 민중이 언제 한번 그들의 진정한 복락을 피의 대가로 받은 일이 있는가? 아마도 민중의 복락은 오직 권력자를 위하여 권력자의 입술 위에만 사는 것이 아닐까?46)

어째서 김환태는 좋은 작품과 나쁜 작품을 구별하는 데는 열심이었으면서, 정의의 전쟁과 불의의 전쟁을 구별하는 데는 소홀했던 것일까? 공화국을 수호하는 민중과 파시스트 프랑코를 지지하는 민중이 다 같이 권력자의 희생자에 불과하다는 이상한 평화주의는 아마도 정보의 부재에 기인하는 것일 터라고 이해가 되기는 하지만, 무력한 정치적 허무주의로 귀결될 염려가 없다고 단언할 수 없을 것이다. 김환태가 김남천에게 단체 도덕의 결여에 대하여 시비를 걸었다는 사실은 여러모로 아이러니컬하다. 김환태의 글을 읽은 사람은 누구나 아주 강한 도덕주의를 기억하게 된다. 그러므로 그가 "여(余)는 예술지상주의 자"47)라고 말하고, 도덕에 대한 문학의 독자성을 말할 때 우리는 그 말을 글자 그대로 받아들일 수 없다. 그의 작품평에는 문학적인 성취와 직접 관련이 적은 도덕적 담론들이 등장한다. 그는 원리론에서는 도덕의 취약성을 지적하고 현상 분석에서는 도덕의 중요성을 논술하였다.

딸의 품행을 탐찰한다고 딸의 뒤를 쫓아가니 얼마나 어른답지 못한 행동일까?48)

남자가 반주를 주는 것도 부자연하거니와 15년 동안이나 그리고 찾던 애인의 앞에서 아무런 사양도 없이 권하는 대로 술을 마시는 방순을 '나'라는 주인공에 대해 좋은 사랑을 가지고 있는 것을 알면서도 순정을 가진 여자라고는 생각키지 않는다.49)

46) 김환태, 「민중의 운명」, 앞의 책, 326쪽.
47) 김환태, 「여(余)는 예술지상주의자」, 앞의 책, 103쪽.
48) 김환태, 「신춘 창작 총평」, 앞의 책, 219쪽.

아버지의 말이 아무리 어리석은 말일지라도 유언과 같이 '비참'하게 들리는 그 말 앞에서는, 아들은 좀 더 엄숙하고 경외한 심정을 가져야 할 것이다.50)

그런데 이 작품은 우리로 하여금 작자의 흥미가 분녀의 심적 변화의 과정에서 너무 과도히 淫奔한 분위기로 쏠리지 않았는가 하는 느낌을 가지게 하였다.51)

『김환태 전집』(문학사상사, 1988)의 여기저기에서 눈에 띄는 대로 골라본 대목들이다. 이것들을 예술지상주의자의 말이라고 할 수 있을까? 「유처자(有妻者)와의 사련(邪戀)」이란 수필에서 김환태는 도덕이 인간성의 건전한 신장을 저해할 때는 그 형식적 구속력을 타파하지 않으면 안 되나, 그러한 경우에도 도덕의 구속력에 대하여 존경하는 마음을 간직하고 있어야 한다고 하였다. "도덕의 형식적 구속력을 타파하려고 할 때에 우리는 그 형식적 구속력이 지금 그 신장을 저해하고 있는 인간성의 어떤 국면에 대하여도 본래는 그 신장을 도우려는 것이었고 또 그리했던 것이라는 것을 잊어서는 안 된다."52) 아내 있는 남자가 아내에 대한 사랑이 식은 후에 다른 여자와 연애를 하게 된 사건을 다루는 작가는 모름지기 의무감과 애정의 마찰을 그려야 한다는 것이 김환태의 생각이었다. 김환태에 의하면 연애를 긍정한다면 그들의 연애는 도덕성을 상실하고, 연애를 긍정하지 못하는 데서만 그들의 연애는 도덕성을 획득한다. "그들의 고민의 양에 따라 그들의 연애의 도덕성을 비로소 측정할 수 있는 것이다. 그러므로 유처자와 독신녀와의 연애에 있어서, 그곳에 우리가 고민을 볼 수 없다면 우리는 단지 나쁜 욕망만으로 결합된 야합으로 단정해도 좋을 것이다. (…… 중략 ……) 그 최고의 해결 방도는 사랑하기 때문에 도리어 사랑을 마음속에 가두어버리고 의무의 부름을

---

49) 앞의 글, 220쪽.
50) 김환태, 「문예시평」, 앞의 책, 238쪽
51) 김환태, 「2월 창작계 개관」, 앞의 책, 266쪽.
52) 김환태, 「유처자(有妻者)와의 사련(邪戀)」, 앞의 책, 362~363쪽.

따라가는 방도이리라."53)

　이러한 도덕적 권고는 작위적인 것이 아니라 태초 이래로 전해져 내려온 도덕의 원형에 가까운 것이므로 독자의 심금을 울린다. 그러나 예술지상주의자는 어디로 갔는가?

　김환태는 1930년대의 평단에서 가장 부드럽고 가장 마음씨 고운 비평가이다. 지금 읽어도 낡았다는 느낌이 전혀 들지 않는 정확하고 유려한 문장과 정치에 대한 문학의 우위를 의심하지 않는 단호한 신념에서, 김환태는 고전적인 비평가의 풍모를 보여준다. 우리는 그의 글 도처에서 직관을 통해 개념을 초월하고 유희를 통해 형식을 초월했던 칸트와 실러의 그림자를 발견할 수 있다. 실러는 유희 충동만이 감성 충동과 형식 충동을 하나로 엮을 수 있다고 하였다. 김환태는 인상이 감성과 지성, 내용과 형식을 하나로 묶어낼 수 있다고 하였다. 그에 의하면 문학작품은 강렬한 인상들의 조직체이다. 작가가 현실에서 받은 인상들을 조직하는 현실의 초상화가라면 비평가는 작품에서 받은 인상들을 조직하는 작품의 초상화가이다. 흔히 문학을 현실의 묘사라고 하지만, 현실 자체가 무엇인지를 명확하게 설명할 수 있는 사람은 거의 없을 것이다. 현실은 언어가 아니다. 현실의 계기는 무한하고 개념의 체계는 유한하기 때문이다. 우리가 만나는 것은 언제나 묘사되거나 설명된 현실이다. 현실을 묘사하기 위해서는 묘사의 수단이 되는 개념장치가 필요하지만, 인간이 묘사한 현실은 늘 현실 자체의 일부분에 지나지 않는다. 현실이라고 우기는 말은 현실 자체의 변화에 밀려서 저절로 폐기된다. 김환태는 현실주의와 형식주의를 다 같이 싫어했는데, 그가 말하는 인상주의는 현실과 형식 사이에 존재하는 중간 세계를 중시해야 한다는 문학론이라고 할 수 있다. 우리의 인상은 현실에서 받은 인상이므로 인상에는 현실이 어느 정도 포함되어 있을 수밖에 없다. 그리고 흐트러진 인상 그대로는 작품이 되지 않을 것이므로 작품으로 조직된 인상에는 어느 정도의 형식이 담겨져 있을 수밖

---

53) 앞의 글, 364쪽.

에 없다. 현실을 말하면 형식이 소멸하고 형식을 말하면 현실이 소멸하지만, 인상에 대하여 말할 때는 현실과 형식이 동시에 살아날 수 있다는 것이 김환태의 생각이었다. 현실계와 형식계와 인상계를 구분하고 문학을 인상계에 귀속시키는, 이러한 문학론을 인상주의라고 불러도 무방한 것인가는 쉽게 단언할 수 없는 문제이다. 그러나 그가 "나는 비평에 있어서의 인상주의자다"[54]라고 선언했을 때, 그 선언의 의미를 그의 시대와 그의 의도를 고려하여 해석해 본다면, 그의 인상계가 일종의 중간 세계라는 것을 부정할 수 없을 것이다. 그는 현실과 형식의 중간 세계가 중요하다는 문학론을 인상주의라고 명명하였다. 개념, 관념, 지성, 내용의 우위를 철저하게 거부하게 하였다는 점에서 그의 인상주의는 그 시대의 창작에 일정하게 기여하였다고 할 수 있다. 정지용과 이태준과 김동리는 그에게 고맙다는 마음을 가지고 있었다. 인상을 중시하는 그의 비평은 엘리엇과 프루스트와 조이스의 작품을 제대로 다룰 수 없었다. 우리가 그를 19세기 서구 비평의 실천가로 규정하지 않을 수 없는 이유가 여기에 있다. 그러나 자신의 인상에 철저했던 그의 비평은 그를 우리 비평사에서 가장 정직한 비평가가 되게 하였다. 그는 아무런 눈치도 보지 않고 그의 인상을 솔직하게 기록하였다. 아는 것을 안다고 하고 모르는 것을 모른다고 하는 것이 참으로 아는 것이라는 말이 『논어』에 나온다. 그는 참으로 아는 비평가였고 우리는 지금 무엇보다 그의 이러한 정직성을 그에게서 배워야 한다.

---

54) 김환태, 「나의 비평의 태도」, 앞의 책, 27쪽.

7. 이육사론

    나라 잃은 시대라고 하는 특정한 사회상황을 마음에 두고서, 육사의 시가 지니고 있는 의미를 해석해 보려고 한다. 육사의 시 31편 가운데에서 맥락이 서로 닿는 시들을 집단화함으로써 각 시편의 계보를 추적해 보려고 한다. 해석의 과정은 두 가지 절차를 거치게 된다.

    첫째, 육사의 시가 주는 느낌을 시어와 어조에서 찾아본다.

    둘째, 육사시의 내면에 흐르는 의미를 세 모습으로 나누어, 그것들이 '서로 스며드는 흐름'으로 육사의 시를 파악한다.

    육사의 시를 해석하기에 앞서서, 그의 생애에 대하여 일반으로 퍼져 있는 오해를 바로잡을 필요가 있다.

    육사의 수필 「전조기」와 「연인기(戀印記)」에는 나이 여섯에 소학을 배우고, 열두 살 때는 배우던 중용과 대학에 대신하여 물리와 화학을 공부했다는 말이 있다. 그 뒤에 그가 일본을 거쳐 북경에 있는 조선 군관학교 국민정부 군사위원회 간부훈련반을 졸업한 것이 1933년 스물아홉 때이었으니, 생애를 통하여 육사에게 크게 영향을 미친 내용은 전통교육보다는 현대교육이었다.

육사의 신념이 반봉건주의로 방향을 잡고 있었다는 사실을 좀더 뚜렷하게 증명하는 자료가 「1935年의 중국정계」[55]와 「중국 청방비사 소고」[56]라는 두 편의 논설이다.

이 글들은 당시 중국의 사회 정세를 사회과학 전공자가 아니면 다루지 못할 만큼 깊고 면밀하게 분석하였다. 육사가 북경대학 사회학과에 다닌 적이 있다는 사실을 간접으로 밝혀 주는 자료도 된다 할 것이다.

또 「노신 추도문」[57] 및 「예술 형식의 변천과 영화의 집단성」[58]이라는 두 평론은 정치와 문학, 기계와 예술의 관계를 자상하게 풀어 밝히는 글이다. 그것은 예속되는 것도 아니고, 분리되는 것도 아니며, 저 나름의 독자성을 지키면서 다른 것에 스며들어 서로 도와주는 관계라는 것이다.

식민주의에 반대하는 육사의 신념을 분명히 엿볼 수 있는 글에 「계절의 오행(五行)」이 있다. 다음에 인용한 것은 그 수필의 마감 대목이다.

들개에게 길을 비켜 줄 수 있는 겸양을 보는 사람이 없다고 해도, 정면으로 달려드는 표범을 겁내서는 한 발자국이라도 물러서지 않으려는 내 길을 사랑할 뿐이오. 그렇소이다. 내 길을 사랑하는 마음, 그것은 나 자신에 희생을 요구하는 노력이오.

나는 내 氣魄을 키우고 길러서 金剛心에서 나오는 내 시를 쓸지언정 유언은 쓰지 않겠소. 쓰지 못하면, 죽어 화석이 되어 내가 묻힌 瘠土를 향기롭게 못 한다곤들 누가 말하리오……다만 나에게는 행동의 연속만이 있을 따름이오. 행동은 말이 아니고, 나에게는 시를 생각는다는 것도 행동이 되는 까닭이오.[59]

55) 李源祿, 李陸史 全集, 正音社(1975) 53~62面.
56) 同上 63~73面.
57) 同上 74~89面.
58) 同上 102~114面.
59) 同上 155~156面.

1

지금까지 조사된 육사의 우리말 시는 모두 31편이다. 1933년 「신조선」에 실린 〈황혼〉에서부터 1942년 조선일보에 게재된 〈광인의 태양〉까지의 24편에 연대와 게재 잡지를 알 수 없는 〈나의 뮤우즈〉〈소년에게〉〈광야〉〈해후〉〈꽃〉〈편복〉〈바다의 마음〉 등 7편을 더한 것이 전부이다.

백철은 육사의 시에 대하여 이렇게 말하였다.

> 陸史는 이 詩集60) 속의 象微的인 詩語와 華奢한 詩風으로 대번에 全文壇의 주목을 받게 되었다. 그는 그 유니크한 시풍으로 해서 만능의 詩人이었을뿐더러, 그 속에 靈感을 이루고 있는 祖國愛의 정신으로 해서 그의 작품은 한층 빛나는 것이었다.61)

이러한 말이 적절한 평가가 아니라고는 할 수 없겠지만, 육사의 시들은 상당히 다양한 상황을 마련해 주고 있다. 그의 시에는 이별을 슬퍼하고, 고향을 생각하고, 옛날을 그리워하고 가까운 사람에게 자신의 마음을 붙이고, 몹시 괴로워하고 하는 여러 가지 목소리가 담겨져 있다.

손쉬운 예로서,

> 피로 가꾼 이삭에 참새도 날아가고
> 곰처럼 어린놈이 北極을 꿈꾸는데
> 늙은이는 늙은이와 싸호는 입김도
> 벽에 서려 성에 끼는 한 겨울밤은
> 洞里의 密告者인 강물조차 얼붙는다.
> 　　　　　　　　　　－〈草家〉에서

---

60) 陸史詩集(서울출판사. 1946)을 말하는 듯함.
61) 白鐵, 新文學思潮史, 新丘文化社(1968) 586面.

와 같은 시구에서 엿볼 수 있는 참담한 어조와,

> 짙푸른 깁帳을 나서면 그 몸매
> 하이얀 깃옷은 휘둘러 눈부시고
> 정녕 왈츠라도 추실란가 봐요.
> 　　　　　　　　　－〈娥眉〉에서

라는 구절이 보여주는 경쾌한 몸짓을 비교해 볼 때, 당시 우리의 농촌 실정
과 구름이라는 소재의 차이나, '강물＝동네의 밀고자'와 '흰 구름＝하얀 비단
옷'이라는 비유의 다름을 헤아려 보기도 전에 우리는 두 시의 상황과 두 시
에 깃든 목소리가 서로 같지 않음을 느낄 수 있다.

　이러한 현상은 일정한 자기의 목소리를 골라서 직업으로 시를 다듬는 요
즈음 시인들에게서는 얻어 보기 어려운 것이다. 시의 표현에 서만은 육사의
시가 전통적 교양에 가까이 자리잡고 있다고 할 수 있다. 예전의 시는 요즈
음의 시보다 더욱 깊게 일상생활에 스며 있었던 것이다.

　육사의 시에서 찾아낼 수 있는 전통의 영향은 더 많이 시어를 통하여 나
타난다.

　공자는 말하였다.

> 너희들은 어찌하여 시경을 익히지 아니하느냐? 시는 뜻을 일으킬 수 있게 하
> 며, 풍속을 올바르게 살필 수 있게 하며, 벗을 모을 수 있게 하며, 적절하게 풍
> 자할 수 있게 한다. 가까이는 어버이에 섬길 만하고, 멀리는 임금을 섬길 만하
> 게 된다. 비록 그렇게까지 되지 못하는 경우에도 새・짐승・푸나무의 이름을
> 많이 알게 된다.[62]

라고. 공자의 말 가운데 흥미 있는 것은 시를 읽어서 새와 짐승과 풀과 나무

---

62) 小子 何莫學夫詩 詩可以興 可以觀 可以群 可以怨 邇之事父 遠之事君 多識於鳥
　　 獸草木之名. 論語 陽貨.

의 이름을 많이 알게 된다는 부분이다. 이 말을 뒤집어 새기면, 시에는 새와
짐승과 풀과 나무의 이름이 많이 나온다는 뜻이 된다.

육사 시의 시어는 공자의 견해와 일치한다. 이 명제를 증명하기 위하여 육
사의 시에 자주 나오는 어휘를 가리어 10개의 몫으로 나누어 보면 다음과
같이 된다.

 1. 바다, 海潮, 潮水, 西海, 밀물, 海峽, 暗礁, 颱風, 珊瑚島, 漁村, 港
口, 船舶, 정크, 뱃조각, 布帆, 돛대, 그물, 소금, 소라껍질, 호수, 강, 여울,
못.

 2. 꽃, 박꽃, 연꽃, 모매꽃, 꽃밭, 꽃성, 꽃맹아리, 꽃다발, 매화, 장미, 튜울
립, 罌粟, 해당화, 봉오리, 花瓣, 씨, 향기.

 3. 白馬, 駿馬, 말, 大鯤, 맘모스, 암사슴, 사자, 곰, 불개, 蛟龍斑猫, 박쥐, 남
생이, 살무사, 거미, 개아미.

 4. 새, 닭, 참새, 공작, 제비, 백조, 오리, 갈매기, 비둘기, 杜鵑새, 해
오래비, 相琴鳥, 나비, 夜光蟲, 날개.

 5. 하늘, 太陽, 햇살, 日蝕, 별, 별빛, 星座, 달, 달빛, 新月, 구름, 바람.

 6. 喬木, 느릅나무, 씨레나무, 靑葡萄, 芭蕉, 고추, 이삭, 보리.

 7. 瑪瑙, 翡翠, 黃金, 瓔珞, 玉, 雲母, 구슬.

 8. 地球, 山脈, 沙漠, 누리, 나라.

 9. 故鄕, 鄕愁, 望鄕歌, 나그네.

 10. 목숨, 죽음, 무덤, 喪章.

그러면 육사가 이렇듯 구상의 낱말을 주로 사용하였다는 사실에는 그의 반봉건과 반식민의 삶과 모순됨이 없을까? 위의 가정이 부정되는 이유는 다음과 같은 데에 있다.

20세기에 들어와 세계는 이미 동양과 서양의 구별이 의미를 잃게 되었다. 우리의 사상적 탐구와 사회적 실천은 마땅히 세계적 전망을 갖출 것을 요구한다. 반면에 어떠한 문화의 내용이라도 우리화되지 않은 것은 힘을 잃게 된다.

그러므로 어색한 번역어를 동원한 이 땅의 모더니즘 시들은 우리의 것이 되지 못하는 동시에 세계적인 의미도 지닐 수 없다. 20세기에는 우리 시가 되어야 세계적인 시로 되며, 세계적인 시가 되어야 우리 시로 되는 것이다.

2

어느 한 시인의 작품을 모아 살펴보는 데 가장 중요한 것은 그 작품들의 전체를 뚫고 흐르는 '뜻의 그물'이다.

그런데 시의 의미를 푸는 데에는 이겨내기 어려운 문제가 가로 놓여 있다.

첫째, 시의 언어는 개념보다는 느낌과 태도와 해석을 많이 머금고 있는 것이기 때문에 느낌으로 받아들이기는 쉬우나 산문으로 옮기는 데에는 어려움이 있다.

둘째, 시의 의미가 시인의 마음속에 있는 것인가, 아니면 독자의 마음 안에 있는 것인가 하는 문제를 분명히 하기 힘들다. 독자에도 여러 종류의 사람이 있으므로 그들에게 다 일치되는 의미는 있지 않으며, 그 가운데 어느 한 사람의 해석만 옳다고 내세우는 데에도 무리가 있다.

수학과 같은 자명함을 요구할 수 없는 것이 시의 뜻풀이라는 사실을 전제로 하고 육사의 시를 검토하면 세 갈래의 흐름이 모여 하나의 큰 흐름을 이루고 있음을 포착할 수 있다.

육사가 처음으로 발표한 시는 「신조선」에 실린 〈황혼〉이다. 갈매기처럼 외로운 사람들에게 어스름이 베푸는 포근함을 드리우고 싶다는 희망이 배어 있는 작품이다.

저 十二星座의 반짝이는 별들에게도
鍾소리 저문 森林 속 그윽한 修女들에게도
시멘트 장판 우 그 많은 囚人들에게도
의지가지없는 그들의 心臟이 얼마나 떨고 있는가

고비 沙漠을 걸어가는 駱駝 탄 行商隊에게나
아프리카 綠陰 속 활 쏘는 土人에게라도
黃昏아 네 부드러운 품안에 안기는 동안이라도
地球의 半쪽만을 나의 타는 입술에 맡겨다오.

'종소리'라는 낱말과 '저물다'라는 낱말을 나란히 놓아서 이미지를 이루는 수단이 눈에 띈다. 더 나아가 별과 수녀와 행상과 토인들을 통하여 사람과 사물을 종합한 이 세계를 고독한 존재로 파악한 다음, 이러한 세계에 대한 사랑이 호소되고 있다.

이 땅 위에 사는 모든 사람과 이 땅 위에 있는 모든 물건에 대한 육사의 사랑이 더욱 분명하게 드러나는 시에 '한 개의 별을 노래하자'가 있다. 이 시에서의 별은 삶의 근원적인 희망─인간과 역사의 근거이며 목표인 신념의 심볼이다.

한 개의 별을 가지는 건 한 개의 地球를 갖는 것
아롱진 서름밖에 잃을 것도 없는 낡은 이 땅에서
한 개의 새로운 地球를 차지할 오는 날의 기쁜 노래를
목 안에 핏대를 올려 가며 마음껏 불러 보자.

처녀의 눈동자를 느끼며 돌아가는 軍需 夜業의 젊은 동무들

푸른 샘을 그리는 고달픈 沙漠의 行商隊도 마음을 축여라.
火田에 돌을 줍는 百姓들도 沃野千里를 차지하자.

다 같이 제멋에 알맞은 豊穰한 地球의 主宰者로
임자 없는 한 개의 별을 가질 노래를 부르자.

한 개의 별 한 개의 地球 단단히 다져진 그 땅 위에
모든 生産의 씨를 우리의 손으로 휘뿌려 보자.

罌粟처럼 찬란한 열매를 거두는 餐宴엔
禮儀에 끄림없는 半醉의 노래라도 불러 보자.63)

　김종길이 "한 행의 길이가 대체로 비슷하여 장중하거나 전아한 매우 안정
된 운율을 자아내고 있으며, 작품의 첫머리는 대체로 비교적 짧은 행을 사용
함으로써 느린 템포로 시작하도록 되어 있다"고 지적한 바와 같이 육사의 시
는 대부분 2행·3행·4행을 단위로 하여, 정형시는 아니면서도 상당히 정돈
된 느낌을 준다. 그러나 이 시는 이러한 육사 시의 일반적인 성격에서 벗어
나 운율의 안정감이 흔들리고 있다. 그런데 언뜻 보아 혼란되어 있는 듯한
이 시의 운율이 이 시의 간절한 소원과 호소에 도움을 주고 있다. 이 시는
현재와 미래가 서로 엇걸리는 대조 상태에 바탕을 두고 있으므로, 어떤 한순
간의 경치나 마음을 읊는 시와 같은 안정감은 필요하지 않은 것이다.
　'아롱진 설움'은 곧 노동자·행상·농민 들과 이어져서 억눌림 아래서 괴로
워하는 이 땅의 현재를 가리키며, '새로운 지구'와 '지구의 주재자'는 생산·
수확·잔치로 이어져 이 땅의 미래를 가리킨다. 이 시의 핵심은 '예의에 거
리낌 없는 노래'에 있다. 사람과 사람, 집단과 집단의 건전하고 정상적인 관
계는 따뜻하게 서로 감싸는 가운데 우러나는 기쁨이라는 의미를 머금고 있
는 표현이다.

---

63) 金宗吉, 眞實과 言語, 一志社(1974) 104面.

섬김과 바침 속에서 '삶이 알뜰하게 퍼져 나가는 모습'을 바탕으로 삼고 있기 때문에, 육사는 파도소리 가운데서 죄수의 신음과 사자의 울음, 출산의 괴로움과 탄생의 즐거움을 찾아낼 수 있었고(〈海潮詞〉), 또 그는 구름·호수·고양이·파초·바다·이국 소녀들과 온전히 하나가 되어 그들의 마음을 자신의 마음으로 삼아서 노래할 수 있었다.

내어달리고 저운 마음이런마는
바람에 씻은 듯 다시 瞑想하는 눈동자

때로 白鳥를 불러 휘날려 보기도 하건만
그만 기슭을 안고 돌아 누워 흑흑 느끼는 밤

희미한 별 그림자를 썰어 노외는 동안
자주빛 안개 가벼운 명모같이 나려 씨운다.
　　　　　　　　　　　　　　　　　　　　-〈湖水〉

호수와 눈동자가 마주 닿아 일으키는 이미지, 호수와 백조와의 슬픈 사랑의 이미지, 별과 호수가 모이고, 안개와 모자가 이어져 이룩하는 이미지, 연상으로 서로 통하는 별과 눈동자. 많은 이미지들이 오케스트라를 연주하는 것과 같은 이 시의 아름다움은 시인의 주체가 호수 앞에서 사라진 데에 말미암는다. 호수가 시인의 마음을 다 차지하고서 분명하게 드러나는 이러한 순간은 어쩌면 오히려 시인의 마음이 가장 생생하게 살아서 움직이고 있는 때문인지도 모른다.

그의 장조카 이동영에 의하면 육사는 크고 작은 사건이 있을 적마다 책임을 지고, 17차례 넘어 괴로움을 겪었으며, 육사(대륙의 선비)라는 아호도 대구형무소에서 받은 죄수 번호라 한다.64) 1944년 1월 16일 북경 감옥에

────────────

64) 陸史詩集(凡潮社, 1956) 跋文.

서 돌아갈 때까지 육사가 앓던 삶의 상처 자국은 그의 모든 시에 깊이 깃들어 있다.

쓰디쓴 괴로움을 노래하고 있는 이러한 詩들을 통해서 '삶이 오므라드는 모습'을 찾아낼 수 있다. 이러한 모습은 앞에서 든 '삶이 알뜰하게 펼쳐지는 모습'과 서로 반대되는 듯이 보이지만, 실상 두 흐름은 그 깊은 의미의 내면에서 서로 돕는 관계이다. 사랑의 신념은 나라 잃은 시대와 같이 어두운 시대 앞에서는 반항으로 나타나게 되고, 반항은 또한 반성과 언제나 함께 있는 까닭이다. 이러한 내용을 김용직은 다음과 같이 해명하였다.

> 이육사와 윤동주 두 시인은 자아의 성찰을 통해 민족적 인식에 도달했다. 그리고 나아가 역사를 외면하지 않는 자에게만 던져지는 소명 의식에 사로잡히게 되었다. 물론 그들도 한 인간이었기 때문에, 그 결과 그들 앞에 닥칠 사태에 대해서 맹목적일 수는 없었다. 그랬다기보다는 필연적으로 닥칠 육체적 고통에 대해 상당히 날카로운 반응을 보이고 있는 편이다.[65]

'목숨이란 마치 깨어진 뱃조각'과 같다는 말로 시작되는 〈노정기(路程記)〉와 지친 제 몸을 스치는 거미줄이 쇠사슬처럼 느껴진다고 노래하는 〈연보〉의 두 시를 보자. 이 시들은 항구와 바다를 배경으로 하여 자기를 물결에 밀리는 조그만 배에 견주고 있다. '시궁치', '간(肝)잎' 등의 낱말이 '문받이'라는 할머니의 핀잔에 이어져서 운명과 체념의 그늘을 드리우고 있다.

〈강 건너간 노래〉에서는 육사가 자기를 한 마리의 작은 새에 비교한다.

江 건너 하늘 끝에 沙漠도 다은 곳
내 노래는 제비같이 날러서 갔소.
못 잊을 계집애나 집조차 없다기

---

65) 金容稷, 日帝時代의 抗日文學, 新丘文化社(1974) 130面.

가기는 갔지만 어린 날개 지치면
그만 어느 모랫불에 떨어져 타 죽겠소

沙漠은 끝없이 푸른 하늘이 덮여
눈을 먹은 별들이 조상 오는 밤

　여기 나오는 '노래'는 육사의 꿈과 행동을 아울러 가리킨다. '어린', '별들의
조문'과 같이 부드러운 말과 '죽겠소', '사막의 하늘'과 같이 억센 말이 함께
짜내는 이미지에 이 시의 본질이 놓여 있다.
　나라 잃은 시대에도 현실의 어두움은 현실에 반항하는 사람만이 체험할
수 있다. 육사의 시가 '현실의 어두움'과 '반항의 어려움'을 한꺼번에 드러내
고 있는 이유는 육사 스스로 항일투쟁에 나섰던 데에 있다.
　진나라 악부, 〈자야곡(子夜曲)〉은 한밤(子夜)에 정든 사람을 그리워한다는
내용의 노래이다. 육사는 같은 제목 아래서 괴로운 몸부림이 느껴지도록 하
는 시를 지었다.

연기는 돛대처럼 나려 항구에 돌고
옛날의 들창마다 눈동자엔 짜운 소금이 저려

바람 불고 눈보래 치잖으면 못 살리라
매운 술을 마셔 돌아가는 그림자 발자최 소리

숨막힐 마음속에 어데 강물이 흐르느뇨
달은 강을 따르고 나는 차듸찬 강, 맘에 드리느라.

수만호 빗이래야 할 내 고향이언만
노랑나비도 오잖는 무덤 위에 이끼만 푸르러라.

　번화하던 마을이 무덤과 같이 바뀌고, 억눌리고 괴로움 받는 사람들만 남

아 있다. 눈동자의 눈물과 달빛 어린 강물과 마음속의 찬 강물이 모여 어두운 '느낌의 바탕'을 마련해 주는 것이 이 시다. '무덤'이 죽음을 가리킨다면, '맘에 드리는 강'은 피—다시 말하면 '나라 사랑의 죽음'을 가리킨다고도 볼 수 있다.

시인 육사의 넓은 마음은 사랑 노래인 〈해후〉와 '관능이나 퇴폐의 기미'[66) 까지 보여주는 〈아편〉에서 엿볼 수 있다.

나릿한 南蠻의 밤
燔祭의 두렛불 타오르고

玉돌보다 찬 넋이 있어
紅疫이 만발하는 거리로 쏠려
거리엔 노아의 洪水 넘쳐나고
위태한 섬 우에 빛난 별 하나

너는 고 알몸동아리 香氣를
봄마다 바람 실은 돛대처럼 오라

무지개같이 恍惚한 삶의 光榮
罪와 곁들여도 삶즉한 누리

'남만', '번제', '홍역', '알몸의 향기'와 같은 낱말은 원시적이고 본능적인 느낌을 준다. '노아의 홍수'마저도 사람다운 생명력의 긍정을 의미하고 있다. 붉은 빛을 기조로 삼고 있는 이 시에서 우리는 죄를 무서워하지 않고 죄의 본질을 올바르게 파악해서 받아들이고 있는 육사의 태도를 엿볼 수 있다. 신체가 짓는 허물은 용서받을 수 있으나 식민주의를 옹호하는 '생각의 허물'은 용서받을 수 없다고 믿은 것이 육사의 신념이었다.

66) 金宗吉, 前揭書, 104面.

삶이 오므라드는 모습을 가장 잘 표현한 시가 〈절정〉이다.

　매운 季節의 채쭉에 갈겨
　마츰내 北方으로 휩쓸려오다
　하늘도 그만 지쳐 끝난 高原
　서릿발 칼날진 그 우에 서다
　어데다 무릎을 꿇어야 하나
　한발 재겨 디딜 곳조차 없다

　이러매 눈 감아 생각해 볼밖에
　겨울은 강철로 된 무지갠가 보다

'매운 계절의 채찍'을 우리는 일제와 그 앞잡이들의 억누름이라고 생각할 수밖에 없다. 시의 둘째 부분은 지금 육사 자신이 위치한 곳이 하늘도 지쳐 버린 고원이며, 서슬이 번쩍이는 칼날 위라고 진술한다. 무릎을 꿇을 곳도 없다는, '짐짓 물어 보는 표현'을 의지할 곳이 없다는 뜻으로 푼다면, 움직일 수 없고 의존할 데 없는 곳은 바로 감옥이 된다. 그러나 이러한 사태에도 불구하고 시의 마지막 부분에 오면 '강철로 된 무지개'로 암시되는 일종의 도취가 나온다.

김종길은 「한국 시에 있어서의 비극적 황홀」이라는 논문에서 이 시의 주제를 황현, 및 윤동주의 시와 대비하여 논술하였다.

　儒生이며 전형적인 전통적 원칙주의자인 黃梅泉은 소극적 저항의 삶을 살면서, 자기 자신이 선택한 비극적인 最後를 이룩한다. 그러나 그의 삶의 종말에서 그는 바람에 불린 촛불의 이미지로 표현된 황홀의 순간을 성취한다. 전통적인 요소와 현대적인 요소를 한 몸에 지닌 이육사는 비극적인 죽음으로 끝난 적극적인 참여와 생애를 보냈으나, 그도 또한 그의 시에서 강철의 무지개로서의 겨울의 이미지로 비슷한 순간을 성취했다. 그리고 기독교 집안에서 자라난 외로운 文學徒인 尹東柱는 그 죽음이 또한 비극적인, 괴로워하던 젊은 사람이었다.

그의 생애의 일견 수동적인 外觀과는 반대로 그도 또한 자기의 그리스도와 같
은 죽음을 일종의 황홀 가운데서 꿈꿀 정도로 민족주의적이었다.[67]

육사의 시는 행동 가운데서 이룩된 것이기 때문에 어두워도 어둠에 그
치지 않으며, 절망에 가까이 가지만 절망에 떨어지지 않는다. 육사의 시는
언제나 어두움과 밝음, 절망과 희망을 동시에 머금고 있다. 육사의 시에 나
타나는 이러한 제3의 흐름을 '삶의 자기발견'이라고 규정할 수 있을 듯하다.

동방은 하늘도 다 끝나고
비 한방울 나리잖는 그때에도
오히려 꽃은 빨갛게 피지 않는가
내 목숨을 꾸며 쉬임없는 날이여

北쪽 쓴드라에도 찬 새벽은
눈 속 깊이 꽃맹아리가 옴자거려

제비떼 까맣게 날아오길 기다리나니
마침내 저버리지 못할 約束이여
　　　　　　　　　　　－〈꽃〉에서

각박한 상황에서 절망에 잠겨 있던 시인은 거기서 '꽃'으로 상징되는 삶의
근원과 목표를 찾아서 얻는다. 이것을 나는 어두운 현실이 집단적 행동을 통
하여 극복되는 기틀이라고 생각한다. 이러한 내용은 역설로 표현될 수밖에 없
었으리라는 사실도 짐작하기에 어렵지 않다.

피곤한 주체가 어떠한 결심 단계를 거쳐서 새롭게 집단적 행동에 참여하
게 되는가 하는 과정을 보여주는 시에 〈교목〉이 있다.

67) 金宗吉, 前揭書, 206面.

푸른 하늘에 닿을 듯이
세월에 불타고 우뚝 남아서서
차라리 봄도 꽃피진 말아라

낡은 거미집 휘두르고
끝없는 꿈길에 혼자 설내이는
마음은 아예 뉘우침 아니라

어려운 세월을 견디어내면서 모든 화려함과 거짓 꾸밈을 거부하는 나무는
육사 자신을 받고 있는 심볼이다. 나무에게 꽃은 하나의 치레에 지나지 않기
때문에 부정된다. 그것은 '있음'이 아니라 '나타남'에 속하는 것이다. 여기서도
고달픈 주체는 낡은 거미집을 휘두르며 혼자서 방황하게 된다. 그러나 시인은
다음 순간에 이르러 자기의 방황에는 의미가 있으며, 뉘우칠 것은 조금도 없
다고 단언하는 것이다.

　삶의 변증법적 움직임이 힘차게 나아가는 느낌과 생각과 행동 속에서 육
사는 굳은 신념과 함께 마음의 평화를 얻은 듯하다. 진동의 극한에 반드시
있게 되는 '순간의 정지'처럼 움직임의 끝에는 멈춤이 있어서 움직임과 가만
있음이 서로 통하여 작용할 수도 있는 것이다.

내 고장 七月은
청포도가 익어 가는 시절

이 마을 전설이 주저리주저리 열리고
먼 데 하늘이 꿈꾸며 알알이 들어와 박혀

하늘 밑 푸른 바다가 가슴을 열고
흰 돛단 배가 곱게 밀려서 오면

내가 바라는 손님은 고달은 몸으로

青袍를 입고 찾아 온다고 했으니

내 그를 맞아 이 포도를 따 먹으면
두 손은 함뿍 적셔도 좋으련

아이야 우리 식탁엔 은쟁반에
하이얀 모시수건을 마련해 두렴
　　　　　　　　　　　－〈青葡萄〉

　청포도에 마을의 전설을 연관시키어 민족의 굳센 전통을 암시한다. 동시에 그 한 알 한 알에 하늘이 들어와 앉는다고 하니, 그 포도들이 한없는 생명감에 가득 차 있음을 알게 된다. 먼 곳에서 배를 타고 온 손님에게 이 포도를 대접하는 장면에서 포도가 지닌 뜻이 빛나게 된다.

　〈호아곡(呼兒曲)〉과 같은 방식으로 '아이야'를 부르며, 피곤한 손님을 맞기 위해 은쟁반과 모시수건을 언제라도 준비해 두겠다는 데에는 인정과 겸허한 마음씨가 배어 있다. 그리고 포도의 열매 맺음에 관계되어 있는 이 마을의 전설과 바다를 건너온 고달픈 손님을 모아 함께 생각하면, 이 시의 뜻이 또한 육사가 그토록 그리워하던 조국의 광복에 놓여 있음은 분명하다.

　'청포도', '하늘', '푸른 바다', '흰 돛단 배', '푸른 옷', '은쟁반', '하이얀 모시수건' 등의 낱말이 주는 깨끗하고 산뜻한 느낌은 이 시를 지탱해 주는 태도가 되고 있으며, 그중에도 '흰빛'과 '푸른빛'은 육사의 모든 시의 분위기를 이루어 주는 빛깔이다.

　마음의 평화와 굳은 신념이 하나가 되어 모든 머뭇거림을 떨쳐버린 순간을 붙잡은 데에 〈광야〉의 자리가 놓인다.

까마득한 날에
하늘이 처음 열리고
어데 닭 우는 소리 들렸으랴

모든 山脈들이
바다를 戀慕해 휘달릴 때도
차마 이 곳을 犯하던 못 하였으리라

끊임없는 光陰을
부즈런한 季節이 피여선 지고
큰 강물이 비로소 길을 열었다

지금 눈 나리고
梅花 香氣 홀로 아득하니
내 여기 가난한 노래의 씨를 뿌려라

다시 千古의 뒤에
白馬 타고 오는 超人이 있어
이 曠野에서 목놓아 부르게 하리라

이 시에 대하여 풀이한 몇 사람의 글을 인용하여 들어 보자.

　　뜻을 잘못 파악하게 하는 것은 셋째 행의 '들렸으랴'라는 縮約形이다. 이것이
축약된 語形임을 알게 하는 것은 시에 있어서의 상상의 논리에 대한 통찰이기
때문에 그 통찰에 이르지 못하는 독자에게는 그것이 축약형으로 보이지 않는
것이다. 그리하여 그 행을 '닭 우는 소리는 아무 데도 들리지 않았다'라는 뜻으
로 읽는 독자가 적지 않다. 이 행은 의문문이 아니라 추리 내지 상상을 나타내
는 문장으로 닭 우는 소리가 들리지 않았다는 것이 아니라 '들렸을 것이다'라는
뜻으로 '들렸으랴'는 '들렸으리라'가 축약된 어형인 것이다.68)

　　〈喬木〉의 終聯과 〈曠野〉의 2연에 나오는 '차마'라는 부사는 어두운 시대를 찢
어버리는 결단을 암시하며, 〈獨白〉〈曠野〉에 나오는 닭 울음소리는 광명의 상
징으로서 암흑시대의 종말을 의미한다.69)

---

68) 金宗吉, 前揭書, 105面.

이 作品에서 曠野는 民族史의 總積을 의미하는 空間的 象徵이다. 이 作品의 첫 聯은 開天의 章으로 시작한다. 陸史가 설정한 아득한 時間의 相距, 그리고 그때 들린 닭의 울음소리로 그것은 아주 훌륭한 메아리를 일으키면서 동시에 現實的인 게 된다. 다음 第二聯에서 陸史는 그 曠野에 山脈들조차가 침범하지 못했다는 해석을 내림으로써 그에 대한 절대성을 부여하고 있다. 즉 그에게 曠野는 悠久한 民族史의 첫 章으로 시작하는 것이며 그 어떤 것도 감히 침범하지 못한 神聖不可侵의 地域이다.70)

저마다 날카로운 눈빛을 지니고 있는 이러한 해석들에서 아쉬운 점은 그 것들이 부분의 해석에 그쳤다는 것이다. 이러한 해석들을 참고하면서 필자는 이 시를 다음과 같이 해석하였다.

하늘과 땅이 개벽됨과 함께 우주의 새벽을 알리는 닭의 울음소리가 들린 다는 매우 아름다운 이미지로 이 시는 시작된다. 산맥들이 솟아나고, 강물이 흐르게 되고 하는 우주적 진화의 과정을 거쳐 시의 셋째 부분에 이르러 역 사의 현재가 이룩된다.

'눈'이 어두운 현실을 상징한다면, '매화 향기'는 어두운 현실 속에 남아 있 는 미래의 가능성을 암시한다. 이러한 미래에 대한 신념에 토대하여 시인은 이 거친 땅에 씨를 뿌린다. 감탄형인 '뿌려라'는 의지 미래로서 '뿌리리라'의 축약 형태와 같은 노릇을 하는 말이다.

그것을 노래의 씨라고 하니, 겉에서 보면 시를 말하는 듯하지만 깊은 내면 에서 보면 그것은 꽃씨가 된다. 눈이 덮인 땅이 언젠가는 꽃동산이 되리라는 신념이 시의 바닥에 스며 있기 때문이다. 또 '피고진다'는 말과 함께 두고 볼 때에, 꽃이 이 시의 주제적 이미지가 됨을 알 수 있다.

그리고 그 미래의 어느 때에 꽃씨에선 싹이 트고 자라고 꽃핀 가운데에 노래가 크게 불려진다는 마지막 부분은 〈광야〉의 마무름이 될 뿐만 아니라, 육사 시 전체의 마무름이 된다.

---

69) 金允植, 韓國近代作家論攷, 一志社(1974) 264面.
70) 金容稷, 韓國現代詩研究, 一志社(1974) 378面.

'목놓아'라는 낱말은 자유를 암시한다. 억눌림받는 거친 땅이 자율하는 사람들의 나라가 되리라는 의미이다.

그리고 여기에 나오는 '초인'은 시의 문맥으로 짚어볼 때에 개인이라고 생각될 수 없고, 마땅히 '모든 사람'으로 이해해야 한다.

3

이제 세 갈래의 작은 '뜻의 흐름'에 따라 31편의 작품을 나누어 자리잡아 보면 다음과 같이 된다.(쌍반점 뒤에 있는 시들은 의미에 있어서 다소 멀지만 그 갈래에 넣을 수 있음을 보인 것이다.)

삶이 알뜰하게 펼쳐지는 모습―〈黃昏〉〈한 개의 별을 노래하자〉〈海潮詞〉; 〈小公園〉〈南漢山城〉〈湖水〉〈娥眉〉〈芭蕉〉〈斑猫〉〈바다의 마음〉〈春愁三題〉.

삶이 힘없이 오므라드는 모습―〈路程記〉〈草家〉〈江 건너간 노래〉〈年譜〉〈日蝕〉〈獨白〉〈子夜曲〉〈서울〉〈나의 뮤우즈〉; 〈鴉片〉〈絶頂〉〈狂人의 太陽〉〈少年에게〉〈蝙蝠〉〈邂逅〉〈失題〉.

삶이 자기를 발견하는 모습―〈꽃〉〈喬木〉〈曠野〉; 〈靑葡萄〉.

8. 윤동주론

광복 이후 나라 잃은 시대의 최후를 장식하는 시인으로 윤동주가 거론된 것은 물론 그의 실제 윤일주의 수고가 큰 것이지만 거기에는 그럴 만한 충분한 이유가 있다.

식민지라는 것은 한 나라가 국제적인 피해자의 위치에 서게 되는 것으로서, 한 개인에게 피해자 의식을 갖지 않는 것이 정상적인 생활의 조건이 되듯이 식민지적 현실을 벗어나는 것은 민족 전체의 문제일 뿐 아니라 개인의 문제이기도 한 것이다.

문학이 생활과 무관한 한인의 한사에 지나지 않는다고 하면 모르지만, 그것이 피상적이고 부분적인 생활이 아니라 포괄적이고 전체적인 생활과 깊은 조응을 피할 수 없는 것이라면, 식민지적 현실을 극복하려는 고투의 암시가 제시되어 있지 않은 작품을 훌륭하다고 보기는 어려운 일이다.

이 글에서는 윤동주의 작품 내면에 흐르는 맥락을 찾아보려고 하는데, 그것은 윤동주의 시가 지니고 있는 저항성에 초점을 모아보고 싶기 때문이다.

백철은 윤동주의 시집 『하늘과 바람과 별과 시』의 후기에서 다음과 같이
윤동주의 평가를 규정하였다.

　　내가 한국 新文學史를 서술하는 데 있어서 日政 末期의 한 대목, 즉 1941년
이후 5년간을 暗黑期라고 부른 데 대하여 어느 젊은 作家가 불만의 뜻을 표시
한 일이 있었다. 詩人 尹東柱가 있기 때문에 그렇게 이름 붙일 수 없다는 것이
다. 차라리 레지스땅스의 시기라고 말할 수 있지 않겠느냐고 하는 내용을 對話
한 일이 있었다. 그때 나는 그의 忠告를 솔직하게 받아들였고, 다음번에 개정판
을 낼 때에는 기어이 그런 의사를 반영시켜서 제목을 바꾸리라고 마음먹었었
다.71)

　　수년 후 백철은 『신문학사조사』를 보전(補塡)하면서 「꺼지지 않는 저항의
문학」이란 1장을 마련하였다.72) 그러나 아직 윤동주의 시집 한 권이 문학사
의 한 구획을 감당할 만한 것인가 하는 문제에 대하여서는 응분의 해답이
보류되고 있는 듯하다. 윤동주에 대한 단편적(斷片的)인 언급은 흔하다. 예
를 들면, 20세기 전반기의 문학사를 계획한 이철범의 『한국신문학대계』에서
는 일제시대의 문학사를 총괄하는 자리에서 우리가 따라야 할 겨레의 스승
으로서 윤동주를 제시하고 있고,73) 김치수는 「식민지시대의 문학」이란 평론
에서 시적 세련과 광복의 신념을 두루 갖춘 큰 시인으로 윤동주를 평가하고
있지만,74) 두 사람이 다 구체적인 시 작품을 적절히 지적하지 아니하였다.
이 글은 윤동주의 시 작품에서 의미론적인 연관을 찾아 살피면서 구체적인
평가를 시도하려고 하는 것이다.
　　윤동주의 현실 인식은 단순한 식민지의 빈곤에서 시작한다. '가난한 생활
을 골골이 벌여 놓고 밀려가고 밀려오는'75) '슬픈 족속'의 현실이다. 한 사회

71) 尹東柱, 하늘과 바람과 별과 詩, 정음사(1968), 199面.
72) 白鐵, 新文學思潮史, 新丘文化社(1968), 570面.
73) 李哲範, 韓國新文學大系 下, 耕學社(1972), 659面.
74) 金治洙, 韓國小說의 空間, 悅話堂(1976), 26面.
75) 尹東柱, 前揭 詩集, 93面.

의 갖가지 불안과 모순은 무수한 형태로 표현되지만, 특히 가난한 생활에 집약되고 있기 때문이다.

> 흰 수건이 검은 머리를 두르고
> 흰 고무신이 거친 발에 걸리우다
>
> 흰 저고리 치마가 슬픈 몸집을 가리고
> 흰 띠가 가는 허리를 질끈 동이다.76)

흰 빛이 우리 겨레를 상징하고, 슬픈 몸짓과 가는 허리가 식민지적인 상황을 함축한다는 것은 분명하다. 그가 남긴 몇 편의 수필 가운데 거지아이들에 대한 연민과 공감을 주제로 한 「트루게네프의 언덕」이 있다.

세 명의 거지아이들이 지나가는 것을 보고 그들에게 줄 무엇이 없나 해서 지갑을 열어 보고 시계를 만져 보고 하다가, 그것들을 선뜻 내어 줄 용기가 없어 그냥 다정스럽게 이야기나 하겠다고 생각하고 불러보았으나 그들은 대꾸도 않고 지나가 버리더라는 이야기이다. 그의 수필 가운데는 동무란 한낱 괴로운 것이요, 우정도 위태로운 잔에 떠 놓은 물이라는 말도 보인다. 이런 것들이 시인 윤동주가 성장과정에서 겪은 인간의 이기적이고 투쟁적인 모습이었다면, 여기서 윤동주의 시가 보여주는 매우 냉정한 느낌을 이해할 수 있을 듯하다. 그는 한번도 감상주의에 떨어진 적이 없었던 것 같다. 그러나 윤동주의 인간 이해는 일반적으로 이러한 좁은 한계를 훨씬 넘어선다. 인간에 대하여 본능적으로 깊은 긍정적 신념을 가지고 있는 것은 윤동주의 가장 큰 특색인 듯하다.

> 발걸음을 멈추어
> 살그머니 애띤 손을 잡으며

---

76) 尹東柱, 前揭 詩集의 〈슬픈 族屬〉

'늬는 자라 무엇이 되려니'
'사람이 되지'77)

　그가 아우의 대답에 놀라는 것은, 아우가 변호사가 되겠다든가 목사가 되
겠다든가(윤동주는 원래 기독교 집안 출신이었다) 하고 집어서 말하지 않고
그냥 사람이 되겠다고 말한 데에 기인할 것이다. 사람이 된다는 것은 무엇인
가? 이 가장 어려운 질문에 대한 전신전령의 대답이 바로 윤동주의 시인 듯
하다.

　사람이 사람으로 취급되지 않는 민족적 현실을 투시하면서 그의 시는 개
인적 슬픔과 현실에 대한 순응주의를 완강히 거절한다. 그의 시에는 희망과
사랑을 획득하려는 몸부림이 나타나있다. 자신에 대한 연민과 증오가 착잡하
게 교체되고 있는 〈자화상〉을 놓고 서정주는 내성적인 감성과 지성을 찾고
있다.

　　　그는 자연이 주는 거울인 우물에 비친 自己 얼굴을 스스로 불쌍하다고 하고
　　있다. 이 日政 末期의 마지막 젊은 詩人의 〈自畵像〉은 그의 日本에서의 獄死와
　　함께 생각할 때 우리로 하여금 그대로는 正視하지 못하게 하는 것이 있다.78)

　또 한 폭의 그림처럼 아름다운 〈소년〉이란 시에는 사랑의 신비하고도 낭
만적인 동경에 사는 소년의 손금에 강물이 흐르고, 강물 속에 순이가 어리고
하여 아직 발현되지 않은 신비 속에서 황홀히 눈을 감고 있는 소년이 훌륭
한 이미지를 통해 드러난다. 끝없는 안개 속에서 사라지지 않는 동무들의 이
름을 부르면서 그것들을 구원(久遠)의 상징으로 해석하고 있는 〈흐르는 거
리〉나 잃어버린 역사처럼 홀홀히 가는 어린 순이를 생각하는 〈눈 오는 지도〉
를 보면, 윤동주의 시적인 동기는 주로 개인적인 슬픔―한에서 발생되고 있

77) 尹東柱, 前揭 詩集의 〈아우의 印象畵〉.
78) 徐廷柱, 韓國의 現代詩, 一志社(1969), 234面.

는 것을 알 수 있다. 그러나 이러한 개인적인 슬픔이 사회적이고 역사적인
것으로 확대된 시들도 있다. 연민과 증오의 대상이었던 자기의 얼굴을 들여
다보면서 어느 왕조의 유물이기에 이다지도 욕된 것이냐고 묻는 〈참회록〉은
자신의 조건으로 식민지적 현실을 받아들이고 있는 것이며, 슬픔 자체를 일
반화시키고 있는 〈팔복〉 또한 개인의 좁은 한계를 넘어서고 있는 것이다.

    슬퍼하는 자는 복이 있나니
    슬퍼하는 자는 복이 있나니
    슬퍼하는 자는 복이 있나니
    슬퍼하는 자는 복이 있나니
    슬퍼하는 자는 복이 있나니
    슬퍼하는 자는 복이 있나니
    슬퍼하는 자는 복이 있나니

    저희가 永遠히 슬플 것이요.

〈돌아와 보는 밤〉이라는 시에서는 역사와 사회의 어두움을 "이미 어느 곳
에도 밝음은 있을 수 없고, 공기를 바꾸고 싶어서 아무리 창을 열어보아도
바깥 역시 방안과 같이 어둡다"고 한탄한다. 이러한 비탄에서 그를 구한 것
이 그가 어려서부터 신앙하던 기독교적인 체험인 듯하다. 일종의 종교적인
체험의 기록이 〈무서운 시간〉인데, 여기서 그는 불가능할 것 같은데도 자꾸
만 절대적인 명령으로 강요되는 "순응주의를 넘어서 나아가라"는 양심의 호
소를 듣게 된다. 한 번도 손들어 보지 못한 나를, 손들어 표할 하늘도 없는
나를 어디에 내 한 몸 둘 하늘이 있어 나를 부르는 것이냐 하는 깊은 절규
는 송민호가 비평적 전기와 역사적 비평을 배합한 저서에서 지적하고 있듯
이 당시의 식민지적 현실을 가리키고 있는 것이며, 자유롭게 생활할 수 있는
천지를 그리워하고 있는 것이다.[79] 이러한 신비한 경험이 연약한 윤동주의

79) 宋敏鎬, 日帝下의 文化運動, 亞細亞問題硏究所(1970), 365面.

회의를 자기 긍정으로 전환시킨다.

　　六疊房은 남의 나라
　　窓 밖에 밤비가 속살거리는데,

　　등불을 밝혀 어둠을 조금 내몰고,
　　時代처럼 올 아침을 기다리는 最後의 나,

　　나는 나에게 적은 손을 내밀어
　　눈물과 慰安으로 잡는 最初의 握手

　6첩방은 일본 방의 크기를 말한다. 일본에 유학하여 쓴 〈쉽게 쓰여진 시〉
라는 이 작품에서 우리는 새로운 시대를 향하여 현실의 어두움을 이겨내는
윤동주의 자세를 엿볼 수 있다. 기실, 역사적이고 사회적인 슬픔에 직면하여
그것에 저항하려는 자기를 확신한다는 것은 기존의 현실을 극복하려는 역사
적 실천을 수반한다.

　　故鄕에 돌아온 날 밤에
　　내 白骨이 따라와 한방에 누웠다.

　　어둔 房은 宇宙로 通하고
　　하늘에선가 소리처럼 바람이 불어온다.

　　어둠 속에서 곱게 風化作用하는
　　白骨을 들여다보며
　　눈물짓는 것이 내가 우는 것이냐

　　白骨이 우는 것이냐
　　아름다운 魂이 우는 것이냐

志操 높은 개는
밤을 새워 어둠을 짖는다.

어둠을 짖는 개는
나를 쫓는 것일 게다.

가자 가자
쫓기우는 사람처럼 가자
白骨 몰래
아름다운 또 다른 故鄕에 가자.

〈또 다른 고향〉이란 이 시는 화자와 그의 백골이 등장한다. 둘째 부분에서 어둔 방이 우주로 통했다는 것은 방 안만이 아니라 온 우주가 다 어둡다는 사실을 말한다. 그 방에서 듣는 바람소리를 통하여 시인은 하늘의 음성을 듣는다. 이후에 주인공이 등장하는데, 그것이 바로 아름다운 혼이다. 풍화되고 있는 백골은 일제에 순응하여 연명하는 자신이며, 여기에 대하여 화자는 그것과 반대인 아름다운 혼을 제시함으로써 새로운 세계로의 길을 터놓는 것이다. 시골에서 밤이면 흔히 들을 수 있는 개 짖는 소리를 우주에 가득 찬 어두움을 내몰려고 짖는 것으로 표현하는데, 개라는 동물에다 '지조 높은'이라는 에피세트를 얹은 것이 아이러니의 효과를 내고 있다. 개는 주구라는 말에서도 알 수 있듯이 흔히 변절자를 지칭하는데, 그러한 개가 오히려 반대로 개결(介潔)한 자세로 화자를 나무라는 인격체가 되어 나타난다. 개의 짖음을 삶의 근원적인 어두움에 대한 완강한 거부로 포용하면서, 윤동주는 백골을 보며 우는 자신의 나약함을 위대한 결단으로 전환시켜 놓은 것이다. 그 개가 바로 자기를 두고 짖는다고 생각하는 것은 시인 윤동주의 곱고 다치기 쉬운 마음이지만, 아름다운 영혼은 어디까지나 꿋꿋하여 또 다른 고향을 상상하게 하며, 도망하듯 급하게 그곳으로 달려가도록 한다. 이러한 사실은 아주 구체적인 경험으로도 증명이 가능하다.

　　턴넬을 벗어났을 때 요즈음 複線工事에 奔走한 노동자들을 볼 수 있다. 아침
첫 車에 나갔을 때에도 일하고 저녁 늦차에 들어올 때에도 그들은 그대로 일하
는데, 언제 시작하여 언제 그치는지 나로서는 헤아릴 수 없다. 이네들이야말로
建設의 使徒들이다. 땀과 피를 아끼지 않는다. 그 육중한 트럭을 밀면서도 마음
만은 遙遠한 데 있어 트럭 판장에다 서투른 글씨로 新京行이니 南京行이니 써
서 타고 다니는 것이 아니라 밀고 다닌다. 그네들의 마음을 엿볼 수 있다. 그것
이 苦力에 慰安이 안 된다고 누가 主張하랴…… 하나 내 車에도 新京行, 北京
行, 南京行을 달고 싶다.80)

　　그의 작품 중에는 아름다운 또 다른 고향을 위하여 목숨을 바치겠다는 열
망이 드러나는 시가 있다. 그 새벽, 그 봄, 그 자유의 날이 올 때까지 불의
와 타협하지 않고 참음과 기다림으로 버티다가 만일 이 '슬픈 족속'에게 구원
의 날이 올 수 있다면, 그날을 위해 십자가를 운명으로 알고 달게 떠맡겠다
는 것이다.

　　쫓아오든 햇빛인데
　　지금 敎會堂 꼭대기
　　十字架에 걸리었습니다.

　　尖塔이 저렇게도 높은데
　　어떻게 올라갈 수 있을까요.

　　여기서 햇빛이 걸려 있는 십자가는 기독교의 상징이거니와 예수의 죽음을
암시하는 것 이외에, 첨탑이 너무 높아서 올라갈 수 없다는 말과 함께 생각
하면, 고도의 문맥적 상징으로서 시인이 간절하게 도달하려고 노력하지만 도
달하기에 쉽지 않은 '새로운 세계'인 듯하다.
　　이 시의 후반은 이렇게 계속된다.

---

80) 尹東柱, 前揭 詩集, 197面.

鍾소리도 들려오지 않는데
휘파람이나 불며 서성거리다가,

괴로웠던 사나이,
幸福한 예수 그리스도에게
처럼
十字架가 許諾된다면

모가지를 드리우고
꽃처럼 피어나는 피를
어두워 가는 하늘 밑에
조용히 흘리겠습니다.

휘파람이나 불며 서성거리던 착한 젊은이의 허전한 가슴이 죽음을 겸손하
게 수락하는 매우 희귀한 예를 우리는 윤동주에게서 본다. 그는 죽음의 결단
을 통하여 새로운 세계에 대한 강한 신념을 획득한 듯하다.

하늘의 '별'과 가슴속의 '상념'과 '나라'를 '별'이라는 하나의 낱말로 상징하
면서 전개되는 〈별 헤는 밤〉은 윤동주의 관심의 전체를 나타내는 동시에 그
의 신념의 깊이를 어림할 수 있게 하는 시이다.

윤동주가 생각하고 있는 것은 '추억'과 '사랑'과 '쓸쓸함'과 '동경'과 '시'와,
그리고 무엇보다 '어머니'이다. 이 시의 다섯째 부분은 이러한 내용을 구체화
한다. 추억은 소학교 때 책상을 같이했던 아이들로, 사랑은 패(佩) · 경(
鏡) · 옥(玉) 등의 이름을 지니고 있는 이국 소녀와 이제는 아기 어머니가
된 여자들로, 쓸쓸함은 가난한 이웃 사람으로, 동경은 비둘기 · 강아지 · 토
끼 · 노새 · 노루 등 동화 속에서 살던 어린 시절로, 시는 프랑시스 잠과 라이
너 마리아 릴케로 구체화되는 것이다. 그리고 시인은 이러한 모든 것과 북간
도에 계신 어머니가 지금 모두 자기에게는 너무나 멀리 떨어져 있음을 토로
한다.

일본에 가 있으면서 모든 것이 박탈된 고국에 있는 자기와 가까운 사람들을 생각하며, 별을 헤고, 하나하나의 별에 그 이름들을 담고 하는 청년의 애정과 사향의 정은 다음과 같이 이어진다.

나는 무엇인지 그리워

이 많은 별빛이 나린 언덕 우에
내 이름자를 써 보고,
흙으로 덮어 버리었습니다.

따는 밤을 새워 우는 버레는
부끄러운 이름을 슬퍼하는 까닭입니다.

그러나 겨울이 지나고 나의 별에도 봄이 오면
무덤 우에 파란 잔디가 피어나듯이
내 이름자 묻힌 언덕 위에도
자랑처럼 풀이 무성할 게외다.

아름다운 또 다른 고향—새로운 세계를 도식화할 수는 전혀 없는 노릇이다. 우리는 계급주의 시에서 도식의 실패를 보았다. 윤동주는 그것을 단지 무엇이라고밖에는 말할 수 없었다. 한없이 그리웠던 까닭에 윤동주는 자기의 이름을 언덕 위에 쓰지만, 그것은 이미 빼앗긴 이름이다. 이러한 부끄러움이 그것을 다시 흙으로 덮게 한다. 우리는 여기서 1941년의 창씨개명을 생각해도 무방할 것이다. 이 시의 화자는 벌레조차 자기의 이름이 일어로 불리는 것을 슬퍼하고 부끄러워한다고 말하고 있다. 그러나 마지막 부분에 와서 윤동주가 획득한 신념은 대단하다. '겨울'과 '무덤'과 '부끄러운 이름'이 '봄'과 '잔디'와 '자랑스럽게 무성한 초목'과 대조된다. 지금은 무덤과 같이 처참한 세상을 부끄럽게 살고 있지만, 겨울이 온다면 봄이 어찌 멀 것이냐. 이제 곧 새로운 시대가 오면 내 나라도 자랑스럽게 번영할 것이라는 생각이다.

윤동주는 슬픔을 극복하고 전체 인간에 대한 강한 긍정에 도달하게 된다. 김종길이 윤동주와 같은 무렵에 영국 시단의 새 주인이 된 딜런 토머스의 시와 흡사한 데가 있다는 우연의 암시를 찾아낸 적이 있는81) 〈또 태초의 아침〉이란 시에서 우리는 죄와 해산과 노동과 문명 자체에 대한 놀랍도록 원숙한 긍정을 찾아볼 수 있다.

> 빨리
> 봄이 오면
> 죄를 짓고
> 눈이
> 밝아
> 이브가 解産하는 수고를 다하면
> 無花果 잎사귀로 부끄런 데를 가리고
> 나는 이마에 땀을 흘려야겠다.

이 시는 성서의 알레고리를 사용하고 있지만 전혀 기독교적인 시가 아니다. 인간적인 모든 것에 대한 절대적인 긍정, 특히 노동과 땀과 사랑에 대한 무조건적인 찬양이 이 시의 핵심이다. 이것 역시 윤동주가 생각하는 아름다운 또 다른 고향의 모습을 이해하는 데 있어서 빠뜨릴 수 없는 내용이리라.

윤동주는 〈쉽게 쓰여진 시〉에서 시가 쉽게 씌어지는 것이 부끄럽다고 했지만 이 말은 윤동주가 시를 쉽게 썼다는 사실을 가리키는 것은 결코 아니다. 이것은 살기 어려운 인생에 필적한 만큼 어렵게 시를 쓰려고 고투하는 윤동주의 결심을 드러내고 있는 것이다. 시인 윤동주 자신이 새로운 세계를 이룩할 수 있는 중요한 폭탄의 하나로 시를 존중하였다.

---

81) 金宗吉, 時論, 探求堂(1965), 65面.

죽는 날까지 하늘을 우러러
한점 부끄럼이 없기를,
잎새에 이는 바람에도
나는 괴로워했다.
별을 노래하는 마음으로
모든 죽어가는 것을 사랑해야지
그리고 나한테 주어진 길을
걸어가야겠다.

오늘 밤에도 별이 바람에 스치운다.[82]

　이 시의 첫째 문장에서 '없기를'은 목적어이고, 이 목적어를 받는 동사는
형식상 '괴로워했다'이다. 그러나 일반적으로 '부끄럼이 없기를 괴로워했다'는
말은 하지 않는다. 이상섭은 여기서 모호성의 효과[83]를 보고 있다.
　겸손한 윤동주는 절대로 부끄럽지 않다고는 말하지 않는다. 부끄럽지 않은
삶을 영위하려는 간절한 소원 때문에 사소한 일에도 상처를 입으며 고통스
럽게 살고 있다고 말한다. 그러나 그는 죽어가는 것에 대한 무한한 사랑, 다
시 말하면 바람처럼 변하는 것에 대한 사랑과 영원한 것, 다시 말하면 '별'에
대한 신념을 통해서 자기의 길을 찾아 보존한다. 인간과 사회 안에서, 개인
과 문명 안에서 있을 것과 없을 것을 동시에 찾아내어 있을 것이 있고 없을
것이 없는 세상을 시로 기록하면서 젊은 윤동주는 나라 잃은 시대의 문학을
지키는 마지막 보루가 되었다.

---

82) 尹東柱, 前揭 詩集의 〈序詩〉
83) 李商燮, 文學의 理解, 瑞文堂(1972), 66面.

Ⅲ. 우리 시대의 문학사상

9. 서정주론

　서정주는 20세기 전반기의 우리 시를 1834년에서 1918년까지의 개화
계몽시와 1919년에서 1925년까지의 낭만시와 1925년에서 1934년까지
의 계급주의 시와 1931년에서 1942년까지의 순수시 및 주지시로 나누고,
순수시를 다시 김영랑 등의 협의적인 것과 소위 삼가시인의 자연파 시와 자
신이 중심이 된 생명파 시로 나누었다.(『韓國의 現代詩』, 8面)

　서정주 자신이 동인의 한 사람으로서 1936년에 발간한 「시인부락」에 대하
여 그는 '疾走하고 猪突하고 鄕愁하고 原始回歸하는 詩人들의 한 떼'(前揭書,
22~23面)라고 표현하였다. 과연 그의 최초의 시집, 『화사집』에는 심한 몸
부림의 흔적이 뚜렷이 나타나 있다.

　　따서 먹으면 자는 듯이 죽는다는
　　붉은 꽃밭새이 길이 있어
　　鴉片 먹은 듯 취해 나자빠진

능구렁이 같은 등어릿길로,
님은 달아나며 나를 부르고……

强한 향기로 흐르는 코피
두 손에 받으며 나는 쫓느니

밤처럼 고요한 끓는 대낮에
우리 둘이는 왼몸이 달어……

〈대낮〉이라는 제목이 붙은 이 시는 서정주의 초기 시의 특성을 많이 가르쳐 준다. 2·3·4의 음절이 불규칙하게 반복되는 이 시는, 그러나 행마다 두 개의 음보로 되어 있고, 둘째 연이 변화를 위하여 3행인 이외에는 다른 연들 전부가 2행으로 되어 있다. 이 시에는 엄밀한 의미에서의 운은 없으나 각 연의 첫째 행의 후반부에 나타나는 '는', '진', '는', '낮' 등의 'ㄴ' 소리가 그 비슷한 효과를 내고 있다. 공행(空行)의 위치도 적절하다.

잠자는 것과 죽는 것은 오래 전부터 하나의 상징으로서 동의어이었다. 여기서 '자는 듯이'란 말은 '편안히'라는 의미도 포함하고 있는 듯이 보이지만 그것은 하나의 희망일 뿐이고, 정작의 죽음은 징그럽고 추한 것이라는 뜻을 둘째 연은 제시하고 있다. 그러므로 첫 번째 쓰인 공행은 대조를 더욱 또렷하게 하는 효과를 가지고 있다. '달아나며 부르고' 쫓아가는 것은 앞의 두 부분의 죽음의 이미지에 길항하는 새로운 이미지로서, 생명의 활동을 가리킨다. 먹으면 죽는다는 꽃의 향기에 코피가 흐른다는 말은 깊은 의미를 가지고 있다. 피는 원래 생명의 상징인 것이다. 마지막 부분의 밤과 낮의 대조가 또한 적절한 것은 이 시의 주제가 생명과 죽음의 대립에 놓여 있기 때문이다. 아니, 온몸을 불태우는 포옹이란 사건설정을 생각하면, 사랑과 죽음의 대립이라고 해야 옳을 듯하다. '능구렁이 같은 등어릿길'이란 이미지는 『화사집』의 서시인 〈화사〉의 이미지와 서로 통하고 있다.

麝香 薄荷의 뒤안길이다.
아름다운 배암……
을마나 크다란 슬픔으로 태어났기에, 저리도 징그라운 몸뚱아리냐

　이것을 보면, 배암이란 것은 시인과 동일시하여도 좋은 이미지임을 알
수 있다. 배암 이외에도 〈화사집〉에는 노루·개구리·머구리·사슴·불벌
등이 나오는데, '웃음 웃는 짐승 속으로' 뛰어가자는 그의 말에서 알 수 있
듯이 이것들은 모두 격렬한 성적 심상을 위한 표현이다.
　고려 노래와 이상 시의 몇 편을 제외하면, 우리 시에서 서정주의 시만큼 성
적인 심상을 다루는 데 능란한 것은 없을 듯하다. 땅에 누워 배암 같은 계집
은 '땀 흘려 어지러운 나를' 엎어뜨리며(〈麥夏〉), 가시내는 울타리를 마구 자
빠뜨리며, 콩밭 속으로 달아나면서 '오라고 오라고 오라고만' 한다.(〈입맞춤〉)

　광복 직후 시집 『귀촉도』가 나왔을 때, 그 가운데 서정주가 광복 이전에
집필한 것이라고 하는 시들을 보면, 성적 심상이 적어진 한편에 '문둥이'와
'바다'가 보여주는 병과 방황의 느낌은 그대로 계속된다.

　바보야 하이연 밈드레가 피었다
　네 눈썹을 적시우는 용천의 하늘 밑에
　히히 바보야 히히 우습다

는 〈밈드레꽃〉은 태도가 훨씬 가벼워졌고 희화화되었지만, 〈화사집〉의

　해와 하늘빛이
　문둥이는 서러워

　보리밭에 달 뜨면
　애기 하나 먹고

꽃처럼 붉은 울음을 밤새 울었다.

라는 〈문둥이〉의 태도와 같은 것이다. 더욱 절망적으로 어두워지기는 했지만, 〈만주에서〉의

> 참 이것은 너무 많은 하늘입니다. 내가 달린들 어데를 가겠습니까. 紅布와 같이 미치기는 쉬웁습니다. 몇 千年을, 오오 몇 千年을 혼자서 놀고 온 사람들이겠습니까.

라는 태도는

> 애비를 잊어버려
> 에미를 잊어버려
> 兄弟와 親戚과 동무를 잊어버려,
> 마지막 네 계집을 잊어버려,
> 아라스카로 가라 아니 아라비아로 가라 아니 아메리카로 가라
> 아니 아프리카로 가라 아니 *沈沒*하라 *沈沒*하라 *沈沒*하라!

는 〈바다〉의 태도와 근원에서 동일하다.

　여기서 우리는 몇 가지 면에서 그의 초기 시에 나타난 현상을 해석할 필요를 느낀다. 그의 초기 시가 제시하는 성적 심상과 병과 방황은 도대체 어떻게 해서 나타난 것인가? 우리는 이러한 사실을 아주 일반적으로 해석할 수 있다. 스무 살이란 나이는 매우 난처한 시기이다. 20대의 청년은 무엇이건 마음만 먹으면 못할 것이 없다는 희망에 부풀어 있으나, 한 개인의 사회적 평가는 언제나 그의 장인정신에 대응하는 것이기 때문에 객관적인 자기 확인을 얻을 도리가 없다. 직업을 통하여 개인은 사회에서 자리잡을 수 있는 것이다. 게다가 20대의 청년은 심한 성적 충동에 사로잡혀 있게 마련이다. 이러한 면에서 그의 시적 특성을 해석해도 틀리지 않을 것이다. 〈자화상〉이란

시의 후반부는 이러한 사실을 좀더 상세하게 해명해 준다.

> 스물 세 햇 동안 나를 키운 건 팔할이 바람이다.
> 세상은 가도가도 부끄럽기만 하드라.
> 어떤 이는 내 눈에서 죄인을 읽고 가고
> 어떤 이는 내 입에서 천치를 읽고 가나,
> 나는 아무것도 뉘우치진 않을란다.
> 찬란히 틔어 오는 어느 아침에도
> 이마 우에 언친 시의 이슬에는
> 몇 방울의 피가 언제나 섞여 있어
> 볕이거나 그늘이거나 혓바닥 늘어뜨린
> 병든 수캐마냥 헐떡거리며 나는 왔다.

첫째 행의 은유를 통한 이미지는 허무감을 전달하는 충분히 암시적이고 함축적인 표현이다. 서정주의 시 가운데에서 비교적 지시적이고 산문적이라고 할 수 있는 이 시에서도 표현은 결코 단순하지 않다. 다음 행의 '부끄럽다'는 말은 자신을 죄인 혹은 천치로 규정하는 타인에 의하여 작중화자의 내심에서 일어나는 감정이고, 뉘우친다는 행위는 작중화자에게 그 타인들이 강제하는 것이다. 이 부분의 마지막 행은 타인의 강제에 항복하지 않겠다는 작중화자의 굳센 결의를 표명하고 있다. 더욱이 이 시의 후반은 '찬란한 아침'과 '이마 위에 시 짓느라 맺힌 땀'과 '몇 방울의 피'를 연관시키어 작시의 고통과 행복을 이미지로 형성하면서, 지극히 타당하게도 모든 고난과 역경을 넘어 작시의 도를 지켜왔다고 진술하는데, 비록 과거 시상이지만 암시하는 의미는 미래에의 결의이다.

이 시를 통해서 우리는 서정주의 초기 시가 정상적인 인간관계를 불가능하게 하는 내심의 정열에 기인함을 알 수 있고, 동시에 작시에 골몰함으로써 그러한 정열이 생활을 파탄시키지 않게 되었을 듯하다고 추측할 수 있다.

이렇게 볼 때, 광복 이후의 서정주 시의 변모는 연치의 원숙함에서 오는 정열의 여과와, 무엇보다 중요한 것은 널리 시인으로 공인됨과 함께 사회 내에서의 주체 자아의 위치에 대한 고뇌에서 벗어날 수 있었다는 점에 그 원인이 있을 것이다. 이 무렵에 얻은 그의 '쬐그만 이 휴식'(《桃花桃花》)이 얼마나 커다란 결과를 초래하고 말 것인가에 대해서는 아마 그 자신도 짐작하지 못했을 터이다.

> 누님
> 눈물겨웁습니다.
>
> 이, 우물물같이 고이는 푸름 속에
> 다소곳이 젖어 있는 붉고 흰 木花꽃은,
> 누님
> 누님이 피우셨지요?
>
> 퉁기면 울릴 듯한 가을의 푸르름엔
> 바윗돌도 모다 바스라져 내리는데……
>
> 저, 魔藥과 같은 봄을 지내여서
> 저, 無知한 여름을 지내여서
> 질갱이풀 지슴길을 오르내리며
> 허리 굽흐리고 피우셨지요?

〈목화〉라는 이 시에서는 벌써 초기의 동물적인 격정이 말끔히 가셔져 있다. 목화꽃에 기대어 꽃을 키운 한 여인을 이야기하고 있지만, 문제는 우선 목화라는 요염하지도 초라하지도 않으며, 더욱이 인간에게 실용적이고, 늘 인간의 가까이에 있는 식물의 은유를 통해 나타나는 '누님'의 이미지이다. 바윗돌도 바스러져 내릴 듯 푸른 가을에 피어 있는 목화꽃은 바로 일정한 세월의 신고를 겪고, 이제 성숙해 있는 누님에 대한 사랑의 표현이다. 신체의 충동을 주로 노래하던 초기 시에서는 찾아볼 수 없는 현상으로서 '누님'이란 말에 의하여 한 여자에게서 암시될 수 있는 모든 성적인 상상의 범위를 단절시키고 있다는 점도 주의할 필요가 있다. 마지막 부분의 네 행은 마약과 무지가 암시하는 연정과 격렬한 도취를 누님도 겪었다는 사실을 암시하면서, 다시 '질경이풀', '구부리고' 등의 말이 지니는 태도로 보아 그러한 시기는 보잘것없고 고통스러운 것임을 말하고 있다. 여기서 우리는 이 마지막 부분이 그 앞의 모든 부분과 날카롭게 대조되고 있음을 알 수 있다. 격정과 고뇌의 세월이 대수롭지 않다는 것은 지금 누님의 경지가 매우 대견하다는 자랑을 함축하고 있기 때문이다. 이 시는 상당히 직접적인 방법으로 작시 과정을 토로하고 있다고 보겠는데, 이 시보다 조금 뒤에 씌어진 〈국화 옆에서〉는 이러한 성숙의 단계가 인사의 전반에 미치는 것으로 되어 있다.

> 그립고 아쉬움에 가슴 조이든
> 머언 먼 젊음의 뒤안길에서
> 인제는 돌아와 거울 앞에 선
> 내 누님같이 생긴 꽃이여

하고 〈목화〉의 근원 심상이 다시 한번 반복되는 이 시는 격정과 고뇌를 '그립고 아쉬움에 가슴 죄던 머언 젊음의 뒤안길'이라고 표현한다. 이 시의 특성은 후기 시에서 뚜렷해질, 불교의 인연관에 토대를 두고 있다는 사실에 있다. 운행우시(雲行雨施)라는 말대로 한 송이의 국화는 소쩍새와 천둥과 무서리와 작중화자인 '나'들의 깊은 인연에 따르는 과보로서 이승에 출현했다는 것이다. 이 시기의 그의 시는 초기 시에 나타나는 이성간의 신체적인 도취에서 벗어나 건전하고 정상적인 사랑을 획득한다.

> 靑山이 그 무릎 아래 芝蘭을 기르듯
> 우리는 우리 새끼들을 기를 수밖엔 없다.
>
> 목숨이 가다가다 농울쳐 휘어드는

午後의 때가 오거든
內外들이여 그대들도
더러는 앉고
더러는 차라리 그 곁에 누어라

지어미는 지애비를 물끄러미 우러러보고
지애비는 지어미의 이마라도 짚어라

하는 〈무등을 보며〉는 부부관계를 노래한다. 인용 시 가운데 첫 행만이 비유에 의한 이미지를 가지고 있고, 그 밖엔 모두 단순한 진술에 의한 것이지만, 둘째 연 첫 행의 '목숨이 농울쳐 휘어드는 오후'가 상징이 되어 시의 의미를 평범하지 않게 하고 있다. 작중화자의 태도도 자비로운 윗사람이 자기의 아랫사람에게 하듯 사랑스런 어조이다.

그런가 하면, 〈골목〉은 위와 똑같은 태도로 빈곤과 소외를 노래하면서 거의 직절적인 목소리로 자기의 사랑을 부르짖고 있다.

이 골목은 금시라도 날러갈 듯이
구석구석 쓸쓸함이 물밀 듯 사무쳐서,
바람불면 흔들리는 오막살이뿐이다.

장돌뱅이 팔만이와 복동이의 사는 골목
내, 늙도록 이 골목을 사랑하고
이 골목에서 살다 가리라

이러한 종류의 시는 이 시기에 무척 많이 발견된다. '아리땁고 향기로운 처녀들'을 노래한 〈이월〉이나 어린애들이 말을 배우고 익히는 모습을 노래한 〈무제〉나 어린이에게 결코 설움을 보이지 말고 가까운 별과 오래된 종소리를 들려주라고 권유하는 〈상리과원(上里果園)〉 같은 것이 그런 시들이다. 동족상잔의 비극을 거치고 나서 이러한 자비심은 민족적 단위로 확대된다.

기러기같이
서리 묻은 섯달의 기러기같이
하늘의 어름짱 가슴으로 깨치며
내 한평생을 울고 가려 했더니

무어라 이 江물은 다시 풀리어
이 햇빛 이 물결을 내게 주는가
저 멈둘레나 쑥니풀 같은 것들
또 한번 고개 숙여 보라 함인가

黃土언덕
꽃 喪輿
때 寡婦의 무리들
여기 서서 또 한번 더 바래보라 함인가

이, 〈풀리는 한강 가에서〉라는 시에서 우리는 모든 슬픔을 견디며 살아나
갈 수밖에 없다는 체념 속에서도 생명은 다시 자기의 활동을 시작한다는 사
실을 확인하게 된다. 민들레, 쑥 이파리가 지니는 밝음과 상여, 과부가 지니
는 어두움의 상위가 역시 생명의 큰 순환 속에 하나가 되어, 지아비를 잃고
도 살아나가고 있는 생명에의 경건한 외경으로 융화된다.

한시에는 자안(字眼)이란 것이 있다.

피리소리는 산을 흔들며 스러지고
고깃배의 불 하나
물을 걷으며 다가오네
笛聲搖山去
漁火斂水來

에서 '요(搖)'와 '염(斂)'이 자안이다. 이 시에서도 우리는 이 시가 시 되는 소이연이 위에 인용한 첫 부분에 의한 것임을 알 수 있다. '가치', '쩡', '깨치' 등이 주는 딱딱한 느낌이 작중화자의 슬픔을 강조하는 효과를 줄 뿐 아니라, 전체의 태도가 매우 가라앉아 있어 커다란 슬픔을 힘겹게 짓누르고 있다는 느낌을 주고 있기 때문이다.

61년에 간행된 시집 『신라초』의 서시 노릇을 하고 있는 〈선덕여왕의 말씀〉에는 서정주의 사회관과 인간관이 집약되어 있다. 인간적인 요소가 그리워 차마 해탈하지 못하고 욕계(欲界)의 제2천인 33천에 머물러 평생에 그토록이나 사랑하던 신라 사람들에게 호소하는 여왕의 말씀을 통해 서정주가 이상으로 생각하는 인간의 모습이 드러나는 것이다. 그것은 깊이 사랑할 줄 아는 사람이다. 진정한 사랑은 서라벌 천년의 지혜가 가꾼 국법보다 더 소중하다는 것이다. 사상보다 정서를 우위에 놓는 서정주의 면모가 약여하다. 한편 그가 선덕여왕의 말씀에 기대어 제시하는 이상적인 사회의 질서는 인간성을 왜곡시키지 않고 상부상조하는 공감과 인정의 사회이며, 가장 충실한 남자에게 그 사회의 지도권을 맡기는 사회이다.

  피 예 있으니, 피 예 있으니
  너무들 인색치 말고
  있는 사람은 病弱者한테 柴糧도 더러 노느고
  홀어미 홀아비들도 더러 찾아 위로코
  瞻星臺 위엔 瞻星臺 위엔 그 중 실한 사내를 봐라

이러한 사회관을 보충하는 내용으로 서정주는 장인정신(匠人精神)을 주장하는데, 이것은 초기 시에서 대개 작시에 적용되던 것이었지만 이제는 전체 인간의 생활 속으로 확대된다. 〈진영이 아재 화상(畵像)〉이란 시에서 그는 진영이 아저씨의 쟁기질 솜씨를 예쁜 계집애가 배를 먹어가는 모양에 비교하고 있고 〈사소단장(娑蘇斷章)〉에서는 벼락이 치고 해일이 넘쳐 와도 옴짝 않고 '문 열어라 꽃아, 문 열어라 꽃아' 하는 절규를 쉬지 않으며 절대를 향하여 육박하는 한 여인의 모습을 보여준다. 이렇게 볼 때 우리는 그 사회관의 표면적인 완벽성을 부정할 수 없다. 그러나 또한 우리가 여기서 언급하고 넘어가지 않을 수 없는 것은 그의 사회관의 매우 안타까운 한계이다.

거의 모든 시는 사랑을 말하고 증오를 말하지 않는다. 만일 어떤 특정의 남녀에 대한 미움을 노래하는 시가 있다면 그것은 작시의 심리와 괴리되어 충분한 형상화를 달성할 수 없을 것이다. 그렇지만 하나의 사회를 깊이 인식하면, 거기에는 반드시 모순이 있다는 것을 발견하게 된다. 그것은 '있어야 할' 사회 상태를 추구하는 사람들과 '이미 있는' 사회 상태에 만족하는 사람들의 갈등이다. 우리는 전자를 민중이라고 부르는데, 민중의 사고가 단순히 부정적인 것이 아님은 그들의 건전하고 싱싱한 익살과 웃음을 보면 알 수 있다. 민중이 부정하는 것은 이미 있는 사회 상태일 뿐이고, 인생과 생명에 대해서는 무조건으로 강력하게 긍정하고 있으며, 어떠한 사회 상태에 대하여 부정하는 것도 결국은 그 생명에 대한 긍정에서 자연스럽게 도출되고 있는 것이다. 그렇다면 서정주가 제시하는 사회질서도 결국은 없을 것을 없애려는 민중과 함께 투쟁함으로써만 이룩될 수 있을 터이다.

서정주는 일찍이 불교전문을 졸업했고, 또 얼마간의 산사유랑을 경험했다. 아마 이 무렵에 불교의 영향을 받았던 것으로 생각되는데, 그의 후기 시는 시인 자신이 불교의 절대적인 영향 아래 제작되었음을 고백하고 있다. 『신라초』의 후기에서는 '이 시집의 제2부에선 그 소위 인연이란 것이 중대'하였다고 말하였고, 시집 『동천』의 후기에서는 '불교에서 배운 특수한 은유법의 매력에 크게 힘입었음을 여기 고백하여 대성 석가모니께 다시 한번 감사를 표한다'고 말하였다.

〈어느 날 밤〉이라는 시는 그의 인연 사상을 극명히 드러내 준다.

오늘 밤은 딴 來客은 없고,
초저녁부터
金剛山 厚朴꽃나무가 하나 찾어 와
내 家族의 房에
하이옇게 피어 앉어 있다.

이 꽃은 내게 몇 촌 벌이 되는지
집을 떠난 것은 언제쩍인지
하필에 왜 이 밤을 골라 찾어 왔는지
그런건 아무리해도 생각이 안 나나
오랜만에 돌아온 食口의 얼굴로
초저녁부터
내 家族의 房에 끼어 들어와 앉어 있다.

후박꽃나무는 이 시의 문맥으로 보아 과거에 서정주가 금강산에 갔을 때 보고 잊어버렸던 것이다. 아무도 찾아오지 않는 초저녁에 그것이 갑자기 머리에 떠올라 없어지지 않고 있는 것이다. '가족의 방'이란 말은 그 후박꽃나무가 가족의 하나처럼 생각된다는 것이며, 그 많은 나무 중에 하필이면 후박꽃나무가 생각나느냐 하는 의문에 대해서 서정주는 인연이란 말로 대답하고 있다. 그러나 다음 부분을 보면 그 인연의 근거에 대해서는 아직 알 수 없다는 심정을 고백한다.

서정주의 시세계에서 인연 사상은 몇 가지 장점을 가지고 있다. 〈연꽃 만나고 가는 바람같이〉의 연꽃이나, 〈모란꽃 피는 오후〉의 모란이나, 〈여자의 손톱의 분홍 속에서는〉의 여자의 손톱이나, 〈내가 돌이 되면〉의 돌이나, 〈산골 속 햇볕〉의 햇볕이나, 〈고대적 시간〉의 시간이나, 〈여수(旅愁)〉의 바람 같은 일체의 사물에 깊은 의미를 부여할 수 있고, 인간의 좁은 테두리를 벗어나서 그것들을 사랑할 수 있게 하는 것이다.

〈여수〉란 시에서는 다음과 같이 노래하고 있다.

별아, 별아, 해, 달아, 별아, 별들아,
바다들이 닳아서 하늘 가며는
차돌같이 닳아서 하늘 가며는
해와 달이 되는가, 별이 되는가

'아'와 '가', '는'과 '는'의 운을 맞추며, 2음절, 3음절의 짧은 단어가 반복되고 있다. 바닷물이 증발하여 하늘에 가면 별이 되고 해가 되고 달이 되며, 별은 다시 닳아서 돌이 되고 돌은 부서져 가루가 되었다가 다시 모여 사람이 된다. 만유의 상즉상입(相卽相入)을 노래하는 이 부분에서 우리는 시인의 매우 기뻐하는 태도를 엿볼 수 있다. 서정주는 이러한 우주의 비밀을 깨치고 나서 안심입명(安心立命)한 듯하다. 석류가 열리면, 전세에 혈기로 청혼했던 공주의 화신이라고 노래하며(〈石榴開門〉), 새 옷을 입고 또 하루를 살 수 있는 것은 '내가 거짓말 안 한 단 하나의 처녀귀신'의 덕택이라고 한다(〈내가 또 유랑해 가게 하는 것은〉).

불교에서는 인연 그것도 초탈해야 하는 것이라고 보아서 무명(無明)이 행(行)을 낳고, 행이 식(識)을 낳고, 식이 명색(名色)을 낳으며 ; 명색이 육입(六入)을 낳고, 육입이 촉(觸)을 낳고, 촉이 수(受)를 낳고, 수가 애(愛)를 낳으며 ; 애가 취(取)를 낳고, 취가 유(有)를 낳고, 유가 생(生)을 낳고, 생이 노사(老死)를 낳는다는 12 인연을 그 과정으로 제시한다. 무명이란 말하자면 일체의 고통을 일으키는 원인으로서 온 우주가 인간, 더 정확하게는 나에게서 말미암는 어두움에 가득 차 있다는 것이다. '애초부터 천국의 사랑으로서 사랑하여 사랑한 건 아니었었다'라고 아내에게 슬픈 태도로 하소연하는 〈쑥국새 타령〉이나

흙탕물 빛깔은
세수 않고 病들었던 날의 네 눈썹 빛깔 같다만,

이것은 썩은 뼈다귀와 살가루와 피바랜 물의 반죽,
技術家! 技術家!
이것은 一生동안 심줄을 訓練했던 것이다.
사환이었던 것, 좀도둑이었던 것, 거지였던 것!
이것은 一生동안 눈치를 訓練했던 것이다.
안잠자기였던 것, 娼婦였던 것, 娼婦했던 것!
이것은 시방도 내가 參與하면 반드시
묻거나 튀어박이는 技巧를 가졌다.

라는 〈근교의 이녕(泥濘) 속에서〉를 보면 서정주가 무명연기설을 신앙하고
있다는 것을 알 수 있다. 이승의 어두움을 썩은 뼈와 살과 물로 나타내고,
노동자와 사환·좀도둑·거지·안잠자기·창부를 동원해서 일체감을 토로하
는, 이러한 정서의 폭은 기실 우리 시인에게서는 매우 희귀한 예이다.
　이러한 어두운 이승을 걷는 기술로서 서정주가 마련해 가진 것은 인간에
너무 집착하는 태도에 대한 반대이다.

　내 閤氏는 이미 물도 피도 아니라
　마지막 꽃밭 蒸發하여 괴인
　시퍼렇디 시퍼런 한마지기 이내!
　　　　　　－〈두 香나무 사이〉

　여기서 시인은 물도 피도 아니고, 꽃밭이 세월에 의해 소멸되어 새로 생성
된 한 두락쯤 되는 황혼을 자기의 아내로 삼는다. 충격적인 이러한 이미지가
〈무제〉에서는

　피여, 피여
　모든 이별 다하였거든
　博士가 된 피여
　인제는 山 그늘 지는 어느 시골 네 갈림길

마지막 이별하는 內外같이

피여
紅疫 같은 이 붉은 빛깔과
물의 연합에서도 헤어지자

고 하여, '마지막 이별하는 내외같이' 안쓰럽지만, 인간적인 집착에서 벗어나 우주적인 조화의 리듬과 하나가 될 결심을 보여준다.

《시문학》 1972년 2월호에는 〈질마재 마을의 신화〉란 대제 밑에 〈그 애가 물동이의 물을 한 방울도 안 엎지르고 걸어왔을 때〉, 〈신발〉, 〈외할머니의 뒤안 툇마루〉, 〈눈들 영감의 마른 명태〉, 〈내가 여름 학질에 여러 직 앓아 영 못 쓰게 되면〉 등 5편의 산문시가 실려 있다.

인연 사상이 상당한 거리로 현실의 인간 관계, 특히 유년의 가족 관계에 밀착해 있는 이 시들은 금색계(金色界)의 저 건너에까지 시적 상상력을 동원했던 데 대한 일종의 반작용이 아닌가 생각된다. 육체의 극한까지 밀고나갔던 데 대한 반작용이 산하일지(山下日誌) 등 윤리적 차원의 획득이었다면, 제행무상, 제법무아의 법공(法空)과 아공(我空)의 인식을 거쳐 열반적정의 탐색이란 상상력의 긴 방황 끝에 다시 33천쯤으로 돌아오고 있는 것이라면 좋겠다는 희망이 있다. 서정주 시인으로서의 장점은 초기의 '애비는 종이었다' 신분적 소외의 파악 이래 범속한 도덕을 무시할 수 있었다는 면에도 있는데, 이것이 그가 불교의 절대적인 영향을 받고 있으면서도 끝내 '도덕을 먹고 사는 벌레'로 떨어지지 않은 이유라고 여겨진다. 그러나 능소대립(能所對立)을 떠나 도달해야 할 곳이 무색(無色)의 서방정토라야 하겠는가? 차라리 차방시불토(此方是佛土)라는 견지에서, 드러나는 본지풍광을 누리면서 목마르면 물 마시고 졸리면 자면서 역사 속에 잠겨 울고 웃는 것이 옳지 않겠는가? 불교의 근본 전제는 일체개고(一切皆苦)이고, 현대식 용어로 말한다면 고통의 심리학이라고나 할 것이다. 내 고통의 자각이 일체 중생의 고통에 대한 자각으로 심화되면서, 가슴의 밑바닥에서 무한한 자비심이 발현되어, 중생무변서원도(衆生無邊誓願度)의 절규가 폭발하는 것이다. 서정주의 시를 읽으면서 아까운 것은 고통을 자각하는 정도가 점점 희박해진다는 사실이다. 화중생(化衆生)의 대교훈은 어떻게 하고 서정주는 구보리(求菩提)의 소승도를 고수할 것인가? "佛土가 예 外 없으니 님아 돌아오소서" 하는 위당(爲堂)의 만해에 대한 조시를 서정주에게 들려주고 싶다. 〈질마재 마을의 신화〉는 훤칠하게 역사의 미래를 열어놓는 시는 아니지만, 이러한 질문에 대한 그 나름의 대답이 된다고 생각할 수 있다. 어렸을 때 잃어버린 신발과, 외가의 잘 닦인 마루, 학질을 앓으며 엎드려 있던 바위와 복숭아잎, 눈들 영감이 자시는 마른 명태와 또 눈들 영감의 아들이 예사롭지 않은 인연의 줄을 끌면서 얽혀 있는 것이다. 그러나 세존의 말씀에 따를 때에 인연을 끊어야 할 것인지 신비롭게 찬양해야 할 것인지 우리는 알 수 없다. 인연이 어째서 미래로 정진하는 추진력이 되지 못하고 있을까?

이 시들을 정지용의 산문시(산문시의 개념과 한국적 양상에 대해서는 《대학신문》 838호에 실린 김현의 〈산문시소고〉란 훌륭한 논문이 있다)와 비교하면 매우 재미있는 차이점이 밝혀진다. 정지용 시의 태도는 어른의 것이기 때문에 쉽게 의미의 확대와 비판이 가능하다.

첫새끼를 낳노라고 암소가 몹시 혼이 났다. 얼결에 山길 百里를 돌아 西歸浦로 달아났다. 물도 마르기 전에 어미를 여읜 송아지는 움매애움매애 울었다. 말을 보고도 登山客을 보고도 마구 매여달렸다. 우리 새끼들도 毛色이 다른 어미한틔 맡길 것을 나는 울었다.

는 시(白鹿潭, 1946년, 白場堂, 16쪽)에서 어미 찾는 송아지에 이어 민족적 상황을 암시하면서 전체의 의미가 심화되고 있는 예와 같다. 그러나 서정주의 상기 시들은 어린아이의 목소리를 가지고 있다. 이러한 태도로 의미의 확대를 초래하기는 지극히 어려운 일이어서, 〈내가 여름 학질에 여러 직 앓아

영 못 쓰게 되면〉과 같이 바위에 벌거벗고 엎드려서 등에 붙인 복숭아 잎이 떨어지지 않으면 학질이 낫는다는 민간 신앙을 소박하게 진술하고 있거나, 〈눈들 영감의 마른 명태〉에서와 같이 노인이 이 빠진 입술로 마른 명태를 먹는 것이 이상해 보인다는 느낌을 신화라는 말을 사용해서 과장되게 이야기하고 있다. 특히 이 시에 삽입되어 있는 "이것도 아마 이 하늘 밑에서는 거의 없는 일일 테니 불가불 할수없이 신화의 일종이겠읍죠?" 하는 문장은 이 시의 전체의 의미에 기능적으로 작용하지 못할 뿐 아니라, 크게 효과를 감쇠시키고 있다. 이것은 결코 어린아이의 목소리가 될 수 없기 때문이다. 결국 의미의 확대가 전혀 불가능한 위의 두 편과 〈그 애가 물동이의 물을 한 방울도 안 엎지르고 걸어왔을 때〉는 시라기보다는 차라리 잘 정돈된 수필로 보는 것이 좋겠다. 여기에 비하면 인간 세계에 대한 첫사랑이 가지고 있는 깊은 정감을 사물의 세계에까지 확대시켜 어려서 잃어버린 신발에 대한 애착을 노래한 〈신발〉과 외할머니에 대한 그리움을 깨끗이 닦여 있는 외갓집의 마루와 오디나무 그리고 어머니에게 꾸중을 듣고 외가로 달아나던 기억 등을 가지고 형상화한 〈외할머니의 뒤안 툇마루〉는 시는 되어 있으나 앳된 태도와 함축된 의미 사이에 괴리가 있어서 전체의 효과가 산만하다. 어린애의 태도에 의해서가 아니라면 의미의 심화가 불가능한 경우도 있을 수 있다. 그러나 산문시야말로 기조의 통일을 요구한다는 것을 잊어서는 안 된다.

10. 박두진론

「문장」의 추천을 거처 문단에 등장한 박두진은 생존한 원로 시인의 한 사람이다. 광복 이전의 시인 중에 시작을 쉬지 않고 계속한 사람으로 누구보다 먼저 손꼽을 수 있는 사람들이 서정주, 박목월과 함께 박두진인데, 이 세 사람의 시는 각기 독특한 풍격을 가지고 있다. 서정주가 신비적인 색채를 띠면서 초기의 격정을 벗어나고 있고, 박목월이 서민의 일상생활을 시로 마련하고 있다면, 박두진의 시는 이 두 사람과 시적 차원을 달리하고 있다.

하나의 시를 분석하거나 한 시대에 나타나 있는 모든 시들을 검토하는 것은 물론 중요한 일이지만, 한 시인의 시작품들을 모아서 그 밑에 스며 있는 맥락을 찾아보는 것도 그만 못지않게 중요하다. 왜냐하면 한 시인의 전체 작품을 대상으로 할 때, 하나의 시나 한 시대의 시들을 대상으로 하는 입장에서 간과하기 쉬운 작품이 새로운 의미를 띠고 나타나는 경우를 보게 되기 때문이다. 그러한 경우의 대표적인 예가 박두진의 시들이라고 생각한다.

이 글에서 대상으로 한 시는 『청록집』(1946), 『해』(1949), 『오도(午禱)』

(1953), 『거미와 성좌』(1962), 『인간밀림』(1963), 『하얀 날개』(1967) 들에
실린 시들이다.

1

박두진의 초기 시에서 받는 가장 우선적인 인상은 그 시들의 배경이 전부
다 산이라는 사실이다. 산도 〈도봉〉과 '금강산시'란 부제가 붙어 있는 〈별〉을
제외하고는 모두 구체적인 지명이 밝혀져 있지 않은 산이다. 그런데 그 산은
단순한 배경으로서의 기능을 넘어서 모두 다 살아 있는 어떤 생명체가 된다.
우뚝 솟은 산이고 묵중히 엎드린 산이고 지루하게 침묵하는 산이다. 그리고
거기에 있는 나무도 인간과 공존하는 것으로서 박두진이 '소나무와 갈나무와
사시나무와 함께 나는 산다'(〈연륜〉)고 말하고 있듯이 시인의 친구와 같은
것으로 노래되어 있다. 산이, 어떤 경우에는 그 이상의 의미를 가지고 있다.
〈향현(香峴)〉에서 그가 '장차 너희 솟아난 봉우리에 엎드린 마루에 확확 치
밀어오를 화염을' 기다려도 좋으냐고 묻고 있는 것은 다름 아닌 산에 대해서
인데, 이것은 〈묘지송〉이나 〈설악부〉에서 그가 떠오르기를 믿는다는 태양과
관계있는 것이다.

박두진에게 산과 신앙의 관계는 그가 자기의 현실을 어떻게 파악하고 있
었는가 하는 문제를 밝혀야 명확히 드러날 수 있게 된다. 그의 최초의 시
〈묘지송〉과 〈설악부〉에서 박두진은 그것을 무덤으로 보고 있으며, 〈푸른 하
늘 아래〉란 시에서는 단적으로,

> 일히들이 으르댄다. 양떼가 무찔린다. 일히들이 으르대며 일히가 일히와 더불
> 어 싸운다. 살점들을 물어뗀다. 피가 흐른다. 서로 죽이며 자꼬 서로 죽는다.
> 일히는 일히로 더불어 싸우다가 일히는 일히로 더불어 멸하리라.

하고 선언한다. 그가 싫증을 모르고 산을 좋아하는 것은 이러한 혼란한 생존

경쟁의 현실에서 떨어져 있는 평화로운 장소로 산을 생각하고 있기 때문이다.

그러나 이것은 정도의 문제일 따름이지, 혼란한 사회와 분리해 낼 수 있는 순수한 산이 과연 있을 수 있겠는가? 박두진 자신이 이것을 알고 있었다. 그가 지고새면 또 하나의 하늘을 그리워하며 끊임없이 다른 태양을 노래하고 있는 것은 바로 이런 이유에서였다.

그가 믿고 있는 기독교 신앙의 커다란 영향을 우리는 여기서 발견할 수 있다. 신앙은 박두진에게 언젠가 피어날 붉은 장미를 확인하게 하며(〈장미의 노래〉), '이 땅 위에서 서로 아우성치는 수많은 인간들이 그래도 멸하지 않고 세대를 이어 살아갈 것'(〈雪岳賦〉)을 생각하게 한다. 〈설악부〉에서의 이 구절이 기독교의 종말론과 서로 상응하고 있는지는 자세하지 않지만, 이러한 생각은 그의 모든 작품을 꿰뚫고 있다. 〈흰 장미와 백합꽃을 흔들며〉란 시에서는 현실을 무덤이 아니라 밤으로 상징하고 있다.

> 눈같이 흰 옷을 입고 오십시오. 눈 위에 활짝 햇살이 부시듯 그렇게 희고 빛나는 옷을 입고 오십시오.

> 달 밝은 밤, 있는 것 다아 잠들어 괴괴외한 보름밤에 오십시오……빛을 거느리고 당신이 오시면 밤은 永遠히 물러간다 하였으니 어쩐지 그 마지막 밤을 나는 푸른 달밤으로 보고 싶습니다. 푸른 月光이 금시에 활닥 화안한 다른 光明으로 바뀌어지는 그런 장엄하고 이상한 밤이 보고 싶습니다.

이러한 현실의 파악은 일제의 식량공급원으로서, 혹은 상품시장으로서 토지와 곡식을 빼앗기고, 일인의 반도 못 되는 임금에 하루 2홉 2작의 배급과 하다못해 놋주발과 은수저까지 헌납·헌금으로 강탈되던 한 시대에 대한 정당한 인식으로 볼 수 있다.

그러나 우리가 그의 초기 시에서 간과할 수 없는 약점의 하나는 박두진이 그 무엇을 기다리고 있을 뿐이며, 기다리는 내용이 이루어지도록 하려면 어

떻게 해야 할 것인가를 생각하지 않고 있다는 사실이다. 이것은 아마 당시의
박두진의 나이도 고려해서 이해해야 할 것이다. 위에 인용한 시는 이렇게 계
속된다.

> 속히 오십시오. 정녕 다시 오시마 하시였기에 나는 피와 눈물의 여러 서른
> 사연을 지니고 기다립니다.

뜨거운 기다림의 예비가 있었기 때문에 광복은 박두진에게 당연한 것으로
받아들여졌고, 정지용이나 서정주에게서와 같은 시의 변화를 초래하지 않았
다. 다만, 그의 초기 시 가운데 유일하게 기쁨으로 가득 찬 한 편의 시, 〈어
서 너는 오너라〉를 낳고 있을 뿐이다.

> 복사꽃 피고, 살구꽃 피는 곳, 너와 나와 뛰놀며 자라난, 푸른 보리밭에 남풍
> 은 불고, 젖빛 구름, 보오얀 구름 속에 종달새는 운다.
> 기름진 냉이꽃 향기로운 언덕, 여기 푸른 잔디밭에 누워서, 철이야, 너는 늴
> 늴늴 가락 맞춰 풀피리나 불고, 나는, 나는, 두둥싯, 두둥실 붕새춤 추며, 막쇠
> 와, 돌이와, 북술이랑 함께, 우리, 우리 옛날을 옛날을 딩굴어 보자.

이 시는 막쇠, 돌이, 북술이라는 구체적인 인명이 나온다는 점에서도 특이
한 것이지만, 인간과 인간, 인간과 자연의 친화가 이 시만큼 완전하게 표현
되고 있는 시는 그렇게 쉽지 않을 듯하다. 그러나 인간과 인간, 인간과 자연
이 그토록 친화될 수 있을 것이냐 하는 문제는 시인 자신이 이 시를 '우리
우리 옛날을 딩굴어 보자'고 하여 청유와 희망의 태도로 끝내고 있음에 비추
어 생각해야 할 것이다.

말 하나를 바꿀 수 없는 완벽한 짜임새를 가지고, 억새·잔디·새광이풀·
삽초·취·수영·수리취·더덕·도라지·물푸레·풍·솔·밤나무·옻나무·
머루·다래·으름·칡·댕댕이 덩굴 등 수많은 식물의 이름과 함께 10음절 내
외의 구절이 의미의 첨가나 또는 강조를 조금씩 수반하면서 반복되는 그의 시

형은 조금도 변하지 않고 계속된다. 그뿐 아니라 '날처럼 돌아누워 울지도 아니하고, 몸부림쳐 흐느끼지도 않는 산'(〈산아〉)이 또다시 나온다. 이러한 태도 역시 일제의 전시물가 통제기구가 무너지고 난 뒤 수년 동안에 20배를 뛰어넘은 물가와 광복 직후의 남북양단, 남한에서의 공산 유격대의 준동, 정치의 수단으로 타락한 격심한 노동쟁의 등이 야기한 사회적 혼란을 생각하면 나무랄 수 없는 온당한 현실의 인식이었다고 볼 수 있는 면이 있다.

그렇다고 해서 박두진의 시에 전혀 변화가 없었던 것은 아니다. 자벌레, 돌찐아비 등의 곤충과 비둘기, 아가가 나오고, 산이 아니라 바다를 배경으로 한 시가 나온다. 특히 〈바다〉란 시는 '푸른 바다를 밟으며, 나도 먼 당신의 오는 길로 걸어가고 싶다'고 하여, 현실이 극복되기를 다만 앉아서 기다리고 있지만은 않을 수도 있으리라는 가능성을 엿보이고 있다.

그의 초기 시를 총결산하는 시는 다름 아닌 〈해〉일 것이다.

> 해야 솟아라, 해야 솟아라, 말갛게 씻은 얼굴 고운 해야 솟아라. 산 넘어 산 넘어서 어둠을 살라 먹고, 산 넘어서 밤새도록 어둠을 살라먹고, 이글이글 앳된 얼굴 고운 해야 솟아라.

> 달밤이 싫여, 달밤이 싫여, 눈물 같은 골짜기에 달밤이 싫여, 아무도 없는 뜰에 달밤이 나는 싫여……

> 해야, 고운 해야, 늬가 오면 늬가사 오면, 나는 나는 청산이 좋아라. 훨훨훨 깃을 치는 청산이 좋아라. 청산이 있으면 홀로래도 좋아라.

> 사슴을 딿아, 사슴을 딿아, 양지로 양지로 사슴을 딿아, 사슴을 만나면 사슴과 놀고,

> 칡범을 딿아, 칡범을 딿아, 칡범을 만나면 칡범과 놀고……

> 해야, 고운 해야. 해야 솟아라. 꿈이 아니래도 너를 만나면, 꽃도 새도 짐승

도 한자리 앉아, 워어이 워어이 모두 불러 한자리 앉아, 앳되고 고운 날을 누려
보리라.

밤과 밤을 몰아내는 해와의 대조 아래서 산의 새로운 모습이 드러난다. 그
뿐 아니라 이 시에는 박두진이 희망하는 세계가 투영되어 있다. 그 세계는
양지이며, 사슴과 칡범이 인간과 같이 노는, 꽃과 새와 짐승과 인간이 한자
리에 앉아 앳되고 곱게 사는 세계이다.

이 시의 후반부는 아무런 이미지를 사용하지 않고서도 놀랄 만한 충격을
전달하고 있다. 광복의 감격 속에 잠겨 있던 민중은 이 시를 통해 자기들이
맞아들여야 할 새로운 세계를 보았을 것이다. 여기서 사슴과 칡범은 의인화
되지 않은 채 그 자체로서 더욱 완전한 어떤 다른 모습을 보여준다. 만일 비
유를 통하여 이미지를 만든다면, 칡범과 사슴이 직접 다른 것을 가리키게 되
어 혼란과 모호성을 가져왔을 것이다.

여기에 진술된 장면은 성서에 근거를 두고 있다. 「이사야서」(11:6~9)에
는 다음과 같은 구절이 있다.

　　이리가 어린 양과 함께 살고 표범이 어린 염소와 함께 누우며 송아지와 사자
　와 살찐 짐승이 함께 있어 어린아이에게 이끌리며 암소와 곰이 함께 먹고 그
　새끼들이 같이 누우며 사자가 소같이 풀을 먹는 시절이 온다. 그것은 바다가
　물로 덮임같이 야훼를 아는 지식이 온 땅에 충만하기 때문이다.

2

6·25가 일어나 대구에서 피난생활을 하면서 쓴 시들을 모은 시집 『오도
(午禱)』는 박두진에게 전환기의 과도적인 의미를 가진다. 기다림의 호흡이
더욱 시의 표면에 드러나 있는 반면에, 시의 형식은 조금 풀어져서 시 전체
의 길이가 길어지고, 시 안에 있는 한 문장의 길이도 전보다 훨씬 길어져 있

다. 〈오월의 기도〉〈감람산 밤에〉〈산에 살어〉 등 여전히 산을 배경으로 한 시들이 많지만, 〈해수(海愁)〉와 〈오 바다〉 등 바다를 재료로 한 시들도 있고, 〈기〉란 제목의 시도 있는데, 바다와 깃발은 박두진의 최근 시에까지 계속해서 자주 나타난다.

　바다야, 푸른 가슴 나의 波濤야, 불러 봐도 찢어 봐도 어쩔 수가 없는, 나 하나 너 때문에 말라 가는 것

하는 〈오 바다〉의 한 부분에서는 '찢어 봐도', '어쩔', '때문' 등의 딱딱한 자음들이 파격적인 어조를 형성하지만, 오히려 바다에 대한 격렬한 이미지들이 그로 해서 평범하지 않게 된다.

　이후 10년의 시작 생활은 박두진의 시에 커다란 변모를 주었다. 1962년에 나온 『거미와 성좌』와 다음해에 나온 『인간밀림』은 그의 시적 변모와 아울러 그 이후에 발표된 거의 모든 시의 경향을 지시하고 있다는 의미에서 매우 중요한 가치를 지니고 있는 시집이다.

　수풀도 없고, 마을도 집도 없고, 흐르는 강물도, 개천도, 날새도, 버러지들도, 짐승의 떼도 없는(〈어느 벌판에서〉) 벌판을 통해 사회적 현실의 황폐성을 투시하고, 그 가슴 속에서 태양은 태양을 낳고, 빛은 빛을 낳고, 열은 열을 낳고, 사랑은 사랑을 낳고, 불길은 불길을 낳고, 혁명은 혁명을, 피는 피를 낳는다는 〈바다의 영가〉를 통해 사회적 현실의 역동성을 파악한 뒤에 박두진의 한 대표작인 〈거미와 성좌〉가 나타난다.

　 － 日沒……
　어디쯤 바다에서 밀물소리 잦아오고
　산에서, 들에서는
　밤새가 왜가리가 뜸북새가 울고 오고

이리는 너구리를
너구리는 다람쥐를, 구렁이는 개구리를, 개구리는 쉬파리를, 먹으며 먹히우며
悽絶한 靜寂……

위 시의 넷째 부분에 진술되어 있는 생존경쟁은 바로 이 시의 주제가 된
다. 일몰과 정적은 이 부분을 시로 만들기 위하여 단순히 삽입된 것으로 볼
수 있다. 이어서 '여덟 개의 발끝으로 하는 여덟 차례의 간음'이란 성적 심상
이 나오고, 추녀 끝에서 벚나무 가지까지 점착성 포망을 치는 데에 혼신의
정력을 소모한다는 노동과 생산의 이미지가 나온다. 특히 후자를 탈출, 유
배, 절망, 허무, 체념, 오열, 음모 등으로 대체시키는 것에 미루어 이것은
노동에 반영되는 전인적 요소를 강조하는 것같이 보인다. 어쩌면 거미는 시
인 자신에 대한 상징이며, 여기서의 노동은 작시를 의미하고 있는지도 모른
다.

천정에도 붙을 수 없고, 방바닥에도 붙을 수 없어, 불안 속에서 거미줄을
칠 수밖에 없다고 한 키르케고어의 주지(蜘蛛)를 생각하게 하는 이 거미의
성과 노동은 이 시의 핵심에 가서 다시 생존경쟁의 이미지와 중복된다. 여덟
번의 간음과 더불어 오는 여덟 마리의 정부를 교살(咬殺)해 먹어버린다거나,
풍뎅이건 왕파리건 고추짱아건 왕퉁이건 호박벌이건 걸리는 족족 휘감아 싸
서 뭉뚱그려 죽이고, 까만 이빨로 모조리 짓씹어 입맛을 다시며 먹어버린다
는 구절을 통해서 알 수 있는 바와 같이 박두진은 노동과 성과 무엇보다 생
존경쟁의 현실에 깊이 침잠한다.

그러나 박두진의 시는 여기에서 그치지 않는다. 이 시의 후미에 나오는,
흔들리는 실줄을 잡고 눈물짓는 거미의 오열이나 다시 오는 해밝이녘에 한
마리의 커다란 호접(蝴蝶)이

찬란하게 펄럭이는 自由의 나라의 旗幅처럼
훨훨훨 날아들어 펄럭일지도 모른다는

부풀어 오르는 보람에 싸여
恍惚해 하며 있었다.

라는 마지막 부분을 보면, 현실의 소외상태를 그대로 받아들이거나 체념하지
않고, 또 더욱 악착하게 생존경쟁에 매달리지 않고, 소외가 심해지면 심해질
수록 소외를 폐지하고 극복하려는 희망도 더욱 긴장되어 간 것을 알 수 있
다.

현실이 기다림만으로 극복되어질 수 있겠는가? 우리는 이후로 박두진 자
신에게서 이러한 질문에 대한 대답을 듣게 된다.

방정맞은 다람쥐와 어둠 속에 들엎드린 능구렁이까지 수많은 동식물의 이
름을 부르며, '너희들 스스로를 위하여 일어나라'고 호소하는 〈봄에의 격
(檄)〉은 다만 기다리고 있는 것만으로는 아무것도 이루어지지 않는다는 생
각이 바탕이 되어 있다. 싸움과 피흘림과 눈물과 평화 등 생명에 속한 온갖
모순된 요소들을 모순된 그대로 절대적으로 긍정하면서, 그것을 가지고 혁명
과 승리로 비약하고 있는 것이다.

이러한 과정을 통하여 시적인 변화는 완수되었지만, 그 뒤로 그의 시는 시
적인 긴장이 매우 해이하게 되어 있음을 부정할 수 없다. 많은 시에 시적인
여과를 거치지 않은 '착취', '횡령' '파쟁' '굶주림' 등의 단어가 생경한 그대로
나타나고, '아무것도 이 땅엔 생명에 찬 게 없고, 아무것도 이 땅엔 희망할
것이 없다'(〈우리들의 깃발을 새것으로 달자〉)와 같은, 산문과 구별할 수 없
는 지시적인 구절이 그대로 나온다. 또 간혹 나타나는 리듬을 갖춘 시도,

떠밀려가라 뒤집혀가라 발광을 치라 江.
거꾸로 가라 나자빠져라 휩쓸려가라 이리
羊의 피, 人民의 피, 自由의 피를 빨아먹던,
비둘기 피, 우리들 피, 가난한 피를 빨아먹던,
으르렁이며 휘번덕이며
뱃대질치며 빨아먹던,

혓바닥 푸른 이빨 피아가리여!
갈갈이 찢길 가죽 개이리떼여!
　　　　　　　　　－〈江Ⅰ〉에서

와 같이 너무나 감각적이고 딱딱한 시어 이전의 낱말들이 나열되어 있다.

　다른 많은 시인들에게 시적인 변모를 강요한 4·19를 박두진이 자연스러운 역사적 사건으로 받아들일 수 있었던 것은 자신의 시적 변모가 4·19에 앞서 이미 예비되어 있었던 때문이다.

　그가 4·19를 기념하는 가장 훌륭한 시인 〈우리들의 깃발을 내린 것이 아니다〉를 쓸 수 있었던 것은 당연한 일이다. 이 시는 이미지나 태도에 대한 배려 없이도, 무리한 구문이 하나도 없이 감동이 적절히 억제되고 있다는 데에서 시로서 성공할 수 있었던 요인을 찾아야 한다.

　　우리는 아직도
　　우리들의 깃발을 내린 것이 아니다.
　　그 붉은 鮮血로 나부끼는
　　우리들의 깃발을 내릴 수가 없다.

　　우리는 아직도
　　우리들의 絶叫를 멈춘 것이 아니다.
　　그렇다, 그 피불로 외쳐 뿜는
　　우리들의 피외침을 멈출 수가 없다.

　　불길이여! 우리들의 隊列이여!
　　그 피에 젖은 주검을 밟고 넘는
　　불의 怒濤, 불의 颱風, 革命에의 前進이여!
　　우리들 아직도
　　스스로는 못 막는
　　우리들의 피隊列을 흘을 수가 없다.

革命에의 前進을 멈출 수가 없다.

〈팔월의 강〉, 〈유월애가〉, 〈고독의 강〉, 〈강물은 흘러서 바다로 간다〉 등 강을 소재로 한 시가 많이 등장하게 되는데, 이러한 시들을 통해서 보면 그 의 현실파악이 좀더 구체화되고 있는 한 방식을 알 수 있다. 궁극적인 목표 인 바다에 비교해서 인간의 현실은 여러 가지 음모와 배신과 시기가 뒤엉켜 있는 강이지만, 또한 그 강은 바다와 전혀 무관한 것은 아니고, 그러한 불순 한 반동을 극복하면서 바다로 향하여 전진하는 것이다.

재림하는 예수가 많이 나오던 초기의 시에 비해서 이제는 고난받는 예수 가 그의 시를 일관하는 의미의 근원이 된다. 내가 기다리는 예수가 아니라 내가 따라가야 할 예수로의 변모는 결국 그의 시가 획득한 가장 중요한 혁 명이며, 그의 모든 반항과 사랑은 바로 그의 앞에 나타나 절대적인 호소로써 그를 부르고 있는 예수에서 자신의 교두보를 만들고 있다. 세 편의 시 〈갈보 리의 노래〉는 우리 시 가운데에 종교시로서 가장 훌륭한 순간을 엿보이는 내용이다.

인간 중에 가장 많이 고통받고 가장 위대하게 사랑한 생애의 마지막 순간을 통하여 언덕과 바위와 하늘과 및 모든 자연과 인간들과 인간들의 집단이 감동 속에 성스럽게 결속되는 이 세 편의 시는 기독교를 믿지 않는 사람에게도 충 분히 그 감동을 전달하고 있을 만큼 튼튼한 이성적 구조를 가지고 하나의 핵 심을 향해 말씨와 운율과 비유가 조직되며 섬세하게 강화되고 있다.

마지막 내려덮는 바위 같은 어둠을 어떻게 당신은 버틸 수가 있었는가? 뜨물 같은 恥辱을, 불붙는 憤怒를, 에어내는 悲哀를, 물새 같은 孤獨을, 어떻게 당신 은 견딜 수가 있었는가? 꽝꽝 쳐 못을 박고, 槍 끝으로 겨누고 채찍질해 때리 고, 입맞추어 背叛하고 매어달아 죽이려는, 어떻게 그 怨讐들을 사랑할 수 있었 는가? 어떻게 당신은 强할 수가 있었는가? 波濤같이 밀려오는 勝利에의 欲望을 어떻게 당신은 버릴 수가 있었는가? 어떻게 당신은 敗할 수가 있었는가? 어떻 게 당신은 弱할 수가 있었는가? 어떻게 당신은 이길 수가 있었는가?

이 시에서는 바위, 뜨물, 채찍질, 입맞춤, 죽음, 사랑 등 상반되는 어휘들
이 맞부딪치며 통일되어 다음의 어휘로 비약하며 사이사이에 적절히 배합되
는 치욕, 고독, 원수 등의 한자어에 더욱 또렷한 인상을 주면서 전체로서 인
류사상 가장 거대한 하나의 비극을 창조하는 비장한 어조를 조금도 혼란됨
이 없이 지속해 나가고 있다.

자연과 인간, 인간과 인간의 따뜻한 관계가 현재의 소외된 상태를 견디면
서 기다리기만 하면 하느님에 의해 선사되리라고 생각했던 때에서, 그러한
관계가 스스로 소외 상태를 폐지하면서 획득해야 할 목표로 바뀐 것은 지금
까지 박두진의 시를 지탱하는 기조가 되어, 1967년에 나온 〈하얀 날개〉에서
도 그대로 유지되고 있다.

여기에 모인 시들은 대체로 온건한 자유시의 형태를 하고 시행의 길이의
일탈이나 생경한 시어를 다듬어 위화감을 조정하고 있는데, 그럼으로써 시적
박력은 오히려 감소되고 있다. 전체적인 질서의 변개가 아닌, 부분적인 수사
의 세련은 오히려 많은 경우에 저항과 기다림을 희화에 떨어지게 하기조차
한다. 노자의 방분(放糞)을 노래하고 있는 「소조(蕭條)」와 같은 시가 그러한
예가 된다.

우리는 박두진의 모든 시가 계속해서 목표와 현상의 긴장된 갈등 속에서
배태되는 것을 보아 왔는데 그러한 갈등은,

> 서로 사랑하고, 스스로 책임지고,
> 골고루 일하고, 평등하게 먹고,
> 한마음으로 아껴 사는
> 　　　　　　－〈江물은 흘러서 바다로 간다〉에서

이런 식의 진술보다 장미나 바다를 통해서 마련된 객관적 상관물을 얻은
극적 이미지를 통해서 미적 구조를 획득하게 된다. 〈장미 Ⅳ〉와 같은 경우이
다.

대낮 아님 달밤에, 대낮 아님 달밤에. 만억번 다시 사는 훼닉스처럼 풀집 깊이 파들어가는 투구벌레처럼, 모르겠다 나는 너를 짓이기겠다. 속속들이 안의 너를 짓이기겠다.

박두진이 보기에 현실의 극복은 어떠한 원칙이라기보다는 인간의, 다시 말하면 그 자신의 내면적인 생명력의 어쩔 수 없는 활동이다.

그가 노래하는 혁명도, 추상적인 노동이 가치를 창조할 수 있도록 하는 자본사회의 자유와 평등과 정의가 그대로 구체적인 노동을 무시하는 착취와 소외를 의미하는 부정적 사실이기 때문에 불가피하게 수행된다고 풀이한 마르크스의 혁명과는 전혀 다른 것이다. 우리가 이미 보아온 바와 같이 그는 이 사유제의 사회를 부정적인 것으로만은 생각하고 있지 않다. 거기에 부정적인 내용이 있고, 그것은 수정되고 극복되어야 한다고 생각할 뿐이다. 그러므로 그의 시에 혁명이란 말이 자주 나온다고 해서 박두진이 우리 사회를 부정하고 있다고 생각한다면 그것은 오해이다. 〈예레미야는〉이라는 시에서 그는 다음과 같이 노래하고 있다.

안에 오랜 피가 서려 불길 일으켜
멸하라 멸하라고 분노했어도
두 골짝 고루 비쳐 해를 주시는
하느님은 너희들도 사랑하시는 것을.

그가 분노하는 것은 인간의 현실이 불순하다는 것이며, 굶주림과 천대가 남아 있다는 사실이다.

11. 김수영론

우리 시인들 가운데 김수영만큼 많은 논쟁의 대상이 되었던 사람은 그다지 많지 않다. 그러나 작품에 밀착하지 않은 변론은 흔히 핵심을 잃은 칭찬이나 비난을 초래하게 되어 정당한 이해와 평가에는 오히려 방해가 되는 수가 많았던 것이 사실이다.

일체의 편견에서 벗어나 공정한 눈으로 김수영의 업적을 정리하려는 것이 이 글의 의도이다.

1

많은 경우에 시인은 정상적인 사회인보다 열등한 사람으로 생각되어 왔다. 무엇인가 정상적인 생활을 할 수 없기 때문에 시를 쓴다는 것이다. 올바른 아들이요, 우수한 학생이라면 누가 구태여 시 같은 것을 쓰면서 살 것인가.

이렇게 대다수의 사람들은 생각하는 것이다. 그런데 김수영이 시인으로서의 생활을 시작할 때의 몇몇 시는 역시 이러한 식의 발상을 보여주고 있다.

> 남의 일하는 곳에 와서 아무 目的없이 앉았으면 어떻게 하리
> 남의 일하는 모양이 내가 일하고 있는 것보다 더 밝고
> 깨끗하고 아름답게 보이면 어떻게 하리
>
> 일한다는 意味가 없어져도 좋다는 듯이
> 구수한 벗이 있는 곳
> 너는 나와 함께 못난 놈이면서 못난 놈이 아닌데 쓸데없는 圖面우에 글자만
> 박고 있으면 어떻게 하리
> 嚴肅하지 않은 일을 하는 곳에 사는 親舊를 찾아왔다.

그의 초기 시의 하나인 〈사무실〉은 시인과 사회인, 시작과 생활의 상호 소외를 자세히 보여주고 있다. 이 시에서 보면 생활이란 도면 위에 글자만 박고 있는 시작에 비하면 엄숙하지 않은 일이며, 시작보다는 더 밝고 깨끗하고 아름답게 보이는 것이다. 또한 그것에 비해서 시작이란 첫째 행의 '어떻게 하리'란 부정적인 어조로 보아서 목적이 있어야 하는 일이며 의미를 따지는 일인 것이다. '청록파'에 정면으로 반대하고 나온 '신시론' 동인의 영향 아래 그의 시는 산문에 가까이 접근하고 있으나, 그의 훌륭한 시가 거의 다 그렇듯이 초기의 이 시 역시 드러나지 않는 섬세한 의미의 함축이, 평범한 산문으로부터 충분한 거리를 취하게 하면서 대조되며 심화되고 있다. 결국 생활과 시는 구수한 벗으로 비적대적인 관계를 취하게 된다. 고독과 회피조차가 그 동안에 일어나는 모든 사회적 변동에 대한 승낙으로서의 사회적 의사표시가 되고 있는 현대의 특징을 그는 거의 직감적으로 깨닫고 있었으며, 시를 쓴다는 일을 사회나 생활과 동떨어진 다른 어떤 것—보들레르식으로 말하면 천상적인 '이데와 맺는 구원의 길 같은 것으로 생각할 수 없었던 것이다. 그러나 그가 사회와 자신의 관계에 대한, 정확한 인식 위에서 긍정과 부정의

합일에 도달하게 되는 것은 퍽 뒤의 일이고, 그도 처음에는 사회의 흐름과는 좀 떨어진 곳에 시작을 두고 있었던 것은 틀림없다.

> 가야만 하는 사람의 離別을 기다리는 것처럼
> 生活은 熱度를 測量할 수 없고
> 나의 노래는 물방울처럼
> 땅속으로 向하여 들어갈 것
> 　　　　　　－〈愛情遲鈍〉에서

　감당해 낼 수 없는 생활에 대해서 시라는 것은 가냘프고, 그리고 곧 소멸할 운명의 것이다. 시라는 것은 아무래도 생활을 버텨낼 수 있는 그 무엇은 아니며, 생활 자체도 될 수 없다. 모든 사람이 하나의 노동을 택하고 있는 것이지만 김수영은 자기의 시작을 그 가운데의 하나로 넣기를 거부하고 있다. 〈가옥찬가〉란 시는

> 牧師여, 政治家여, 商人이여, 勞動者여, 失職者여, 放浪者여, 그리고 나와 같은 집 없는 乞人이여

하면서 자기를 노동을 소유하고 있지 않은 사람으로서 선언하고 있는 것이다. 그는 약하고 못난 자신을 느끼는 것과 비례해서 자기와 같이 약하고 못난 사람들에 대한 참을 수 없는 공감과 연민을 깨닫는다. 〈영교일(靈交日)〉은 굵은 밧줄 밑에 뒹구는 구렁이처럼 괴로워하는 젊은 사나이의 눈초리를 보면서 느끼는 분격과 조소와 회환을 노래하고 있다. 그러나 그는 이상의 뒤를 따르기에는 너무나 자신과 사회에 대하여 공정한 눈을 가지고 있었고, 더구나 그에게는 의지할 수 있는 가족이 있었다.
　〈나의 가족〉이란 시를 통해 그가

> 제각각 자기 생각에 빠져 있으면서 그래도 조금이나 不自然한 곳이 없는 이

  家族의 調和와 統一을
   나는 무엇이라고 불러야 하는 것이냐

라고 노래하는 것을 들으면, 이것은 거의 그가 바라는 이상적인 사회질서―
건전하고 정상적인 인간과 인간, 집단과 집단의 관계를 말하고 있는 것같이
보이기도 한다. 이 가족의 조화와 통일을 그가 사랑이라고 불렀을 때 그는
사회에 의한 소외자로서만이 아니라 소외된 자신을 다시 소외하여 이 사회
에 자기의 숨결을 내뿜을 수 있는 교두보를 확립하고 있는 것이다. 이때에
그의 시의 발전적인 변화를 가능하게 할 수 있었던 몇 가지 싹을 발견할 수
있으니, 그 하나는 번개와 같이 떨어지는 물방울은 취할 순간조차 마음에 주
지 않고 나태와 안정을 뒤집어 놓은 듯이 높이도 폭도 없이 떨어진다는 〈폭
포〉와 석간에 폭풍경보를 보고 배를 타고 가는 사람을 '습관에서가 아니라'
염려하고 3년 전에 심은 버드나무의 악마 같은 그림자가 뿜는 아우성 소리
를 들으며 집과 문명을 새삼스럽게 즐거워하고 또 비판한다는 〈가옥찬가〉이
다. 이 두 편의 시가 모두 어떤 구체적인 생활의 방향이나 의미를 규정하고
있는 것은 아니지만, 아직 확립 이전의 단계에 있기 때문에 더욱 그의 시의
바탕을 알 수 있게 하여 주는 무엇을 가지고 있다.

  規定할 수 없는 물결이
  무엇을 向하여 떨어진다는 意味도 없이
  季節과 晝夜를 가리지 않고
  高邁한 精神처럼 쉴 사이 없이 떨어진다.

  金盞花도 人家도 보이지 않는 밤이 되면
  瀑布는 곧은 소리를 내며 떨어진다.

  곧은 소리는 곧은 소리이다.
  곧은 소리는 곧은

소리를 부른다.

'고매한 정신처럼'이란 직접적인 이미지 이외에도 인가 앞에 금잔화란 말이 반복적 리듬을 가지고 쓰임으로 해서 다시 은유로서의 이미지를 포함하고 있고, 곧은 소리가 사람의 개입을 배제하면서 묘하게 스스로 울리는 반향과 같은 이미지를 산출하고 있는 이 시는 이미지의 아름다운 교향악이다. 그러나 현실적인 사람이 배제되고 있다는 의미에서 이때의 고매한 정신은 행동으로 구체화될 수 없는 하나의 각오 내지는 의견에 불과하게 된다. 그 폭포는 낮이 아니라 은폐와 차단의 느낌을 주는 밤이 되어야 곧은 소리를 낸다고 하지 않는가. 〈가옥찬가〉도 역시 마찬가지다. 그에게 집은 자연에서 입은 상처를 치료해 주는 병원이요, 자연과의 투쟁과 애정을 재생산하는 공장이요, 자연의 공격을 막아 주는 피난처이며 벌거벗어도 탓하는 사람이 없는 자유의 천지다. 그러나 이러한 생각은 사회와 자신을 근본적으로 규제하고 있는 체제에 대한 배려를 일체 도외시하고 있다는 점에서 집 혹은 가정에 대한 올바른 인식이라고 할 수 없다. 그리하여 그가 가족 이외의 관계에서 발견하는 사랑은 '어둠에서 불빛으로 넘어가는 그 찰나에 꺼졌다 살아나는'(〈사랑〉) 불안하고 순간적인 것이거나, '먼지 앉은 석경 너머로 움직이는'(〈파밭가에서〉) 묵은 사랑이 된다. 목표와 근거가 확실하지 못할 때 그의 삶은 순간적인 것에서 비정상적인 안식을 요구하고 과거의 회상에서 쉽게 헤어나지 못하는 것이다. 이러한 상태에 있는 시인에게 저 소위 '순수'라는 말의 유혹이 매우 컸으리라는 것은 짐작하기에 어렵지 않다. 그의 대표작이라고 지칭되는 '눈'은 이러한 사정을 확실하게 해준다.

눈은 살아 있다.
떨어진 눈은 살아 있다.
마당 위에 떨어진 눈은 살아 있다.

기침을 하자.
젊은 詩人이여 기침을 하자.
눈 위에 대고 기침을 하자.
눈더러 보라고 마음놓고 마음놓고 기침을 하자.

눈은 살아 있다.
죽음을 잊어버린 영혼과 육체를 위하여
눈은 새벽이 지나도록 살아 있다.

기침을 하자.
젊은 詩人이여 기침을 하자.
눈을 바라보며
밤새도록 고인 가슴의 가래라도
마음껏 뱉자.

느린 호흡의 간결한 짧은 행과 빠른 호흡의 긴장된 긴 행을 교체시키면서 '기침', '가래침', '눈'이 점층적으로 강조되어 나가는 이 시에서, 눈은 마당으로 상징되는 사회에 떨어진 것이요, 그것은 세상의 영혼과 육체에게 죽음을 일깨우기 위하여 있는 것이다. 이러한 눈은 흔히 말하는 순수거나 하여튼 그 비슷한 것이라고 할 수밖에 없다. 여기에 대해서 시는 기침이나 가래침 같은 것, 하얗고 고운 눈보다 지저분한 어떤 것으로 상징되고 있다. 어떤 순수한 무엇에 대하여 생활과 시는 같이 저급한 위치에 있지만 여기서 시인 김수영이 문제삼고 있는 것은 주로 시와 순수의 관계이다.

2

자유당 정권의 타도라는 과업을 혁신적인 정치가나 양심적인 기업가에 앞장서서 학생과 민중이 수행해 내었다는 사실은 송욱이나 민재식에서와 마찬가지로 김수영에서도 그의 시적 변혁을 감행하게 강요한 하나의 중요한 계기가 된 듯하다. 이러한 선례를 우리는 이미 동학란과 3·1 운동의 전 민족적 결단을 집약한 한용운의 〈님의 침묵〉에서 찾을 수 있다.

> ……活字는 반짝거리면서 하늘 아래에서
> 간간이
> 자유를 말하는데
> 나의 靈은 죽어 있는 것이 아니냐.

4·19 바로 전 해의 동요 속에서 김수영은 자유를 체득했고 그의 생활의 근거와 목표가 된 이 자유가 그의 시에 빠른 탄력성을 주었던 것 같다. 느릿느릿 괴롭게 흔들리던 시행은 그때부터 기관차와 같이 달려 나가고 멈춤이 없이 넘어가고 뚫고 나가는 것이 되었다. 활자·하늘·자유·영·죽음―하나의 단어가 그 다음의 단어로 넘어가기까지에 수행되는 투쟁과 모험을 보라. 이것은 하나의 상승이요 비약이다. 〈사령(死靈)〉이란 이 시의 다음 부분은 이렇게 계속된다.

> 모두 다 마음에 들지 않어라.
> 이 黃昏도 저 돌벽 아래 雜草도
> 담장의 푸른 페인트 빛도
> 저 고요함도 이 고요함도
>
> 그대의 正義도 우리들의 纖細도
> 行動이 죽음에서 나오는
> 이 욕된 郊外에서는
> 어제도 오늘도 내일도 마음에 들지 않어라.

활자는 반짝거리면서 자유를 노래할 수 있지만 우리들은 죽음을 각오한 행동을 통해서만 그것을 말할 수 있다. 죽음과 자유의 그늘 아래 김수영이 부정하고 있는 범위의 광대함을 생각하라. 황혼·잡초·페인트 빛·고요함·정의·섬세·오늘·내일—그러나 이러한 부정의 행위 속에서 그는 자기 자신에 대한 강력한 긍정을 확인하게 된다. 사회에 의하여 부정된 개인은 여기에 이르러 다시 부정된다. 김수영은 자신의 삶의 목표와 근원을 캐어냈고 그것이 그의 삶을 완강한 것으로 확립하고 있는 것이다. 〈사령〉보다 두 해 전에 씌여진 〈봄밤〉이란 시에서 김수영은 모든 감상적인 것, 모든 환상적인 것, 모든 소시민적 원한과 양심과 영웅심, 자기도취와 자기기만을 부정한다. 자신과 자신의 행동을 촉발하는 상황에 대한 사실 그대로의 파악, 그리고 거기서 오는 절제와 침착과 여유가 4·19를 맞을 준비를 하고 있었던 것이다.

> 애타도록 마음에 서둘지 말라.
> 강물 위에 떨어진 불빛처럼
> 혁혁한 업적을 바라지 말라.
> 개가 울고 종이 들리고 달이 떠도
> 너는 조금도 당황하지 말라.

그에게 4·19는 자유와 폭력, 희망과 절망이 고양되는 어떤 놀라운 진리의 계시였던 것 같다. 커다란 기쁨 속에서 그는 누차에 걸쳐서 온 겨레가 충실하고 탁월한 어떤 삶을 향한 보편적 투쟁에 견결히 참여할 것을 노래한다(〈하……그림자가 없다〉). 그러나 자유를 위해 전신전령으로 노력하는 것도 인간이지만, 반대로 그 자유를 짓밟고 억누르는 것도 역시 무슨 귀신이나 추상적인 이념이 아닌 인간이라는 의미에서 그러한 가정은 근거가 위태할지 모른다. 김수영이 4·19 순국학도 위령제에 붙인 〈기도〉란 시는 이러한 사실에 직면한 그의 결의를 보여주고 있다. 배암·쐐기·쥐·삵쾡이·진드기·악어·표범·승냥이·늑대·고슴도치·여우·수리·빈대들을 대하듯이 관계해야 하는 사람들이 있다. 그는 이러한 사람들과의 관계를 싸움이라고 부른다. 여기에 반해서 시를 쓰고, 꽃을 꺾고, 자는 아이의 고운 숨소리를 듣고, 죽은 옛 연인을 찾고, 잊어버린 길을 다시 찾는 마음은 공동으로 싸우는 사람 사이의 관계다. 어째서 자유에는 피의 냄새가 섞여 있는가, 혁명은 왜 고독한 것인가를 알겠다고 김수영이 〈푸른 하늘을〉이란 시에서 노래하고 있는 것도 이러한 인간들의 사회적 관계 구조에 대한 체험의 심화에서 우러나온 것이라고 볼 수 있다.

3

4·19의 결과는 우리 모두가 잘 알고 있듯이 이렇게 긍정적인 것만은 아니었다. 그것은 실망과 실의와 혼란과 실패를 또한 함께 초래했다. 이 무렵에 김수영은 자유의 어려움과 절실함을 동시에 체험한다. 자유는 완강한 '나'와 함께 있지만, 동시에 그것은 완강한 '우리'와 함께 있는 것이었다. 이것을 바꾸어 말해서 역사의 발견이라고 불러서 좋을지 모른다.

> 革命은 안 되고 나는 방만 바꾸어 버렸다.
> 나는 이제 녹슬은 펜과 뼈와 狂氣−
> 失望의 가벼움을 財産으로 삼을 줄 안다.
> 이 가벼움 혹시나 歷史일지도 모르는
> 이 가벼움을 나는 나의 財産으로 삼았다.
> 　　　　　　　　−〈그 방을 생각하며〉에서

피상적으로 보면 나는 펜과 뼈와 광기와 같이 보잘것없는 것이고, 혁명 후의 우리 사회는 그 전의 사회나 마찬가지이지만, 바로 이 마찬가지인 사회가 발전하고 있는 역사라는 것이다. 그의 시가 가장 원숙한 경지에 이르렀을 때에도 김수영은 자기를 한 사람의 자각적 시민으로 의식하고 있으며, 따라서 그는 표면적으로 보아 이 사회를 움직이고 있다고 보이는 특수층에 대해서는 항상 약간의 거리를 지니고 있어왔던 것 같다. 우주시대의 마이크로 웨이브에 탄 원효대사의 민활성, 바늘 끝에 묻은 죄와 먼지, 그리고 모방을 노래하면서 시작되는 〈원효대사〉란 시는 그 후반부의 지루하고 혼란된 반복이 주는 분노의 어조로 보아 시민의 의식을 잠재우고 농촌에 소비 풍조를 팽창시키는 쇼맨들을 죄와 먼지 그리고 모방이란 이름으로 처단하고 있는 것이다. 한편 정치가나 기업가에 대한 비판의 기준을 김수영은 '사랑'이라고 부르는데, 아마 이 말은 그에게 충실하고 탁월한 삶과 같은 뜻으로 사용되고 있는 듯하다. 〈이혼취소〉란 그의 시는 '마음속에 있는 탐욕을 기르기보다는 요람에 있는 아기를 죽이는 것이 낫다(*Sooner murder an infant in its cradle than nurse unacted desire*)'는 블레이크의 시구를 인용하고 있다.

> 우리는 블레이크의 詩를 완성했다. 우리는
> 이제 차디찬 사람들을 경멸할 수 있다. 어제 국회
> 의장 공관의 칵테일 파티에 참석한 天使 같은 女流
> 作家의 냉철한 지성적인 눈동자는 거짓말이다.
> 그 눈동자는 피를 흘리고 있지 않다.
> 善이 아닌 모든 것은 惡이다. 神의 地帶에는 中立이 없다.

그러나 그의 모든 사회적 투쟁이 언제나 자기 자신과의 한없이 성실한 내면적 투쟁과 함께 수행된다는 데에 시인 김수영의 위대성이 있다. 손에는 무거운 보따리를 들고, 기침을 하면서, 집에는 차압을 해온 파일오우버가 있는데도 배자 위에 얄따란 검정 오우버를 입고 빚쟁이와 싸우다 나오는 길에 흘린 침자국을 바라보면서 '돈을 받기 전에 죽으라'고 소시민적 이기심을 고발하는 〈네 얼굴은〉이나, 그의 절창의 하나인 〈어느 날 고궁을 나오면서〉를 보면, 김수영에게 자기 자신과의 투쟁이 얼마나 처절할 정도로까지 전개되고 있었던가 하는 것을 확실히 알 수 있다. 이 사회의 특수층과의 싸움이 언제나 같은 시민끼리의 싸움으로 끝나고 마는 것을 '떨어지는 은행나무 잎도 내가 밟고 가는 가시밭'이라고 통렬하게 비판하고 있는 김수영은, 그러나 이러한 자기가 적어도 역사의 방향에서는 벗어나 있지 않다는 시인으로서의 확신을 가지고 있었다. 그가 〈Vogue야〉란 시에서 유행의 세계에 스크린을 친 죄, 아이들의 눈을 막은 죄를 말하고 있는 것도 역시 시인으로서의 역사 감각의 일단을 보이는 것이지만, 〈말〉이라는 시도 역시 '나무 뿌리가 좀더 깊이 겨울을 향해 가라앉았다'는 구절이 포함한 이미지가 보여주듯이 김수영 자신의 역사 감각의 확대를 표현하는 것이며, '그래도 우리는 30대보다는 약간 젊어졌다'는 〈미역국〉 역시 미역국이 상징하는 실패를 통하여 역사의 내부로 침투할 수 있었다는 가장 올바르고 값있는 자기 긍정이다.

4

충실하고 탁월한 삶을 가로막는 모든 세력에 대항하는 그의 이러한 '사랑'이 가장 깊어지고 뜨거워졌을 때에 그는 튼튼한 개인, 튼튼한 시민과 동시에 튼튼한 역사를 획득하게 된다.

> 傳統은 아무리 더러운 傳統이라도 좋다. 나는 光化門
> 네거리에서 시구문의 진창을 연상하고 寅煥네
> 처가집 옆의 지금은 埋立한 개울에서 아낙네들이 양잿물 솥에 불을 지피며
> 빨래하던 시절을 생각하고
> 이 우울한 시대를 패러다이스처럼 생각한다.
> 버드 비숍女史를 안 뒤부터는 썩어빠진 대한민국이
> 괴롭지 않다. 오히려 황송하다. 歷史는 아무리 더러운 歷史라도 좋다.
> 진창은 아무리 더러운 진창이라도 좋다.
> 나에게 놋주발보다도 더 쨍쨍 울리는 追憶이 있는 한, 人間은
> 영원하고 사랑도 그렇다.
> ─〈巨大한 뿌리〉에서

이 시의 다음 부분에 이어서 나오는 진보주의자·사회주의자·통일·중립·은밀·심오·학구·체면·인습·동양척식회사·일본 영사관·대한민국 관리·미국인에 대한 신랄한 공격은 바로 국제 관계에서 자기의 자리를 버텨내지 못하고 다른 나라에 말려들고 마는 허약한 정부와 모든 관리, 매판적인 기업가, 감상적인 지식인에 대한 사형선고이다.

김수영은 자신이 그 일부로 편입되어 있는 사회구성 원리로서의 자유주의를 무시하지 않았다. 다시 말하면 물신적 상업문명을 변호하는 수단이 아니라 역사의 현 단계에 불가피하게 요청되는 내용인 자유주의를 결코 외면하지 않았다. 그것은 위의 천박한 진보주의자·사회주의자·통일·중립에 대한 당당한 비판 이외에도 〈세계일주〉란 시를 통해서 충분히 알 수 있다.

지금 나는 21개국의 정수리에 사랑의 깃발을 꽂는다.
그대의 눈에도 보이도록 꽂는다.
그대가 봉변을 당한 食人種의 나라에도
그대가 납치를 당할 뻔한 共産國家에도 보이도록

결국 그의 시와 생활도 역시 많은 훌륭한 시인의 그것과 마찬가지로 '사랑하는 싸움'의 성실한 수행이었음을 알 수 있다. '욕망이여 입을 열어라. 그 속에서 사랑을 발견하겠다'고 시작되는 그의 유고, 〈사랑의 변주곡〉은 건강한 인간, 건강한 시민, 건강한 역사를 위한, 다시 말하면 행복한 세계를 위한 그의 이러한 싸움이 '사랑'이라는 말 속에서 얼마나 극도로 성숙해 있었던가를 극명하게 보여주고 있다.

언젠가 김수영은 소설을 쓰듯이 시를 쓴다고 말했다. 이 말은 풍요한 삶의 전체에 자기의 시적 투쟁을 참가시키겠다는, 따라서 저 소위 미라는 이름 아래 생활의 폭을 좁히고 결과적으로 미 자체의 목을 조르는 대부분의 우리 시에 대한 반대로 이해되어야 할 것이다. 김수영의 시를 볼 때마다 털털거리고 나아가는 트랙터를 대하고 있는 듯한 기분이 든다. 험한 자갈밭이나 거친

풀밭을 가리지 않고 그 트랙터는 앞으로 나아갔고, 그리고 김수영은 그 엔진
을 끄지 않은 채 죽었다.

12. 우리 시대의 부정적 전체상

소설이란 무엇인가? 모든 소설의 내용에 다 해당되는 일반조건이란 것이 있다면, 그것을 소설의 '형식'이라고 생각할 수 있다. 소설은 종이에 인쇄된 활자의 집합으로서 건축과 같이 눈에 보이는 형태를 지닌 것이 아니므로, 다양한 소설의 내용에서 가능한 한 높은 정도로 추상한 일반조건을 형식이라고 부를 수밖에 없다. 과학사에서 수학의 위치와 흡사한 것이 소설사에서의 형식의 위치이다. 화이트헤드는

> 순수 수학을 다루고 있는 한 우리는 완전하고 절대적인 추상의 세계에서 살게 된다. 이때에 우리가 단언할 수 있는 것은 오직 다음과 같은 내용뿐이다. 어떠한 실체도 이러이러한 순수 추상적 조건을 만족시키는 어떠한 관계를 가질 때, 그 실체들은 순수하게 추상적인 다른 조건들을 만족시키는 다른 관계를 지니지 않으면 안 된다는 사실을 승인하라고 이성은 주장한다······ 수학이 더욱 극단적인 추상적 사고의 심층 영역으로 점점 깊게 들어갈수록, 지상에 돌아왔을 때에 구체적 사실의 분석에 대한 중요성이 더욱 증대되었다는 사실보다 더

욱 감명 깊은 것은 없다.("*Science and the Modern World*", chapter Ⅱ,
passim)

라고 하였다. 따라서 우리는 소설의 일반조건을 들어 위의 질문에 대답할 수
있다. 소설의 일반조건은 첫째 인간과 공간의 대립과정이라는 것이다.

작중인물에게는 주민등록번호가 없다. 포스터에 의하면 작중인물의 현실성
을 논하는 것보다 하나의 문장으로 요약할 수 있는 평면적 인물과 독자를
믿음성 있게 경탄시키는 입체적 인물로 분간해 보는 것이 도움이 된다. 주동
인물과 반동인물의 맞섬이 지나치게 두드러지면 밀도 있는 인간상의 형상화
에 장애가 되기 때문이다.

국소적이고 단일한 장소에서 동시에 여러 장소가 중복되는 만화경적 배경
에 이르기까지 다양한 모습을 하고 있는 주변공간은 작중인물의 주체성이 첨
가되어 독특한 효과를 자아낸다. 우리는 일상생활에서 조그만 사물들을 무의
식적으로 대하나 소설에서는 사건에 관계되는 모든 소도구가 신중히 배치되
어 사건의 진전에 작용하고 있으니, 주변공간에도 역시 가옥대장은 붙지 않는
다. 일반적인 정서가 공간에 널리 퍼져 있게 되는 경우 우리는 그 작품을 분
위기 소설이라고 부를 수 있다. 이효석의 「메밀꽃 필 무렵」은 하룻밤의 추억
이 풍기는 밝은 정서와 장돌뱅이 생활의 어두운 정서의 대조가 독특한 분위기
를 조성하고 있다. 작가가 창조한 작중인물과 주변공간에 대하여 비평가들은
야단스런 이론으로 법석을 떠는 수가 있으나, 작가 자신은 그렇게 하는 것이
단순히 재미있어서 그렇게 했을 따름이다. 왜 이런 사람을 이런 곳에서 살게
했느냐 하는 물음은 질문이 되지 않는다.

변증법적 대립과정은 대립의 예비, 문제의 함축, 대립의 절정, 대립의
결판 등 몇 단계를 거치게 되나 거기에는 반드시 원인해명―'왜'라는 질문
에 대한 해답가능성이 들어 있다. 또 부분적인 어떠한 사건이 의미 깊게
반복되어 패턴을 이루는 경우나 어떤 사건이 작품 전체의 의미를 암시하는
소설의 싹과 핵심이 되는 경우가 있어 대립과정에 영향을 주게 된다. 부분

이 전체를 규정하기도 한다는 말이다. 그리고 '요약적인 제시'가 없으면 대립과정의 속도를 조절할 수 없고, '장면화의 수단'이 없으면 성격의 용기(容器)와 감정의 자막을 얻을 수 없게 된다.

소설의 일반조건은 둘째, 작중인물과 서술자와 작가의 상호 매개라는 것이다. 이야기하는 서술자와 바라보는 초점자를 구별하고, 서술양식에서 주석적 서술자와 객관적 서술자를 구별하는 것은 소설을 뜯어 읽는 첫 걸음이 된다.

문체를 확립하지 못한 작가가 범하는 실수에 '감상'과 '현학'이 있다. 작가가 사건에 지나치게 정서적으로 침잠하면 소설의 핵심을 고려하지 않고 문장을 미화하거나 대립과정의 자연스런 전개에 소용 안 닿는 조작적 책략을 고안하게 된다. 요약적 제시가 관념의 나열이 되거나 장면화의 수단이 요설적 대화로 파괴되는 것은 작가가 사상적으로 지나치게 사건에 개입하는 데에 말미암는다.

20세기 전반기의 우리 소설 가운데서 이야기하는 솜씨를 다양하게 실험한 것은 김동인과 이상의 작품인데, 수학을, 주인공은 아니지만 다소 실성기가 있고 매력적인 오필리아에 견준 화이트헤드의 말을 빌면 그들 역시 약간의 광증에 매력을 겸하였으나 우리 소설사의 주인공은 되지 못할 듯하다.

다시 소설이란 무엇인가?

우리는 그것을 '효과'로 해명할 수 있다. 소설을 읽는 것은 갑갑한 생활에서 인간을 해방시키는 작용을 한다. 혼란되고 잡다한 일상의 잡무에서 독자를 강탈하여 그에게 티없는 기쁨을 부여한다. 고귀한 인간의 몰락과 파멸을 앞에 두고 느끼는 비장감이거나 열등하고 비정상인 인간의 얄궂은 행위가 불러주는 골계감이거나, 우리의 정신이 한없이 크고 그지없이 힘찬 자연에 직면하여 고양되는 숭고감이거나, 사상과 정서가 조화된 영혼의 여자답게 고운 표현을 눈여겨 대하며 맛보는 우아감이거나 다 같이 그 안에는 강탈과 환희가 결합된 '난폭한 기쁨'이 포함될 수 있다.

소설을 읽는다는 것은 이러한 난폭한 기쁨을 잘 체험하는 일이지, 유치한 관념과 어설픈 신념의 간섭할 바가 아니다. 그러므로 소설에서 가장 중요한 것은 재미다. 재미를 통해서 인간 해방에 이르는 과정이 독서 행위이다.

또 다시 소설이란 무엇인가?

문학의 본성에 대하여 의논된 내용 가운데 가장 오랜 것의 하나가 재현론 이다. 문학은 자연의 재현이라는 말이니, 아리스토텔레스에 의하면 비극은 보통사람보다 우월한 행위의 재현이며, 희극은 보통사람보다 열등한 행위의 재현이다. 재현을 통하여 우리는 기쁨과 지식을 얻게 된다고도 하였다.

그러나 뒤에 호라티우스가 아리스토텔레스를 부연하여 '시는 아름다운 자 연의 재현'이라고 규정하였을 때에 재현론은 암초에 부딪치고 말았다. 아름 다움이란 인간의 주체적 평가의 결과이지 재현의 결과는 아니기 때문이다. 재현론은 주체의 작용에 속한 성질을 자연에 부여하는 논리적 오류를 범하 고 있는 것이다.

자연의 질서와 조화를 믿지 못하게 된 19세기 사람들이 위와 같은 객관주 의를 취할 경우에, 그것은 산업화와 민주화의 한 귀결인 사회현실의 복잡다 기함을 이해하려는 의도를 드러내게 된다. 이른바 당대 현실의 묘사를 표방 하는 리얼리즘 소설의 바탕은 결국 질서와 어울림을 제거한 재현론이다.

이에 반하여 문학을 정념의 분출이라고 하는 표현론은 주관주의 문학이론 이다. 알베레스에 따르면 낭만주의 소설이란 다음과 같은 특성을 지니고 있 다. 힘에 겨운 세계에 놓여 있음을 느끼고 믿으며, 세계의 안이한 인간화를 믿지 않게 된 인간의 태도이며, 한마디로 하여 인간이 벌거벗은 채 세계 안 에 던져져 있다는 생각을 가지고 있다. 그리고 자기 삶의 최후의 의미로 환 원된 인간. 회화적인 요소와 논리적인 면이 일소되고 긴장과 신비로 구성된 로마네스크한 모험, 안이성과 유창한 필치를 멸시하는 날카롭고도 거친 문장 기법 등의 특징이 있다.

그러나 표현론에서는 현실과 소설 자체가 지니고 있는 객관적인 골격과 원리가 무시되기 쉽다. 사회가 복잡하게 되고 산업화가 진전되면 주관주의는 점점 힘을 잃게 된다.

이 글에서는 재현론과 표현론, 객관주의와 주관주의, 사실주의와 낭만주의를 종합하여 소설을 '균열의 묘사'라고 규정하려고 한다. 균열이라는 객체와 묘사라는 주체의 작용을 결합한 것이다. 사실주의와 낭만주의를 동시에 부정하고 동시에 결합함으로써 해답을 삼을 수 있다는 말이다.

균열의 묘사라는 말로 소설의 '본성'을 규정하는 경우에 제기되는 의문이 있다. 그것은 사회과학의 할 일이 아니겠느냐는 물음이다. 언뜻 생각하면 정치학과 경제학과 군사학이야말로 현실의 균열을 가장 분명하게 기술하고 있는 듯도 하다. 우리는 여기서 사회과학과 소설의 차이를 분명하게 인식하고 넘어갈 필요가 있다. 사회과학은 현실의 양적인 측면을 다루고 소설은 현실의 질적인 측면을 다룬다는 대답은 정확한 것이 못 된다. 사회과학도 질을 고려하지 않을 수 없기 때문이다.

보기삼아 노동문제를 생각해 보자. 그 가장 손쉬운 태도는 한계생산력을 계산하여, 임금은 노동자가 생산에 기여한 정도에 따라 결정되는 것이니, 노동자가 천 명에서 천 한 사람으로 늘었을 때에 기업의 수익이 만원 증가했다면, 그 가운데에서 운영경비를 제외한 몫은 노동자에게 돌아간다는 식의 연구이다. 그러나 실제로는 생존유지에도 겨운 임금 실태가 허다하므로, 학자는 한 걸음 나아가 노동조합을 중심으로 한 노사관계에 접근하게 되어 질적인 고찰을 시작하는 것이다. 연구결과로써 노동조합에 협력하거나 국민 대중을 설득하는 데에 이르면 실천의 영역으로 나가게 된다.(그러나 어떠한 경우에도 그는 국외자인 것이니, 반세기의 형극을 겪어온 우리 노조를 외면하고, 노동문제를 용훼(容喙)하는 태도는 과분한 일이 된다.)

이에 대하여 소설은 단적으로 노동자의 '모습'을 독자에게 보여준다. 날마다 주위에서 대면하면서도 관심을 갖지 못하던 노동자의 '낯선 모습'을 우리에게 보여주어서 한 사람의 노동자가 주변공간과 얽혀 있는 생생한 관계의 집합을 분명한 모습으로 포착하게 하고, "아, 노동자란 이러한 사람이로구나!" 하는 깨달음을 얻게 한다는 의미이다. 레오나르도 다빈치도 '볼 줄 아는 것'이 예술가의 임무라고 하였다. 생활세계의 커뮤니케이션에 귀속되는 이러한 '모습'을 통하여 우리는 오히려 과학의 전제들에 대한 비판적 토론을 전개할 수 있으며 과학의 자기반성을 유도할 수 있다.

그리고 소설이란 무엇인가?

소설에는 하나의 '목적'이 있다. 현실의 복잡한 움직임에 숨어 있는 전체상을 붙잡으려는 것이 소설을 짓고, 소설을 읽는 목적이 된다. 우리의 생활은 작은 것들의 세계에 사로잡혀 현실의 광대함을 잊기 쉽고, 또 반대로 사상과 신념이라는 큰 것들의 세계에 집착하여 현실의 미묘한 계기를 모르기 쉽다. 소설의 목적은 큰 것을 통하여 작은 것을 드러내며, 작은 것을 가지고 큰 것을 밝히는—현실의 부분과 전체의 균열을 파악하는 데 있다. 이러한 동일한 목적을 두고서 작은 것들의 세계에 치중한 것이 단편소설이고, 큰 것들의 세계에 치중한 것이 장편소설이다.

현실의 부분과 전체는 서로 긴밀하게 영조(映照)하며, 관계의 그물을 이루고 있다. 현실이 부분과 전체에 걸쳐서 서로 영조되는 때에는 인간의 주체성이 또한 현실과 서로 영조(映照)되어 뗄 수 없는 통합구조를 형성한다. 작가는 현실의 '구조'를 파악하고, 구조는 곧 '과정'임을 포착하는 데에까지 나아가야 하는 것이다.

주체성의 생생한 활동은 드디어 현실의 균열을 확인하며, 현실의 '본질'은 '모순'에 있음을 인식하게 된다. 있는 것을 있을 것의 빛 속에서 바라보며, 있을 것과 없을 것의 충돌 속으로의 돌입을 감행하는 것이다.

> 모순은 모든 운동과 생명의 근원이며, 일체의 현실은 자기모순이다. 특히 운동은—자기 운동뿐 아니라 외부 운동도—현존하는 모순 이외에 아무것도 아니다(H. Marcuse: "Reason and Revolution", p.147).

균열을 깊이 체험하는 데서 '있는 현실'은 부정되지 않을 수 없다. 그러나 있는 현실의 부정은 '있을 현실'의 건설을 근거짓는 행동이므로, 부정은 곧 건설이다. 있는 현실과 있을 현실은 서로 영조하여 도저히 가를 수 없는 것이니, 부정은 오히려 있는 현실을 그 근원에서 살리는 생산이다. 몰락이 소생으로 이행하는 것이다.

> 대체 사람이 무지하면 할수록, 즉 고찰하는 대상의 규정된 諸關係를 모르면 모를수록 모든 공허한 가능성의 고찰을 좋아하는 법이니, 가령 정치의 영역에 있어서는 얼뜨기 政治家(Kannegiesser)가 바로 그것이다. 그러나 이성적이며 실천적인 사람은 가능한 것을 그것이 그저 가능하다고 하여서 그것에 마음이 이끌리지 않고 어디까지나 직접적인 定有 아닌 현실적인 것에 고착한다. (朴鍾鴻, 辨證法的 論理, 博英社, 1976, 186面)

현실의 모습은 보편성과 특수성과 개별성이 섞여 있는 '부정적 전체상'에서 찾아야 한다. 그것은 공허한 사색이나 실제가의 둔감이 아니라 주체성의 생기 있고 활기 찬 활동만이 거머잡을 수 있는 것이다. 우리는 모두 이 지상에서 행복하게 살고 싶어한다. '행복한 세계'를 갈망하는 인간의 보편적 욕망이 바로 이 균열을 포함한 전체상의 근원과 목표가 된다.

현실을 소설로서 형상화하는 인간의 힘이 상상력인데, 그것에 대해서 정신분석과 형태심리학이 서로 다르게 규정하고 있다. 전자는 상상력을 의식적 생활이라는 얇은 막에 가려져 있는 비논리적이고 반논리적인 무의식의 아름답고 광대한 세계에 침잠하는 힘이라고 하며, 후자는 잡다한 사태의 세부를 검토하는 행위가 하나의 커다란 그물을 얽어짜는 전체지각을 전제로 한다는 의미에서 상상력을 부분들에 앞서서 전체의 모습을 파악하는 본능이라고 한다. 어느 경우에나 상상력은 독립된 능력이 아니며, 지성과 감성, 생각과 느낌을 결합하는 종합적 능력이다.

작가가 형식이라는 끈으로 현실의 조각들을 붙잡아 놓으면, 독자는 형식을 넘어서 현실로 되돌아 나아간다. 형식을 뚫고 넘어서서 묻는 현실의 균열상에 대한 질문이 독서이다. 이것은 과학의 연구가 과학을 통하여 과학의 자기 반성에 도달하는 비판적 과정임과 동일하다. 작가에게는 그가 지은 소설 하나하나가 다 중요하지만, 독자에게는 한 시대의 작품들의 커다란 그물이 개별 작품보다 더 중요하다.

이 글에서는 손닿는 곳에 놓인 몇 권의 창작집 가운데 흥미 있는 작품을 대상삼아 우리 시대의 부정적 전체상을 드러내 보려고 한다.

Ⅰ. 소외된 노동

송상옥의 소설과 김문수의 소설은 재미있는 내용의 대조를 보여주고 있다. 두 사람의 소설집이 모두 10년 이상의 기간을 두고 틈틈이 써서 모은 것이라는 점 이외에는 그것들 사이에 공통점은 거의 없다.

여유와 붙임성에 가득 찬 김문수의 문체와 차분하고 쌀쌀하기조차 한 송상옥의 문체가 호흡에서 대조가 되며, 생활공간을 비교적 넓게 훑어나가는 김문수의 시선과 자기의 좁은 자리를 지키어 흔들림이 없는 송상옥의 시선이 대조가 된다.

작품을 통해서 추측하기로는 두 사람이 다 같이 촌에서 자라서 서울에 있는 대학을 다니고 직장을 얻어 결혼을 했으며, 다 같이 비슷한 군대체험을 겪었다. 생활사라고 할까, 생활의 역정이라고 할까 하는 것에 흡사한 면이 많은데, 유사한 사회 조건이 매우 다른 작품의 성향을 빚어내고 있다는 것은 흥미 있는 일이 아닐 수 없다. 역시 인간이란 인과율이 지배하는 세계의 흐름에 띄엄띄엄 떠서 흐르는 미확정의 중심이 되는 것인가?

그러나 이런 문제는 아무래도 좋다. 소설을 앞에 놓고 펼치는 사람은 오래 전부터 알고 있었으면서도 늘 잊고 있는 인간의 어떤 모습이 드러날 것을 기대하며 동시에 노동과 직업과 계급으로 인간의 구석구석에 스며 있는 사회적 관계의 어떠한 집합적 형상이 나타날 것을 기대한다. 이러한 희망을 송상옥과 김문수는 어떻게 채워 줄 것인가?

송상옥의 눈길은 타인에게보다 자기 자신에게로 향하고 있으며, 김문수의 눈길은 자기에게보다 타인에게로 많이 가고 있다. 삶이 균형을 얻으려면 자연과 사회, 자기와 타인에 대한 의식이 고르게 우주적인 조화 상태에 참여하고 있어야 한다. 독자의 태도도 심리학의 관점과 사회학의 전망에 균형을 얻는 것이 바람직하리라. 이 두 사람의 소설을 함께 이야기해 보고 싶은 이유가 여기에 있다.

① 송상옥의 창작집 『흑색 그리스도』(1975, 一志社)에는 21편의 단편소설이 실려 있는데, 어느 작품에나 능숙한 솜씨가 부각되어 있다.

그의 솜씨가 드러나는 작품에 「눈 오는 날」과 「하이 소사이어티 클럽」이 있다. 전자는 기지촌 바에 나가는 소녀와 할 일 없는 문학청년이 나누는 현대 서울판 「로미오와 줄리엣」이다. 이야기를 서술자와 그 청년과의 대화 속에서 전개되도록 마련하여 티없는 애정을 잘 형상화하였다. 후자는 피곤한 월급쟁이의 일요일을 의식의 조각을 모아 엮었다. 극장·다방·거리가 섬세한 분위기를 조성하도록 마련되어 있으며 시나리오의 형식을 곁들이고, 비상의 환상과 성적 심상이 배합되어 있다. 심심하다고 하는 작중인물의 심정까지 철저하게 배제할 수 있어서, 소설 전체가 온전히 사물들의 합창 비슷하게 되어 있었으면 더욱 재미있을 듯하다.

「상가」, 「귀향」, 「다시 귀향」의 세 소설에서 송상옥의 차분한 문체는 그 직능을 발휘하고 있다. 친구의 부음을 듣고 귀찮아하다가 문상을 가서도 겉돌며, 어렴풋한 추억이 절실하지 않아 괴로워하던 작중인물은 문상객들 모두가 죽은 사람에 대해서는 한마디도 하지 않고 자기 일에 바쁘다는 사실을 발견한다. 형해화한 오늘의 상례를 보여주는 것이다. 「귀향」과 「다시 귀향」의 실향감도 매우 절실하게 나타난다. 십년 만에 찾아 간 고향. 술과 여자와 도박으로 가산을 탕진한 형이 죽었다. 어린 시절의 우애를 잔잔하게 그림자

로 드리우면서 어른이 되어 서먹하게 소원한 사이가 되었다는 일이 정서의
간섭을 받지 않고 드러난다. 자기들의 우애를 바라보던 낚싯밥 장수가 노인
이 되어 아직도 그 자리에 앉은 것을 보고서야 한줄기 눈물이 옷깃을 적신
다. 다시 십년, 고향에는 아는 사람 하나 없고, 사랑하던 여자는 서울로 시
집가고, 부둣가의 회 값은 서울보다 비싸졌다. 백부·백모·고모·종형이 함
께 묻힌 산에 가서 부모님의 산소조차 구별하지 못하고 체읍(涕泣)·하며 도
망치듯 고향을 떠난다. 오늘은 스산하고 이미 깃들일 고향도 없다.

　이러한 소설들이 송상옥의 다양한 능력을 엿보여 주고 있으나, 그의 소설
이 본령으로 하는 것은 은밀하고 침울한 내면의 불길을 묘사하는 데 있다.
작가가 「흑색 그리스도」라는 작품의 제목을 들어 창작집의 표제를 삼은 데
서도 이러한 사정을 짐작할 수 있다.

　「흑색 그리스도」의 작중인물은 만사에 무관심하고 무책임하다. 작중인물과
주변공간의 대립과정은 극도의 망상으로 혼란스레 전개된다. 홀로 된 형수에
게 부착되려는 성 충동을 자제하다가 영희라는 처녀를 임신시키고, 서울에
와서도 많은 여자와 절제 없이 사귄다. 우울증과 탈모증에 시달리는 이 사람
은 때때로 기적의 구원을 상념한다. "나의 하느님, 어찌하여 나를 버리시나
이까." 자기를 귀찮게 하는 사람은 죽었으면 하고 바라나, 자기는 죽음을 두
려워한다.

　이러한 에고티즘의 원인을 암시하고 있는 작품이 「냄새나는 사나이」이다.
아버지는 더러운 냄새가 난다고 어린 종헌을 늘 꾸짖었다. 자신의 숙환에 기
인한 듯싶은 이러한 질책이 종헌의 뇌리에 박혀, 그는 스스로 정상적인 풍습
과 윤리에서 거리를 두게 된다. 교회에서는 건강한 신앙이 아니라 신체의 떨
림만을 체험하며 장로의 딸을 범한다. 고독하고 방종한 생활과 생각이 제거
된 '감각'은 대부분의 작중인물에게 공통되어 있다.

　「마로니에 주변」에 나오는 욱종·준호·한상·영자도 댄스파티를 꿈꾸고
연극 공연을 계획하고 하나, 다 몽상에 그친 채 무료하고 지루하게 생활한
다. '술을 마시지 않으면 계집질을 하고, 계집질을 하지 않으면 다방 구석에

마냥 앉아' 있는 이들은 그래도 '마누라 치마 밑에나 엎드리고 있을 작자들'을 경멸한다. 병든 할머니와 어머니를 부양하는 데 지쳐서 영자가 자살하나, 문상 가는 사람도 하나 없다.

「반신불수」의 종수도 형의 불구와 누이의 정신이상에서 받은 유아기의 외상 때문에 어진 아내를 두고 성적 무절제에 방황한다. 「말라리아 섬」의 진수는 친구 현우에게 미친 누이를 범하게 하고, 그 일로 번민하던 현우는 거제도 끝에 있는 푸심도에 가서 병이 들어 죽는다. 그를 따라 섬에 가서 몰매로 학질을 떼는 민속요법을 보고 겪은 진수는 미친다는 것이 쉽고 흔한 사실임을 알게 된다. 자기도 미치게 될 수 있음을 체험한 후에야 누이를 그리워하게 되는 것은 너무 늦게 얻은 깨달음인 듯하지만, 한 사람이 다른 사람을 이해하기는 매우 어렵다는 것을 암시한다고 볼 수 있다.

인간의 내면에 있는 신경증의 증세가 폭발하는 원인의 하나로 송상옥은 기계적이고 소외된 노동을 제시한다. 「어떤 종말」의 작중인물인 건축가 김용종은 일에만 매달리는 사람이다.

> 때로는 인정스럽게 굴 때도 있었다. 그렇지만 세상일에 대해 지나치게 오만했다. 자기 자신의 일 이외에는 역시 지나치게 무관심했다. 반면에 자기 자신이나 자기에 속한 일들에 대해서는 집착이 또한 지나치다 할 정도로 강했다. 허락 없이 그의 물건에 손을 댔다가는 큰일 난다. 그런가 하면 아무리 마음에 드는 물건이라도 남의 것이면 거들떠보지도 않는다.

근친상간을 다루고 있는 「열병」에서 김장성과 그의 아내와 그의 딸의 상호 파괴적인 복합심리를 두고, 작가는 소외된 노동이 왜곡시켜 놓은 인간의 파탄을 이야기해 준다. 잔인함과 다정함이 돌발적으로 변화하는 인간, 달아난 아내를 찾아 헤매는 인간, 순간적인 충동에서 딸을 범하고 딸의 자살에도 충격을 받지 않는 인간—이러한 괴물이 이 시대의 어디에 살고 있을지 모른다는 이야기이다.

「냄새나는 사나이」의 종헌은 새어머니의 정성에 감복하고, 「흑색 그리스도」의 주동인물은 자기를 기다리는 영희에게로 돌아간다. 그러나 이러한 마음의 변화가 작중자아의 에고티즘을 해소시킬 수 있을지는 의심스러운 바 있다. 제 안에 있는 파괴 본능과 힘차게 싸우고 있는 또 하나의 내적 본능－남과 화합할 수 있는 능력－에 대하여 깊이 신뢰할 수 없는 한 행동의 변화는 중요하지 않다. 스스로 자기를 바라보는 눈길이 언제나 비판적이고 부정적이어야 할 이유는 없다. 자기를 따뜻하게 보살피는 눈길이 어째서 있을 수 없단 말인가?

② 김문수의 소설집 『성흔』(1975, 韓國文學社)에는 20편의 단편소설이 실려 있다.

전쟁에 나간 아들이 기르던 비둘기에 공을 들이는 노파의 이야기(「노파의 비둘기」)와 군대에 나가게 된 청년이 노망든 할머니의 안락사를 계획하는 이야기(「安樂死」)는 작가의 넓은 시야를 증명하고 있다. 작가의 얼굴이 노인의 의식 뒤로 소멸하여 표현된다거나, 부상한 전우를 죽인 자와 방치한 자의 서로 다른 고뇌를 끌어 사건의 사례화를 방지하는 솜씨 등이 보인다.

그러나 김문수가 주로 다루고 있는 소재는 민중의 노동문제이다. 「모년모월모일」의 작중인물은 셋집 주인에게, 사장에게, 친구에게, 늘 쩔쩔매며 살고 있다. 변소 치는 비용을 아껴서 논바닥처럼 갈라진 우물가에 오줌을 누라고 하는 주인과 예외 없는 타산주의자인 사장이 하나의 이미지로 제시된다.

> 그녀의 그 눈초리에는 이상한 힘이 들어 있는 것이다. 변소에다 소변을 볼 수 없게 하는 힘, 그것이 매우 부당한 처사임을 번연히 알면서도 나로 하여금 말 한마디 제대로 할 수 없게 하는 힘.

실직하고 얹혀사는 친구가 주인과 다투는 바람에 그는 셋집에서 쫓겨나고, 술자리에서 나눈 푸념으로 인하여 직장에서 물러나게 된다. "언젠가 이 더러운 구박을 받지 않고 살 때가 있을 거 아니니? 그때는 모년 모월 모일에 이런 더러운 일도 있었다고 옛날 애길 하며 웃을 수가 있을 거야."

직장에서 노고에 시달리면서 20여 년이 지나고 나면, 근면과 박봉의 대가로 도난 방지·화기 단속·용원 감독을 겸하여 사환장(使喚長) 비슷한 자리를 얻게 된다. 고등학교도 제대로 보내지 못한 아들은 실업자가 되고, 50줄의 월급쟁이는 문간방 건넌방 안방의 세 가구를 거쳐온 「회람신문」의 먼지 낀 삽화처럼 웅크리고 있다.

그러다가 정작 실직을 당하고 나면 어떻게 되는가? 「번역사」는 바로 그러한 사람의 이야기이다. 보증금이 없이도 얻을 수 있는 일은 너저분한 생활도구와 시시한 서적의 외판이지만, 한 직장에서만 20년을 보낸 사람이 물건을 사 줄 사람을 쉽게 찾을 리 없다. 겨우 얻은 일이 일본 소설의 번역인데, 하루에 원고지 백장을 번역해 주면 1장에 20원을 받는다. 희미해져 가는 눈으로 고된 일에 매달리다 보니, 한 달을 견뎌내지 못하고 '광사원(廣辭苑)'에 얼굴을 박고 정신을 잃게 된다.

「성흔」은 이와 같이 시달리는 삶의 의미를 파악해서 보여준다. 오동자도를 걸어 놓고 다섯 아들이 잘 되기만 빌어 온 일생이었다. 그 아들들은 누구 하나 넉넉히 사는 사람이 없고, 촌의 구석구석에도 돈의 힘이 스며들어 아무도 정성과 인내를 귀하게 여기지 않는다. 몇 사람의 가족들에 둘러싸여 환갑을 맞으며, 그의 얼굴의 주름이 오랜만에 다소 퍼진다. "아버지의 저 주름투성이인 얼굴. 난 거기에다 성(聖)자를 붙여드리고 싶어. 그게 내가 할 수 있는 최선이며 최대의 선물이야. 그렇지 저 주름은 성흔이야, 성흔!"

노동의 참된 의미는 인간의 신체를 통하여 구체적인 사물이 인간화되는 데에 있을 것이다. 인간의 근원에 스며 있는 잠재적 생산력을 실현하는 이러한 노동이 그 자체의 의미를 상실하고 돈이 그 자리에 대치되는 물신숭배적인 현상—이러한 사태는 현금 이 나라의 어디에나 퍼져 있다. 인간의 땀이 스며드는 구체적인 과정을 스스로 존중하지 아니하고, 노동시간과 임금으로 규정되는 일반적이고 추상적인 노동만에 의존하고 있는 것이다. 이러한 문제를 김문수는 「어떤 청첩」과 「착시도」에서 해명하려고 하였다.

겉으로 출판업을 하면서, 속으로는 부동산 거래를 하고 있는 윤 회장은 교환가치를 절대가치로 여기고 조금도 회의하지 않는다. "제깟 것들 보고 누가 가난하랬나, 돈을 벌지 말랬나." 남의 고난을 외면해 온 그는 친상에 온 문상객이 20명을 채우지 못함을 알게 된다. 그래서 딸의 결혼에는 실업자를 돈으로 사서 식장의 좌석을 채운다.

「착시도」의 박씨는 실제의 이득이 아니라 가상의 지위에 사로잡혀 익숙한 막일을 버리고 국립도서관 청소부가 된다. 공무원 배지를 얻어 달고 처자를 고생시키는, 판자촌 주민의 머리를 돌게 한 사회의 마술을 고발하는 것이다.

> 나는 얼마 전에 그가 월 만 사천 원짜리 봉급쟁이라는 것을 주인아주머니에게 우연히 들어서 알고 있었다. 그 봉급에서 출퇴근을 위한 교통비를 제하고 나면 얼마가 남을 것이다. 그 얼마에서 또 나이 50을 바라보는 한 가난한 월급쟁이 사내로서 지출하지 않으면 안 될 최소한의 잡비라는 것이 있는 것이다. 그 나머지 돈으로 그는 세금 영수증들 콜렉션도 해야 하고, 등교길에서 납부금 때문에 아이들을 울려서는 안 되는 아버지가 되어야 하며, 아내에겐 하루 세 끼의 밥상을 차릴 수 있게 부엌 출입을 하게 해야 하는 남편이 되어야 하는 것이다. 하느님에게 시켜도 고달파서 마달 그런 고생을 왜 사서 하고 있는지 나는 그의 심정을 도저히 이해할 수가 없었다.

민중의 소외된 노동을 제자리로 회복시킬 수 있는 방법으로 김문수가 암시하는 내용에 둘이 있다. 이 세상에 사용가치의 자리를 회복하기 위하여 주변의 시선을 무릅쓰고 제 성미에 맞는 일만 하는 것, 다시 말하면 돈을 따라 다니지 않고 일을 따라 다니는 것(「용꿈 꾸던 날」), 그리고 좀더 실제적인 방안이 「바꿔 놓고 생각하기」이다. "바꿔 놓고 생각할 줄을 모르는 사람들만이 중책을 맡게 된다면, 그 조직, 그 사회, 그 나라는 어떻게 될 것인가. 자기의 이론만이 옳고 부하직원이나 조직원, 나가서는 국민들의 의견 따위가 깡그리 무시된다면 그 조직, 그 사회, 그 나라는 도대체 어떻게 될 것인가."

「오늘도 무사히」와 「아저씨 그게 무슨 뜻인가요」의 두 작품은 회사를 주변세계로 하고 있다. 그러나 눈에 띄는 몇 개의 소도구를 통하여 이 회사는 사회의 축도가 된다. 월급이라는 사원의 생살여탈권(生殺與奪權)을 지닌 사장은 한 사람을 차출하여 비밀실에 가두고 사기(社旗)와 사시(社是)를 붙이게 한 후에 식사와 취침의 시간을 정해 주고 자기의 입지전을 쓰도록 강요한다. 또, 회사 안에는 건의함을 마련해 놓고 감시를 하여 순응에 익숙한 사람을 가까이하며, 바른말 하는 사람은 해고한다. 이러한 이야기는 생생하게 움직이는 사회의 모순을 지나치게 도식화한 흠이 있다. 「눈물 먹는 사마귀」는 동학란과 3·1운동과 4·19를 거쳐 내려온 반봉건·반침략의 역사를 할머니의 눈 아래에 있는 사마귀로 상징하였다. 김문수는 이러한 고통의 역사가 지금도 계속되고 있다고 이야기하는 것이다.

김문수의 소설에는 건강한 박력과 설득력이 있다. 그러나 그의 소설은 대개 특정인을 변호하는 태도를 취하고 있기 때문에 다 함께 살아야 한다는 그의 생각이 의도만큼 잘 드러나지 못하고 있다. 살아 있는 사람들 사이에 역사의 시원(始原)으로부터 반복되어 온 사랑과 싸움, 공감과 배척의 드라마가 결여되어 있다는 말이다.

II. 수인(囚人)의 시선

우리 사회에서 글을 쓰는 일이 어떠한 의미를 지니고 있는가 하는 문제에 대해서는 김병익의 「지성과 반지성」(文學과 知性, 71년 여름) 이후 많은 비평가들의 언급이 있었다.

아침 7시에 일어나 낯을 씻고 조반을 들고 버스에 시달리며 출근한다. 저녁 7시까지 근무하고 퇴근해서, 술 한잔 안 하고 귀가해도 저녁식사를 하고 나면 대개 9시가 넘는다. 텔레비전이나 조금 보다 잔다. 이러한 순서의 반복인 생활 속에 소설이 차지할 수 있는 자리는 도대체 어디인가? 그러나 잡지들마다 쉬지 않고 매달 두어 편의 소설을 싣고 있다.

이러한 평범한 일상생활을 긍정하고, 그것의 명백한 의미를 해석하는 데에 소설의 가치가 있을지 모른다. 소설이란, 골드만을 이끌면 '교환가치 속에서 타락한 방법'으로 사용가치를 추구하여 타락한 사회를 부정하려는 시도이다. 작가도 서술자도 작중인물도 모두 만족할 수 없는 주변공간에 갇혀 있는 것이다.

[1] 송영의 세계는 정확하고 좁다. 조금도 들떠 있는 곳이 없는 그의 소설은 극적인 효과를 잘 조성해 내지만, 그의 소설의 특색은 오히려 독백의 교향악과 같은 데에 있는 것이 아닌가 한다. 끊임없는 생각의 고리가 저희끼리 부정하고 부정되면서 이어져 나간다. 인용부호를 제거한 의도도 어쩌면 이러한 독백적인 성격에 도움을 주려는 데에 있는 듯하다.

주동인물의 어눌한 삽화를 통해서 읽는 사람이 차츰차츰 소설의 내부로 인도되어 들어가게 되어 있는 『선생과 황태자』(1975, 創作과 批評社)는 사건의 전개와 의미의 제시에 매우 섬세한 효과를 성취해 내었다. 서술자의 관심은 등장하는 작중인물 하나하나의 주위에 잠깐씩 머물다가 곧 주동인물인 순열 씨와, 이 중사, 정 하사의 세 사람에게 모아진다. 아무런 내색도 없이 스스로 풀려나가는 사건들을 대하면서 소설을 읽는 우리들은 흔한 면도 있고 새로운 면도 있는 이 감방의 사정에 눈익게 된다. 담배의 희소성, 창문으로의 공상적 외출, 근무자들이 부과하는 엄격한 벌칙, 감방과 감방을 이어주는 '예의를 다한' 편지, 감방 내부를 질서짓는 계급제도.

감방 안과 감방 밖에 공통된 것은 그곳에 속한 사람들이 저마다 자기의 일과 구실을 가지고 있다는 사실이다. 말없이 기존의 질서에 의하여 나누어지는 자기의 몫을 어떤 일이 있어도 해내지 않으면 안 된다. 영화 속에서 폭군 네로의 배역을 하는 배우처럼 능수능란한 이 중사만이 아니라 머지않아 감방장이 될 정 하사, 아직은 그 생활에 서툰 순열 씨, 그리고 그 이외의 모든 작중인물들이 다 부지런히 제 역할에 충성을 다하고 있는 모습을 작가는 보여준다.

온순하고 유식하기 때문에 감방장이 선생이라고 불러주는 순열 씨는 이 소설의 의견을 대표하는 사람이지만, 이 소설이 끝나도록 우리가 그에 대하여 알 수 있는 자료는 '탈영 및 항명'이라는 막연한 죄명밖에 없다. 사건이 전개되어 나가면서 순열 씨의 부드럽고 어색한 태도와 대조되는 굳센 사람이 나타나는데, 이 사람이 정철훈 하사이다. 정 하사는 순열 씨가 하는 일에 대놓고 핀잔을 주고 불만을 표시한다.

이 두 사람의 대립은 우리의 기대감을 충분히 자극한다. 정 하사는 월남에서 양민을 학살했다는 죄목으로 복역하고 있다. 재판정에 섰을 때 사형이 아니라 무기가 언도되자 일어나서 만세를 외친 사람이며, 전도를 하러 온 목사에게 '너도 도둑놈'이라고 욕을 할 정도로 죽음과 귀신을 겁내지 않는 사람이다. 작가가 그에 대하여 더 많이 알려주면 더 많이 알려줄수록 우리가 그에게 대하여 느끼게 되는 소격감도 더욱 심하게 커진다.

이 두 사람의 대립과정은 끝내 싸움으로 발전한다. 순열 씨의 이야기에 자주 걸려 나오는 관념 어휘가 정 하사의 귀에 몹시 거슬린 것이 싸움의 계기가 되었다.

> 그럼, 그렇게 말하면 됐지, 왜 선택이니 고정관념이니 어려운 얘기로 개수작 떠느냐 이거야? 난 하려고 했는데 안 되더라 이거지. 그거 쪼다들이 하는 얘기라구. 난 내 맘 꼴리는 대로 했는데 뭘. 당신이 말하는 그 선택을 했다 이거야.

이 소설의 훌륭한 점은, 정철훈 하사의 무섭고 모진 점들을 하나씩 들어나 가던 일정한 진행선상의 끝에서, 그러니까 정 하사의 이미지가 더할 수 없이 크고 사나와진 곳에서 두 사람의 대립이 역전되는 데에 있다. 순열 씨가 뜻밖에도 정 하사에게 온몸으로 격분을 터뜨리는 것이다. '뜻밖'이긴 하지만, 우리가 자세히 반성해 보면, 이러한 소설의 절정을 향해서 작가는 세심하게 여러 면에서 준비해 왔음을 인정하지 않을 수 없다.

　　당신이 선택했다구?……그래, 십사 년도 당신이 선택한 거요? 그렇지는 않겠지. 한마디로 '당신은 쫓겨다녔을 뿐이요. 당신은 마치 옛날 왕십리에서 동대문까지, 동대문에서 청량리까지 구루마를 끌고 쫓겨다녔듯이 그 이후로도 계속 쫓겨다녔단 말요. 당신은 흡사 궁지에 몰린 쥐새끼처럼 이리저리 쫓겨다니다가 이윽고는 함정에 빠졌다 이거요. 당신이 선택한 건 하나도 없다구. 당신은 이렇게 말했지? 나는 그 여자를 미워하지 않았는데 그 여자가 나를 증오하는 눈초리로 쏘아 보기에 한방 더 갈겼다구. 그것 봐요, 그건 충동에서 나온 행동이지 선택이 아니다 이거요. 당신은 실컷 쫓겨다니다가 함정에 빠진 거 아니요?

이 말은 자유가 극단적으로 압박되어 있는 장소에서 샘솟아 나온 자유선언이라고 할 수 있다. 일체의 가식과 허위와 고식(姑息)과 준순(逡巡)이 제거된 전신전령의 호소이기 때문이다. 송영은 감상적인 작가들처럼 정철훈을 그 자리에서 감동하게 하지 않는다. 험악한 기세를 그대로 유지하게 하며, 그날 밤 잠자리 속에서 생각하게 한다. 우리들은 모두 '생각'의 무서운 힘을 알고 있다. 그날 밤 정 하사는 아무런 질문도 없이 살아온 자기의 삶에 너무나 석연하지 않은 문제들이 있는 것 같음을 깨닫게 된다. 밥걱정이 없는 감방을 벗어나, 할 수만 있다면 다시 굶주림에 직면해서 새로운 결심으로 분투하게 되기를 희망하며, 그는 상고를 하기로 작정한다.

불침번을 서던 순열 씨가 짐승마냥 끼룩거리며 우는 장면으로 이 소설은 끝난다. 결국 두 사람의 표면적인 대립은 심층에서 사랑으로 결합된다. 그들 사이에는 애초에 대립이란 없었던 것이다.

송영이 그리는 주변공간은 '갇혀 있는' 세상이다. 갇혀 있다는 것은 상황의 압력이 완강하다는 의미이며, 따라서 갇힌 사람은 극도로 긴장하지 않을 수 없고 그의 눈초리는 주도하지 않을 수 없다. 송영의 소설에 나오는 작중인물은 모두가 '순수하긴 하지만 순진하지는 않은' 사람들이다.

「계절」과 「님께서 오신 날」과 「당신에게 축복을」은 군대 감방을 배경으로 하면서, 사건의 시간 순서로 보아 「선생과 황태자」의 앞뒤에 관련이 닿는 작품들이다.

탈영병을 체포하여 신고하러 가다가 도망칠 염려가 완전히 가시면 짐짓 방면해 줄듯이 거짓말을 하고 나서 영창에 넣는 상사의 이야기. 재소자들에게 부여된 물품을 가로챈 후에 일어날지 모르는 반발에 대비하여 한결 위협적인 언동을 더 가하는 교도소장의 이야기. 장교 감방과 사병 감방 사이에, 또 같은 영창 안에서도 사람에 따라 평등하지 않은 법의 이야기. 이들 충격적인 내용이 우리에게 쉽사리 전달되는 것은 작가의 태도가 침착한 데에도 이유가 있겠지만, 우리들 사이에 잠잠히 용납되고 있는 '그릇된 질서'를 송영이 분명하게 파악하여 제시하고 있다는 데에 본질적인 원인이 있을 터이다.

다만, 좋은 작품을 써 놓고서도 사소한 곳에 주의를 하지 못해서 실패한 소설이 「당신에게 축복을」이다. 두 개의 이미지를 병렬하는 시적 결구인데, 그 두 개의 이미지가 다 살려면 첫 이미지에만 해당되는 현재의 제목을 바꾸고 두 개의 이야기에 각각 번호를 붙여 구별해 놓았어야 했다. 기호를 쓰기 싫어하는 송영의 버릇 때문에 어쩔 수 없었던 것이라고 이해가 되기도 한다.

그런데 송영의 소설에 나오는 작중인물은 감방에만 갇혀 있는 것이 아니다. 「중앙선 기차」의 혼잡한 기차도 영창에 못지않은 기세로 윤리적인 폐쇄성을 드러내며, 「시골 우체부」에는 시골 자체가 감방보다 더 황량한 감옥이 되고 있다. 「삼층집 이야기」의 오 여사와 「미끼」의 변리사도 힘을 모아 착한 마음을 무너뜨리는 감방의 한 구성요소가 되고 있으며, 「마테오네집」에는 투박스러우나 어진 사람들이 어떻게 가난하고 답답한 세계에서 저들의 선의를 방해받는가 하는 사태가 묘사되어 있다. 이미 「투계」에서 송영은 종형에 대하여 애착과 두려움이 섞여서 움직이는 한 작중인물의 착잡한 심리를 보여주었으나, 가벼운 기차 사고에 찬송을 부르며 도취하는 광신자(「中央線 汽車」)와 조용히 기도하며 자신의 삶을 지키는 가난한 사람들(「마테오네 집」)을 비교할 때에 우리는 여기서 기독교에 대하여 송영이 지니고 있는 양면적인 태도를 엿볼 수 있다.

「미끼」에는 작가의 분노가 드러나 있다. 섬세하고 꾸준한 고군분투로 고안한 상품의 특허 신청을 '교제비'가 모자란다는 이유로 좌절시키는 세도 좋은 양반들에 대한 고발의 서(書)이다. 그들의 모든 행동을 '순간적인 연기'라고 간취하는 작가의 눈은 '솔직함이 풋내기의 증명이 되는' 우리 상업 문명에 대한 준열한 비판이다. 송영의 항거는 목소리가 낮은 데 반비례해서 타협 없는 결의에 물들어 있다.

갇혀 있다는 사태는 인간이 참고 견뎌낼 수 있는 상황이 아니다. 인간의 본성은 그러한 사정을 변혁하지 않고는 내버려 두지 않을 것이다. 쉽게 풀어지는 해답은 없을 터이지만, 그렇다고 하여 우리가 문제를 포기하고 밤잠을 아끼어 가슴을 뜨겁게 하기에 게을러서도 안 될 일이다.

송영도 이러한 과업 앞에서 우선 섣부른 은혜를 거부한다. 길에서 따라와 재롱을 부리는 스피츠를 내다 버리는 「창백한 겨울 이야기」는 마치 "사랑은 쓰디쓴 고통 속에서만 가능하다. 풍성한 사랑은 거짓이다"라고 말하는 듯하다. 이러한 관점에서 볼 때, 춤추는 중년 여인들(「中央線 汽車」)이 거부되어야 할 것은 당연하다. 광기와 도취는 문제를 흐리게 할 뿐이다. 「미화작업」의 주인공은 자기의 허술한 집에 큰 창을 달아놓는다. 창은 꿈이다. 동회 서기가 와서 창만 없애면 철거하지 않겠다고 말한다. 작중인물은 자기 집이 창고가 아니라는 사실을 보이기 위하여 창을 굳이 해 놓았는데, 세상은 그에게 창고에선 살아도 좋지만, 집이 되면 못쓴다고 강요한다. 물건처럼 살게는 놓아두겠지만, 사람답게 살아서는 못쓴다는 것이다. 꿈이란 사태를 바꾸기에는 너무 나약한 것인 모양이다.

「당신에게 축복을」에서 송영은 좀더 적극적인 대응방책을 강구해 내었다. 폐병 3기인 채 영창에 들어와 있는 늙은 하사관과 세 명의 상관을 사살하고 재판에 계류 중인 병사의 태도이다. 그들의 죄 자체를 법의 입장에서 보고 두둔하는 것은 전혀 아니지만, 송영은 그들의 태도에 비상하게 주목한다. 감방의 규율과 검찰관의 멸시에 객기를 부리거나 회피하지 않으면서 자기의 초라한 삶을 완강하게 사랑하는 두 사람을 '삶을 체념하지 않는 겸손한 사형수'라고 부를 수 있다.

그러나 송영의 소설 전체에 두루 스며 있는 집념은 희망 없이 계속하는 완강한 '직업의식'이다. 「투계」에서 닭싸움에 몰두하는 종형의 행위가 이와 비슷한 것인데, 희미한 조짐에 지나지 않던 이러한 경향은 뒤에 와서 「시골 우체부」의 늙은 우체부, 「미끼」의 장난감 고안자 등으로 널리 번져 간다. 어떤 경우에나 이렇듯 자기의 일에 골몰하는 사람들은 모두 세상에 자기 얼굴을 드러내기 두려워한다. 집요한 '일꾼 의식'은 자신 없는 사람들이 세상의 감옥에서 살아가는 유일한 길이라고 송영은 믿고 있는 듯하며, 소설을 쓴다는 일에 대한 송영의 생각이 바로 이러한 것인 듯하다.

송영의 소설집을 읽으면서 두 가지 위험한 점을 찾아낼 수 있었다.

송영의 말투가 성공하는 것은 그것이 현재시제로 진행될 때인 듯하다. 치밀하고 섬세한 사고의 과정이 제거되면 그의 소설은 독백의 성격을 상실하고 긴장을 놓치게 되고 만다. 「생사확인」, 「원주민」, 「무관의 빛」 등 6·25를 소재로 한 작품들은 송영 소설의 강점을 약화시키고 있는 것 같다. 어린이의 눈을 중심으로 전개되는 서술 속에 "그렇지만 난생 처음 보는 이 기호식품의 용법을 우리들이 알고 있을 까닭이 없었다"(194面)라는 말이나, "불쑥 꺼내 보이는 그 무기는 도리어 불구인 녀석의 신체적 결함을 잘 메워주는 것이라고 나는 생각했다"(209面)와 같은 어휘가 나오는 것도 피해야 한다. 이러한 것은 정도의 문제로서 이 소설들이 작품으로서 큰 결함을 지니고 있다는 것은 물론 아니다. 송영의 소설이 실패하는 것은 차분한 호흡이 제거되었을 경우이다. 이야기가 될 것 같으니 한번 건드려 보자는 따위의 생각은 송영의 체질과 안 맞는 것일 뿐 아니라 모든 소설가들이 적으로 삼고 싸워야 할 대상이다.

②『한국문학전집』 제75권(1972, 三省文庫)에는 이청준의 소설「조율사」와 「꽃과 소리」가 실려 있다.

소설은 수필적인 요소와 연극적인 요소를 가지고 있다. 소위 요약적 제시와 장면화의 수단이라고 부르는 것이다. 수필의 요소는 극화되어 연극의 요소를 보충해 주지 않으면 좋은 소설이 아니라고 흔히 이야기되어 왔다. 제임스 조이스는 연극을 최고의 예술이라고 하면서, 작가는 상연에 무관심한 채 돌아누워 손톱을 깎을 수 있다는 말을 했다. 「꽃과 소리」는 극적인 효과를 잘 살리고 있다. 가화(假花)장수는 향기로운 꽃을 그리워하던 누이를 추억하고 있으나, 그의 누이는 지금 바람만 피우러 다니며, 그의 아내도 안마사에게 위안을 받는다. 엿장수·청소부·화장품장수·아궁이 소제부·두부장수·안마사 등은 분명히 어딘가에 소용이 되어서 있을 터인데, 거의 모든 사람에게서 외면을 받고 있다. 이들이 벌이는 애환도 그 자체가 하나의 연극이 된다. 연극의 흐름을 전혀 이해하지 못하는 한 남자와 동석하여 관극하다가 여자가 갑자기 무대 위로 뛰어드는 데서 일어나는 객석의 혼란까지 모두 미리 계산해 놓은 연극의 일부가 된다. 이 소설은 윤가화와 서술자의 행복한 데누망까지 전체가 하나의 큰 연극으로서 효과 있게 기능적으로 활동하고 있다. 다만 제3장의 학예회 이야기는 작품에 변화를 주는 것도 아니고 공연히 인상만 혼란시키고 있는 듯하다.

가화를 바쳐서 실연하는 가화장수의 누이와 가면을 벗고 나타나 실연하는 화장품장수의 이야기는 이러한 극적 효과를 통해서 우리에게 제시되고 있기 때문에 '자기를 속이지 말라'는 의미를 융통성 있게 암시할 수 있는 것이다.

이에 반해서 「조율사」는 지나치게 자기 진술에 접근해 있다(자연인 이청준과 서술자를 혼동할 정도는 아니지만). 우리 사회에서의 지식인의 문제를 정당하게 제시한 지훈이 중도에서 후면으로 물러나고, 안팎의 조건이 그를 극단적 혼란에 밀어넣게 되는데, 결국 생활과 문학의 통속적인 화해로 적당히 처리된다. 또 윤경과의 이별, 배영인의 등장, 부산행, 연주가 아닌 조율, 외사촌 형에 대한 환상, 기차 속에서 만난 여자, 광고만 읽는 여사원 등 소설의 세부가 흐트러져 있어서 작품의 짜임새에 혼란을 주고 있다.

상한 위 때문에 단식에 들어가는 행위가 암시하는 '죽음과 재생'이 이 소설의 맥락이며, 노동하고 있을 때의 자기를 자기가 아니라고 생각하고, 휴식하고 있을 때의 자기만 자기라고 여기는 우리 사회의 소외가 소설의 핵심이 되고 있는데, 그러나 좀더 세심한 배려가 요청되는 듯하다.

『소문의 벽』(1972. 民音社)에는 「쓰여지지 않은 자서전」과 「소문의 벽」이 실려 있다.

「소문의 벽」은 편집인인 서술자의 잡지사와 하숙, 박준의 집, 그리고 술집과 R 잡지사 등으로 장소를 제한하여 사건이 전개된다. 박준과 우연히 만나는 데서 시작하여 박준의 행방을 잃는 데서 종결하기까지의 시간에 박준이란 소설가의 정신적 긴장을 뒤쫓고 있는 사건 진행이다.

서술자는 잡지사의 편집장으로서 잡지의 편집 역시 자기 의도의 진술이며 창조적인 작업이라고 생각하고 있다. 그러나 요즈음 필자와 독자와 편집인의 조화가 불가능해지는 듯하여 깊은 회의에 빠져 있다. 그 잡지사의 문학 담당 편집사원인 안 형은 외부의 조건에 전혀 간섭을 받지 않고 자기 신념에 따라 작품을 평가하는 사람인데, 작품이 지니고 있는 사회적 의미의 토대가 견고하지 않은 작품을 인정하지 않는 비평가이다. 김 박사는 정신과 임상의로서 자기의 과학적 방법에 확신을 가지고 있고, 박준의 치료에 임하여 조금도 당황하지 않는다. 박준의 누이와 어머니는 한 작가의 고뇌에 희생되는 사람들이다. 박준은 작품을 많이 쓰던 소설가로서 갑자기 발표가 뜸해지더니 자취를 감춰버린 사람인데, 우연히 박준과 서술자는 서술자의 하숙에서 만나게 된다. 서술자와 안 형은 동료직원으로서, 김 박사와 박준은 환자와 의사로서, 박준과 그의 누이는 가족으로서, 안형과 박준은 편집자와 집필자로서 서로 관계되고 있다.

일이 손에 안 잡힌다는 말이 자주 반복된다. 결국 직업에 권태를 느끼는 서술자가 박준에게 가지는 관심은 자기 권태의 이유를 찾는 일이 된다. 이 소설의 재미있는 변화는 점점 심해 가는 박준의 광증, 김 박사의 추궁 과정, 그리고 서술자가 검토하는 세 편의 소설이다. 가사 상태에 돌입하여 노동에서 도피하려던 작중인물이 마지막 이해자라고 믿었던 아내에게서 나무람을 듣고 정말 죽고 마는 이야기. 사장의 환락을 아무에게도 말하지 않으려고 애를 쓰다가 주의력이 산만해져서 직장을 그만두는 운전수들의 이야기. 6·25 때에 경관을 가장한 공비 앞에서 대한민국 만세를 부르다 학살당하고, 다음 날에는 우리 경찰 앞에서 인민공화국 만세를 부르다 다시 죽게 되는 이야기. 소설 속에 들어있는 이 세 편의 소설은 서로 깊은 맥락을 가지고 있다. 특히, 저녁에 들이닥친 괴한이 전짓불을 비추며 '너는 어느 편이냐'고 질문했을 때의 당황함은 작중인물의 생애를 좌우하고 있다.

서술자가 공감과 이해로 박준의 소설을 뒤쫓고 있는 데 반해서 김 박사는 자기의 객관적인 방법만으로 박준의 뒤를 쫓고 있다. 자기의 기본 전제를 가지고 박준을 비난하는 안 형을 부차적 인물로 보면, 이 소설은 김 박사와 서술자의 대조 위에 서 있다. 전짓불이 문제라는 것을 발견한 데까지는 김 박사와 서술자가 일치된다. 그러나 종잡을 수 없는 현실의 의미, 드러나지 않는 타인의 정체에 괴로워하는 박준에게 끊임없는 자기 진술을 강요하고, 끝내는 전짓불을 들이대어 고문하는 김 박사의 실패가 의미하는 것은 과연 무엇일까? 타인을 물체로 보지 않고 인간으로 바라보아 주는 비합리적인 인정, 공감, 사랑 같은 것의 중요함일 듯하다. 김 박사의 전짓불 앞에서 죽음을 각오하고 자기의 무지를 고백하여 전짓불을 감당해 낼 수 있을 만큼의 용기를 획득하게 될 수도 있다. 그것이 안 형의 말대로 현실의 더 깊은 파악을 가능하게 해 줄 수도 아마 있을 것이다. 그러나 주체성의 깊은 비밀을 이해하지 못하는 과학은 결국 일탈된 외향성의 길을 걸을 수밖에 없고, 대중의 소외를 오히려 조장하는 역할을 할 수도 있으리라는 것이 이 소설의 주제인 듯하다.

전짓불의 정체를 알 수 없다는 고민을 더 넓혀서 생각할 수도 있다. 양자역학에는 불확정성의 원리라는 것이 있다. 미립자의 질량과 위치를 동시에 측정할 수 없다는 것이다. 위치를 알기 위해 빛을 쬐면 빛의 무게가 가해져서 입자만의 질량을 알 수 없고, 빛을 끄면 위치를 알 수 없다고 한다. 사회현상과 인간현상에서 이러한 사정은 더욱 극심하다. 그러나 그러한 위험을 전제로 한 후에는 몇 가지 과학적인 방법론이 가능할 것이다.

「쓰여지지 않은 자서전」에 이르러 이청준은 가능한 신념을 획득하고, 적과 동지를 구별하고, 이 사회의 핵심에 접근하고 있는 듯하다. 예전부터 소설가의 임무는 훌륭한 작중인물의 창조에 있다고 말해져 왔다. 이청준은 이 소설에서 왕이라는 사람을 우리에게 소개한다. 왕이라는 말이 함축하고 있는 의미를 생각하라. 우리 시대의 왕으로서 이청준이 제시하는 인간은 지금까지 이청준이 고심하던 글을 쓴다는 문제, 중간계급의 노동문제 등에서 떨어져 나와 고통스러운 침묵에 의미를 주고 비순응적 투쟁을 극단화하고 있는 사람이다. 이 사람이 제시되기 위해서 마련되어 가는 세부들의 결합은 거의 완벽하다.

음식점과 제과점과 양장점과 다방이 유수한 여자 대학교 앞에 즐비하다. 이 부근의 세느라는 다방이 중요한 주변공간이 되는데, 이 주변공간은 집중적으로 분위기를 조성하는 구실을 한다. 이곳에는 마담이 보여주는 천박한 상업주의가 있고, '재미있다'·'시시하다'로밖에는 감정을 표시할 줄 모르는 여대생이란 스테레오 타이프들이 있다. 이들 사이에 왕이라는 사내가 나타난다. 수염도 깎을 줄 모르고, 머리도 만질 줄 모른다. 다방 구석에 와 앉아 커피 한 잔, 우유 한 잔을 시켜서 우유는 그 다방에 있는 고양이에게 준다. 그리고 앉아서 여자의 나상(裸像)을 목각(木刻)하고 있다. 내다보는 창 밖으로는 건너편 다방의 변소가 있고 여자들이 앉았다 일어났다 하는 모습이 보인다.

서술자는 이 사람을 소개하기에 앞서서 잡지사 기자인 자기의 생활을 이야기한다. 우국의 동지적 결속체인 내외사가 기울어져 가고, 그 분위기에 답

답도 하고 해서, 이번에는 판매량 증가에만 전념하는 새여성이라는 잡지사에 들어갔다. 장사가 잘 되어도 사원의 봉급은 그대로이고, 제복과 명찰로 규격화하는 강압만 심해진다. 소같이 무분별하게 일하는 노처녀들을 두고, 실속 없는 경영합리화가 추진된다. 다방 세느에 나오게 된 것은 견디다 못해 열흘간 휴가를 얻고 있는 동안이었다.

때때로 이준은 스스로 자신에게 정신분석가가 된다. 질문과 대답의 형식을 통해서 허기진 과거를 들춰내는 것이다. 점심을 굶고 날리던 연, 강의실에서 숨어 자던 대학 시절, 날고구마를 씹던 군대 시절, 복학하여 치른 저 단식의 기억. 그리고는 단식하던 때의 자세한 체험이 기록된다. 제일 배가 고픈 것은 첫날이다. 허기와 긴장 속에서도 그것을 견디는 쾌감이 있다. 사흘째부터 식염수를 마신다. 구역질이 시작된다. 풀잎새만 보아도 구역이 난다. 다시 며칠이 지나 한 사람, 두 사람 졸도가 시작되면 구역질도 느낄 수 없게 된다.

어느 날 왕이 식염수를 청한다. 천박하고 쑥스러운 여자 대학교 앞에서 고독하게 단식을 시작한 것이다.

여자가 피아노를 가르쳐서 겨우 연명하는 윤일이란 시인이 있다. 윤일과 여자는 서로 상대방에게 훌륭한 애인을 구해주겠노라고 약속하고, 그 약속을 실천하지 못하여 매일 싸운다. 서로 자신을 상대편 앞에서 모멸하고, 가끔은 육체를 나누는 이들의 관계는 여자의 자살로 끝난다. 왕이 단식하는 동안에 우유를 많이 먹어 고양이가 죽는다. 이들은 더 큰 죽음의 예비로 길을 닦는 세례 요한들이다. 이준, 윤일, 왕 등과 그 밖의 모든 사람으로 나누어져 있던 이 다방에 왕과 이준만이 남는다. 집요한 흥미를 왕에게 보이는 이준의 태도는 마치 구원의 실마리를 붙잡고 있는 테세우스와 같다. 이준의 하숙에 들른 왕은 한마디, 우리 시대의 진리를 내뱉는다. 왜 여인의 나상을 새기고 있느냐고 묻자 그는 이렇게 대답한다.

그녀들을……내 자리를 지키기 위해서 그녀들을……그리고 그녀들에게서 나를 견디기 위해서.

소설은 여기서 끝난다. 다음에는 이 진리를 손상되지 않도록 보존하는 길만이 남아 있다. 왕도 구역질이 언제 끝날지, 구역질이 끝나면 어떻게 되는지 전혀 모르고 있음을 밝혀준다. "그도 여러분과 같은 사람입니다." 왕이 죽었다는 소문을 듣는다. 이 말이 주는 너무 되바라진 인상을 꺼려, 어쩌면 살았을지도 모른다는 또 하나의 소식을 덧붙인다. 소설을 어디서 끝낼까? 왕은 너무 소중한 사람이니까, 건드리면 안 된다. 이준이 어느 신인 문예 작품 모집에 당선되어 소설가가 되고 열흘의 휴가가 사실은 파면이었음이 드러난다. 소설은 담담하고 산뜻하게 끝난다.

III. 거대한 뿌리

날마다 새로운 책들이 소개되고 새로운 문명 이론이 거론되어도 우리의 머릿속은 변하지 않는다. 우리 시대를 지탱하고 있는 것은 겉으로의 풍성함과 사교적인 예의밖에는 없는 듯하다. 이미 있게 되어버린 것들이 지배하는 우리의 노동과 사색은 광복 당시의 양상에 그대로 고착되어 있다. 주어진 권위에 대응하는 태도는 문학에서도 그 올바른 근거를 묻는 것이 아니라 사태를 합리화하는 방식으로 이룩되는 경향이 많았다.

우리 시대에 가장 중요한 문제는 어머니인 대지─민중의 일터에 우리 모두가 뿌리를 내리는 것이다. 소설은 공허한 수사와 세련된 몸짓을 버리고 소탈하게 대지로 나아가는 행위가 되어야 한다.

① 이문구는 독특한 문체를 구사하는 작가로 널리 알려져 있다. 그의 문체는 특수하다는 데에 그치지 않고 그의 이야기를 이야기답게 형상화해 주는 직능을 담당하고 있다. 문체 자체가 평범한 이야깃거리를 변형하며, 그 위에 예술적인 분위기를 생성해 놓는다. 거의 붙박이에 가까운 문체가 소재를 파

괴하고 재구성하면서 흩어진 작은 이야기들을 휘어잡고 결합하여, 한 편의 생기 있는 소설로 가라앉혀 놓는다. 속어와 비어, 욕설과 한자성어들로 잔치를 벌이는 그의 문체는 갑자기 중단되고, 돌연히 비약하며, 안개에 젖어서 감돌고 휘돌아 끝없이 흐른다. 그러한 안개는 한 편의 소설을 다 읽고 난 뒤에야 걷히는데, 우리말도 많은 주어들과 보어들, 그리고 그것보다 더 많은 수식어들의 안개에 덮여 있어서 서술어가 나와 한판의 담화를 마무리하려면 상당히 오랜 시간이 걸린다. 그러므로 이문구의 문체는 우리말의 특성을 확장한 것이라고 생각할 수 있다. 고상한 토론에서 비속한 육담에 이르는 대화 속에서의 낙차도 그러한 문체에 의지하여 시적 운율감까지 띠면서 전개된다.

그의 소설에는 치밀하게 계산된 사건의 진전이나 섬세한 결구가 없다. 민담과 흡사한 양식으로 그의 소설은 풀어져 있으면서 강력한 극적 효과를 창출해 낸다. 사건들 사이의 관계보다 문체가 더욱 큰 직능을 담당하는 것이다. 사건진행은 비슷하나 이야기꾼의 말투에 의지해서 한판의 이야기가 성공하기도 하고 실패하기도 하는 민담의 경우와 같다.

『엉겅퀴 잎새』(1977, 悅話堂)에는 무리하리만큼 많은 사건의 토막들이 혼합되어 있다. 부동산 투자, 위장 이민, 재수생의 방황, 다방에서만 하는 우국. 이러한 몇 개의 에피소드만 하여도 그 결합이 용이하리라고 예상할 수 없을 듯하다. 그러나 이문구에게는 이러한 일이 손쉽게 이룩된다.

다리를 못 쓰는 필석은 허구한 날 시나리오를 매만지고 있다. 그러나 그 시나리오는 행인들의 구두를 묘사하는 발단에서 맴돌며 앞으로 나가지 못한다. 건강한 보행에 대한 열등감의 투사이리라. 무기력하게 유영(游泳)하는 필석의 성격 속에다 이문구는 고상함과 저속함을 동시에 지닌 그 특유의 넓이와 부피를 마련해 놓았다. 주견이 뚜렷하지 않으면서도 모든 일을 담담하게 받아들일 수 있는 사람은 서술자로서 적합하다. 그의 방 안에는 상황의 압력을 상징하는 듯이 박제된 독수리가 도사리고 앉아 있다.

연대참모로 제대한 후 여당의 주위에 기생하는 아버지, 퇴직금을 전취하여 땅장사에 나선 어머니, 대마초를 피우며 방황하는 필용, 그리고 이복형제들 사이에서 엉겅퀴 잎사귀처럼 강인하게 성장하는 필례. 필석을 제외한 이들 모두는 우리 시대, 서울의 중류사회를 구성하는 군집의 한 전형이다. 독수리는 이들이 스스로 형성하고, 스스로 짓눌려 괴로워하는 어두움을 상징하고 있다.

산전수전 다 겪고 난 부모들은 걸쭉한 육두문자를 서슴없이 주고받으며, 아우 필용은 절제 없는 이성 교제로 여자에게 아이를 배게 해 놓는다.

무관심 속에 방치된 채 자라난 필례는 이 나라, 서울에서의 삶을 받쳐줄 터전을 찾지 못하고 있다. 공허 가운데서도 그 여자는 필용이와 같이 일탈하거나 필석이처럼 무기력하지 않다. 필례는 심연을 바라보면서 오히려 용기가 헌앙하다. 부모와 맞서 능히 버텨내면서 면밀하게 이민을 계획하고 실천해 나간다. 살아내야 할 이유가 없으면 스스로 그 이유를 만들어내야 한다. 이 땅에서 마음 대일 곳을 찾지 못하였으므로 미국에 가려고 하는 것이나 그 일에 실패하더라도 필례는 힘차게 생활할 수 있을 것이다. 생명의 고양이 가장 값진 것이며, 삶을 질식시키는 것은 순응과 준순(逡巡)임을 그 여자는 알고 있다. 엉겅퀴 잎사귀는 아무리 밟아도 다시 고개를 쳐든다. 민중의 강인한 생명력이 또한 그러하다.

「녹수청산」에서 이문구는 우리를 질식시키려고 노려보는 독수리가 바로 분단의 현실임을 밝혀준다.

전쟁—나같이 어린 것은 더구나 꿈에도 상상 못해 볼 지극히 추상적인 것이었다. 허지만 그것은 전쟁은 내가 여태껏 겪어 본 사건들 중에서 가장 구체적이고 실질적인 모습을 하고 있었다.

부랑패류(浮浪悖類)의 하나인 대복이를 두고 이야기되는 「녹수청산」의 어조는 익살스럽다. 골계를 해롭지 않은 추악함 또는 비정상의 아름다움이라고 하면, 대복이는 골계적 범주에 적합한 작중인물이 된다. 골계적 분위기를 이루는 요소의 하나인 집단성도 이 소설 안에 잘 드러나 있다.

> 무찌르자 오랑캐 몇천만이냐 대한 남아 가는 데 초개로구나……가슴을 치고 통곡하는 노파, 아무개를 숨넘어가며 부르고 몸부림치는 노인, 땅바닥에 대굴대굴 뒹굴며 머리카락을 쥐어뜯어대는 아낙네, 제지하던 헌병에게 떠박질러 고꾸라지다 코피가 터진 여자, 헌병 다리 가랭이를 붙들고 늘어지며 대신 나를 데려가라고 사정하는 노파, 헌병 구두발길에 넘어졌다 일어나서 얼굴을 쥐어뜯으려고 덤비는 노파……전우의 시체를 넘고 넘어 앞으로 앞으로……우리 학교 전교생은 목통이 터져라고 노래를 불렀고, 호루라기 소리, 경찰관의 고함과 호통소리, 떠난다고 울어대는 기적소리, 젖먹이 아이들 우는 소리, 중고등학생들이 불고치는 북소리 나팔소리……동이 트는 새벽 꿈에 고향을 본 후 배낭 메고 구두끈을 굳게 매고서……노래를 불렀다. 기차가 움직이면 더욱 큰 소리로 노래를 불렀다. 만세를 부르고 박수도 쳐대고……기차가 엿가래 휘어지듯 산모롱이를 돌아가 버리면, 아무도 없는 빈 철길을 맨발로 뛰어 쫓아가며, 아무개를 부르다가 치맛자락에 밟혀 넘어지고, 다시 일어나 만세 만세를 외쳐대던 백발 노파의 울부짖음, 너울너울 춤을 추다 정신 돌아버리던 하얀 노파의 눈동자……우리들은 만세와 군가만을 신나게 불러대었다.

도둑질을 하여 감옥에 들었던 대복이가 인공 시절이 오니, 제철 만난 듯 뛰어다니는 것도 우습고, 여학생 순심이가 열정으로 당원 노릇하는 것도 우습다. 대복이가 순심을 범하려다 다시 갇히는 것도 우습고, 세상이 회복되자 풀려나와 "욧시 두구 봐. 뾝겡이 집구석은 종자를 싹 말려 버릴 텡께"라고 떠벌이는 것도 우습다. 이러한 광경을 드러내 보이면서, 이문구는 이들에 대하여 한 치의 변호도 하지 않는다. 어디에 감싸 줄 여지가 있겠는가? 그러나 이러한 이야기를 들음으로써 우리는 이 나라의 대지에 좀더 깊이 우리의 뿌리를 내릴 수 있게 되는 것이다.

② 『영자의 전성시대』(1974, 民音社)를 읽고 나서 책을 덮을 때에 머리에 남는 것은 그 투명한 문체이다. 조선작의 작품을 읽는 사람은 문체의 저항을

전혀 받지 않고 소설 안으로 들어갈 수 있다. 어휘와 문장은 그 자체에 대해서 아무런 주의를 끌어당기지 않고, 마치 공기와 같이 투명하게 직접 하나의 사건, 일련의 사건, 그리고 점차로 드러나는 의미를 그저 받아넘긴다.

예전에 문밖이라고 하던 지역을 지금은 변두리라고 한다(물론 중심에서의 거리는 더욱 멀어졌다). 「성벽」은 변두리 인생의 이야기이다. 서술자인 소년은 그네들이 어떠한 사정으로 인해서 시골을 떠나게 되었는가를 군소리 없이 이야기한다. 논 서너 마지기를 가지고 있다가 먹고 살 수 없게 되어 머슴살이로 떠돌았다. 우연히 곱상한 여자를 얻게 되었는데 얼굴값을 하려고 달아나버렸다. 여자를 찾아 다섯 해 동안 헤매다 보니 서울에 살고 있었다. 담담한 어조 뒤에서 우리는 토박이들의 뿌리를 뽑아 팽개치는 농촌의 어떤 면을 엿볼 수 있다. 정 대일 곳이 없게 된 땅, 마음 깊이 간직한 투박한 소망이 폐쇄되어 버린 대지. 우리도 작중인물과 함께 흙에서 떠나 우리의 시선을 서울의 변두리로 옮겨 보자.

우리 아버지가 개하고 진짜로 그따위 엉터리없는 장난을 저질렀는지 어쨌는지, 그건 내가 알 바 아니다. 그러나 이미 그런 소문은 우리 둑방 동네에 파다하게 퍼져 심지어는 나까지도 싸잡아, 저 녀석도 혹시 개의 니노지에서 생겨난 자식이 아닐지 몰라, 하고 도매금으로 몰아때리는 사람까지도 있을 정도다. 그렇지만 니기미, 또 그렇다 해서 저들이 나를 어쩔 것인가.

개를 훔치는 일을 생계의 수단으로 삼고 있는 아버지가 그 직업에 바치는 정성과 숙련의 도저함이 여러 차례 진술된다. 소년의 아버지와 대비되는 사람이 탱보의 아버지인데, 자전거 수리를 하는 한편 자전거 도둑을 부업으로 하고 있다. 탱보의 아버지는 교도소로 가고, 소년의 아버지는 중풍으로 쓰러진다. 이 두 사람의 끝장은 변두리 인생의 공통소가 된다.

어른의 세계가 서로 유사하듯이 소년과 탱보의 생활도 흡사한 모습으로 전개된다. 학교를 그만두고 나서 적당한 밥벌이를 익히면, 성적 욕구와의 씨름에 뛰어든다. 서울 변두리라는 주변세계 앞에서는 온갖 교훈이 부질없다. 성병도 두려워하지 않는 성 집착이 영원히 채워질 수 없는 갈망이듯이, 자전거를 수리할 줄 안다거나 주저 없이 몸을 팔 수 있다는 것이 위태로운 밥벌이임은 면할 수 없다. 그런데도 이들의 삶이 밥술이나 뜨고, 눈치깨나 본다는 사람들의 생활보다 더 든든하게 여겨지는 이유는 무엇일까? 아마 스스로 의식함이 없이 실천하고 있는 인간적 '연줄' 때문인 성싶다.

> 탱보의 거센 말투로 보아서는 탱보는 진짜로 누나를 그 부둣가에서 만난 모양이었다. 나는 호흡이 꽉 막히는 듯한 느낌이었다. 부둣가에서 누나가 무엇을 하는지 나로서는 자세하게 알 수 없는 일이었지만, 만약 탱보 같은 사내들과 입을 맞추거나 궁합을 맞춘다는 것이 사실이라면 니기미, 우리집도 이제 볼장 다 본 판일 것이다. 내가 새파랗게 죽은 낯빛으로 서 있는 것을 보고 탱보는 내 눈길을 피하며 말했다.
> "흥분할 것 없어. 네 누나는 곧 내가 데려다 살 테니까. 너도 곱살이 껴 주지. 이건 진실이야.

튼튼하고 솔직한 사람들 가운데서 그 빛깔이 희미한 사람이 소년의 누이다. 탱보가 똥순이라고 부르는 그 여자는 화장지 포장공으로 취직이 되고 나서, 아버지에게 개를 훔치지 말아달라고 애원한다. 냉랭하게 주변공간을 돌아보고 자기의 삶에 의존하지 못하는 일종의 거짓의식은 새로운 창녀의 탄생으로 귀결된다.

「지사총」과 「영자의 전성시대」는 같은 사람들을 등장시켜서 특권 없는 자들의 애정을 다루고 있다.

철공장의 용접공인 주동인물과 창녀인 창숙은 둘 다 고아로 성장했다. 작중인물 주변의 일상사가 지극히 치밀하게 묘사되어 있다. 주동인물의 생각은 재단사 정도의 좀더 나은 일자리로 가득 차 있으며, 그를 붙잡고 있는 성가신 영장도 재미있게 이야기된다. 지사총의 초청장을 받고서 소집 영장이라고

오해하여 괴로워하는 것이다. 이것은 분단의 현실을 우리에게 다시 상기시켜
준다.

> "죽은 사람들은 무슨 죄를 지었는데요?"
> "사람도 원 딱하군. 죄를 지어선가 저들의 반대편이니까 그렇지……공무원들,
> 경찰가족, 지주들, 허긴 마찻군도 잡혀 죽였다더군. 인민군 부상병을 실어 나르
> 라는 동원이 나왔는데 안 나갔다가 반동분자로 몰렸다니까."

주동인물은 월남에 가서 일곱 명의 베트콩을 죽이고 돌아와 목욕탕 때밀
이가 되었다. 그때에 철공소 주인집 가정부였던 영자는 창녀가 되어 있었다.
버스 차장을 하다가 팔 하나를 잃어버려서 외팔이였다. 어째서 창녀만 이야
기하는가 하고 묻는 사람이 있을지 모른다. 그러나 우리는 스스로 파놓은 수
렁을 똑바로 바라보아야 한다.

> 그때 마침 백화점 칠 층에 있는 캬바레에서 춤을 끝내고 쏟아져 나오는 번듯
> 한 한 떼의 계집들과 마주쳤다.……씨발년들, 저들도 별 수 없이 앉아서 오줌이
> 나 갈기는 주제에 그렇게 호들갑을 떨게 무어야 하고 생각하며 나는 골목으로
> 꺾어져 들어갔다. 사실 나는 창녀가 아닌 번듯번듯한 계집들을 볼 때마다 괜스
> 레 심통이 피어올랐다.

높은 어른들의 눈에 띄면 안 된다 하여, 둑방 동네에 담장을 두르고 페인
트를 칠하는 사람들이 있다. 이러한 행위에 비추어 보면 변두리 인생의 생활
은 곧 그들의 도전에 대한 응전의 형태가 되지 않을 수 없음을 알게 된다.
늙은이건, 젊은이건, 배운 사람이건 거짓 의식이 몸에 배어 눈 가리고 덤벼
드는 세상보다는 창녀의 세계가 더욱 솔직하게 느껴지기도 한다. "아, 식모
살이라면 지긋지긋했어. 식모를 뭐 제집 요강단지로 아는지……하룻밤은 주
인놈이 덤벼들면 다음날은 꼭지에 피도 안 마른 아들녀석이 지랄발광이고."
변두리 생활의 강인함을 다소 과장되게 제시한 소설이 「모범작문」이다. 어

린애의 눈을 통해 차분하게 드러나는 세상에도 상당히 섬세한 그늘이 드리워져 있다. 서술자가 어린애이기 때문에 많은 사실이 산뜻하게 느껴지기도 하지만, 그의 말투 속에서는 어린이에 대한 우리의 통념을 비웃을 만한 변두리의 씨앗이 싹트고 있다.

색시 장사를 하는 이 아이의 집에서 제일 예쁘고 제일 독종인 근옥이의 이야기이다.

> 또 근옥이 색시는요, 술만 취했다 하면 송곳이나 못꼬챙이 같은 걸로 자기 팔목에 마구 금을 그어요. 그리고 피가 나잖아요. 그럼 혓바닥으로 싹싹 핥아먹으면서 "이건 안주" 그런대요 글쎄. 데데한 손님이라도 걸려들면 그 팔목의 생채기를 쑥 내밀며 "이것 안 보여" 하고 겁을 준다나요?

어찌 보면 근옥이는 자기의 삶에 밀착되어 있는 전형적 인물인 듯이 생각된다. 그 여자는 착실히 돈을 모으는 것이다. 그러나 제 몸에 스스로 상처를 내며 고통을 즐기는 행동은 약한 자의 과시에 불과할지도 모른다.

가정 방문 나온 소년의 선생을 제방에 끌어들인 근옥이가 급기야 자기를 방기하고, 장사에도 시들해지는 것에서 그 여자의 내면에 잠겨 있는 여리고 부드러운 마음씨를 파악할 수 있다. 근옥이의 행동은 분명히 잘못이다. 학생이나 기업가의 경우와 똑같이 창녀도 장난을 하면 벌을 받는다. 근옥이의 잘못은 사람답게 한 여자로서 살아보려고 한 데에 있지 않다. 선생에 대한 근옥이의 애정이 잠자면서 백인 여자를 꿈꾸는 흑인처럼 떳떳하지 않다는 데에 그 여자의 잘못이 있는 것이다.

조선작의 이야기를 넘어서 우리는 한 사람의 창녀가 아니라 창녀라는 제도에 대하여 생각해 보아야 한다. 사회학 자료들이 밝혀주고 있듯이 10년 이내에 신체가 철저하게 마멸되고 마는 이 직업을 그대로 내버려 둘 수는 없다. 이러한 문제도 우리 시대의 전체상에 대한 관심과 함께 뜨거운 가슴으로 추구되고 탐구되어야 할 것이다.

IV. 과거와 현재

소설을 작중인물과 주변공간의 변증법이라고 말할 때에 그러한 문맥 속에는 두 가지 의미가 포함되어 있다. 첫째 의미는 소설이란 개인의 느낌과 생각과 행동을, 다시 말하면 개인의 '지각'을 기술한다는 것이며, 둘째 의미는 개인의 지각을 넘어서 움직이는 작가의 의식이 소설 속에 스며들어 끝내는 '지각의 전체화'에 도달되어야 한다는 것이다. 소설은 개인의 이야기이지만 결국은 사회·역사적 함축을 지니게 마련이다.

최인훈과 박태순의 소설집을 읽으면서 그것들의 미학적 우열을 논하거나 현실성의 소밀(密疎)을 말할 수는 없다고 생각된다. 지금 여기서 논하려는 소설집에 한정해 놓고 볼 때, 두 작가의 작품을 구분하게 하는 것은 공간성과 시간성인 듯하다. 그러나 그것도 작품 자체의 성격이라기보다는ー작품은 어느 것이나 일정한 시대의 일정한 공간을 요구한다ー우리의 입장에서 그러하다. 이것을 풍속소설과 극적소설의 부류에 넣어 나누어도 무방하겠지만 언어학에서 말하는 용어를 끌어들여 공시적 소설과 통시적 소설이라고 하면 좋을 성싶다. 공시성과 통시성은 떼어낼 수 없으나 관점에 따라서는 구별할 수 있게 되기 때문이다. 하여튼 30년을 거슬러 올라가 광복 직후를 이야기하는 박태순의 소설과 60년대를 이야기하는 최인훈의 소설이 비슷한 혼란의 모습을 드러내고 있다는 사실은 여러 가지로 생각해 볼 만한 일이다. 20세기 전반기를 나라 잃은 시대라고 불러서 부분적 변화를 무시해 버리듯이, 광복 이후 통일까지의 우리 시대는 언젠가 하나의 역사적 명칭으로 불려지게 될 것이다.

□ 최인훈의 『소설가 구보 씨의 1일』(1977, 文學과 知性社)과 『크리스마스 캐럴』(1977, 文學과 知性社)을 읽으면 그의 세련될 대로 세련된 언어에 깊은 느낌을 받을 것이다. 낱말 하나하나가 섬세하게 다듬어져서 제

자리를 찾아 놓여 있고 문장 하나하나가 다른 문장과 교묘하게 서로 얽혀
져 운동하고 있다. 차갑고 매끄러운 언어들이 깨끗하게 고정되어 반짝이
는 이 소설들에서 언어는 언어로서 그만이며, 다른 아무것도 아닌 듯이 여
겨지는 절대적 순수함까지도 맛볼 수 있다. 그의 소설을 자세히 읽으면 관
념적이라고 하는 통념이 그릇된 것임을 알게 된다. 그러나 언어가 아무리
황홀한 것이라 하더라도 독자는—불행한 일이지만—언어를 넘어서서 그것
의 옆으로 뒤로 시선을 돌리게 마련이다. 최인훈이 언어를 넘어서 흐르는
현실의 강물을 언어의 끈으로 견고하게 잡아놓은 방향의 반대편으로 독자
의 시선은 움직인다.

　「크리스마스 캐럴」에서 철과 아버지와 누이가 나누는 대화는 마치 선문
답(禪問答)을 방불하게 하는데, 사소한 말의 실수와 어눌함까지도 계산이
되고 다듬어져 있다. 따뜻한 가족의 연줄을 부여잡고 주고받는 이야기 속
에는 뜻밖에도 우리 시대의 고뇌가 함축되어 있다. 자기 의견을 온전히 갖
추고 있으면서도 늘 자신이 없는 아버지는 현대화된 조선시대의 문화를
대표한다. 고풍의 유한함과 의젓함을 지닌 채로 통일과 민족을 논하는 태
도는 볼 만하다. 누이는 이러한 집안의 가풍에 어긋나지 않는 한계 안에서
기독교와 팻 분(가수 이름)을 동시에 받아들이고 있다. 이들은 아마도 우
리가 상정할 수 있는, 노년과 청년의 바람직한 모습이리라. 그러나 현실적
인 문제 앞에서 '글쎄요'를 되풀이하는 철에게는 일정한 의견이 없다. 그의
견해는 일상의 대화로 표현하기에 적합하지 않은 것이다. 철의 생각은 변
증법과 키르케고어에서 시작하여 아버지도 딱하게 여기는 낡은 말투에까
지 미친다. 누이보다 더 새롭고 아버지보다 더 오래된 견해들을 뒤섞어 지
니고서 그는 의젓하지 못하게 흔들린다. 팻 분을 사랑하지 못하지만 군자
라는 말에서는 귀신을 느끼는 철은 옛 문화와 새 문화를 다 받아들이지
못하는 일면도 있다. 전통문화와 근대문화 사이에서 찢겨지고 있는 한 인
간의 영혼을 최인훈은 언어만을 가지고 드러내 보이려고 하는 것이다.

　「크리스마스 캐럴」Ⅰ·Ⅱ·Ⅲ은 이러한 정신의 분규를 가족 사이의 한화

(閑話) 형식으로 제시하고 있다. 우리의 잔치가 되기는 하였는데, 아직도 낯
섫이 가시지 않은 크리스마스는 곧바로 우리 문화의 현상을 반영하고 있다
고 최인훈은 생각한 듯하다. 부자유친이란 생각과 오이디푸스 왕의 이야기가
한데 섞여 있는 사고형을 크리스마스란 말이 주는 느낌으로 붙잡아 보려는
시도인 것이다.

이러한 고찰은 「크리스마스 캐럴」 Ⅳ에 와서 탐구의 자세로 전환한다. 유
럽의 오래된 도시 R에 와서 서양사를 공부하고 있는 철은 한국에서 생각하
던 것과는 전혀 다른 내용의 유럽을 본다. 그들에게 있어서 서양문화는 보편
적인 것이 아니었다. 기대승이 이황의 얘기를 할 때와 같이 그들의 피와 숨
결이 배어 있는 것이었다.

　　이 튼튼한 심줄과 굵은 손가락 마디를 가진 노인들에게 학문은 무슨 막연한
　　것이 아니고, 그 손가락으로 주무르고 이기고 꿰매는, 아교풀이고, 암말의 허벅
　　지 안가죽이고, 쇠못이고, 구두창이었다. 학문은 그들에게는 논리적 조작이 아
　　니라 손에 익은 수공업이었다.

철은 여기서 무한한 거리를 느낀다. 그들의 기독교이며, 그들의 실존이지
우리의 기독교와 우리의 실존은 될 수 없다. 그렇다고 이황으로 돌아갈 수도
없다. 우리는 언제까지 이렇듯 흔들리고 있어야만 하는가? 먼 거리를 돌아
서 고향에 돌아온 철에게는 이제 아버지의 풍류한담이 전처럼 기쁘지 않다.
밤마다 겨드랑이에 이상의 날개가 솟아 방 안에 있지 못하도록 괴롭힌다. 밤
마다 통행이 금지된 서울의 거리를 헤매 다니는 철은 낮이면 견인주의자가
되는 돌이 원래 뜨거운 것임을 발견한다. 4 · 19와 5 · 16과 그 이후의 몇
년 동안 밤거리를 쏘다니던 철은 눈을 뜨는 깨달음을 얻게 된다. 이러한 문
화사적 혼란을 극복하는 길은 금기된 영역에 발을 들여 놓는 행위 가운데
있음을 알게 된 것이다.

허름한 가로등·과장·판자집·골목에 버려진 연탄재, 트럭들이 오징어처럼 다리미질해 놓은 쥐의 시체—이런 모든 것들이 나의 공주다. 나는 하렘을 순시하는 술탄이다. 나는 그녀들을 골고루 사랑한다. 나도 전에는 용모를 가려서 여자를 사랑했지만 지금은 여자면 누구나 사랑한다. 서울역 광장의 공중변소를 나는 사랑한다. 그렇다고 해서 내가 더러움에 치우치는 것은 아니다. 창경원의 차단한 고풍의 담을 못지않게 나는 사랑한다. 나는 그녀들 모두를 오르가즘에 올려놓기를 바란다. 그리고 내게는 그런 힘이 있다. 그녀들은 내가 만지기만 하면 벌써 색색 숨을 몰아쉬기 시작하는 것이다. 나의 하렘—나는 서울을 정복하였다.

이러한 행위를 나는 민주화라고 생각한다. 민주주의라는 고정된 실체는 없다. 이성과 상상력으로 실천해야 할 민주화의 과제가 있을 뿐이다. 최인훈은 언어를 가지고 나라의 민주화를 수행한 것이다. 이런 뜻에서 「크리스마스 캐럴」은 교양소설이다.

「소설가 구보 씨의 1일」은 1969년 겨울에서 1972년 봄까지의 15일을 계절의 순서로 가려내어 소설가 구보 씨의 생활을 지극히 객관적인 태도로 기술하고 있는 소설이다.

　　남자는 호주머니를 뒤적이더니 짤막하고 가느다란 종이 막대기를 꺼내 입술 사이에 꽂고 다른 손으로 네모진 작은 갑을 꺼내더니 그 속에서 끝이 동그스름하게 생긴 개비를 한 개 꺼내 들고는 경풍들린 듯이 그쪽 손을 달싹하려다가 그만두고는 그 갑을 주머니에 넣고 입술 사이에 끼웠던 막대기도 뽑아서 호주머니에 넣어버렸다.

이러한 객관적인 솜씨를 통해서 우리에게 가까운 모든 일이 독자와 작가에게서 동시에 거리가 멀어지고, 유리창을 통해 들여다보는 것처럼 낯설어진다. 구보 씨는 6·25 때 월남한 피난민이고 홀몸이다. 누차 반복되는 홀몸살이 소설가라는 말은 의미가 깊다. 고독하고 깨끗한 기분을 주고 있는 이 소설의 분위기는 그 반대편에 고뇌의 기록인 소설이 있어 긴장을 얻고 있다. 구보 씨가 만나는 하숙집 옥순네 식구·출판사 편집장·신문기자·시인·소설가·비평가·고향 친구들, 그리고 그들과 나누는 점심식사·작품의 심사·미술 감상·영화구경·낮잠·편지·기증받은 시집의 일별 등을 통해서 최인훈은 아리스토텔레스가 인간을 이성적 동물이라고 정의하듯이 소설가를 정의하고 있다. 소설가란 점심을 먹는 동물이고, 낮잠을 자고 양말을 사는 동물이고, 미국과 중국의 관계나 남북 대화에 대하여 다른 사람보다 별로 더 아는 것이 없는 동물이다. 그리고 무엇보다 소설가란 소설을 쓰는 동물이다.

서른이 다 가도록 하숙생활을 하고 있는 홀몸살이 월남민인 초점자 구보 씨는 사무치게 고향을 그리워한다. 이 소설의 뚜렷한 한 줄기 중심선은 실향과 사향이다. 고향을 잃은 사람은 고향을 만들어 내어야 한다. 구보 씨에게 새로운 고향은 생각과 생각을 잇는 줄, 다시 말해서 언어이다.

이 소설 안에 있는 모든 사건과 의견은 그 자체로서 절대적인 의미를 지니고 있지 않다. 사건들은 구보 씨의 삶의 가지 하나를 흔들고 날아가 버린다. 흔들림이 언어 속에 깊게 스며들 경우에만 사건은 진실한 것이 된다. 또 이광수와 이상에 대한 재미있는 해석에서 시작하여 예술과 현실, 추상과 구상, 통념적 도식과 고차의 도식을 논의하는 예술론도 이 소설의 일부분이 될 따름이다. 언어와 언어 이외의 이러한 세계를 구분짓는 기준은 무엇인가? 구보 씨가 친구들과 거의 의견을 공유하거나 교통하지 못하면서도 충분히 돈독하게 사귈 수 있는 것으로 미루어 볼 때에, 일상의 반복성은 언어와 무관하다. 구보 씨는 언어를 의견 교환의 수단이라고 생각하지 않는다. 최인훈에게 있어서 언어는 섬세한 질서의 대명사이다. 정치적인 사건은 구보 씨 자신의 반복되는 생활과 마찬가지로 영혼의 깊은 곳에 스며들지 못한다. 영혼의 섬세한 질서는 단테와 이중섭의 언어에만 담겨질 수 있다. 언어는 현실을 환골탈태(換骨奪胎)하여 노래로 변형시키고 놀라운 질서를 생성해 낸다. 참외가 익으면 꼭지가 떨어지듯이 언어 또는 이야기의 꼭지가 마무려지면서, 이 황폐한 현실의 한복판에 섬세한 질서의 세계가 창조되어 나온다.

그(이중섭)는 색채와 형태를 가지고 노래하는 것이 어떤 것인가를 손에 쥔다. 그는 자기 고향의 산천과 초목을, 짐승과 강가의 작은 동물을 통해서 노래한다. 현실을 압축한 예술적 이념형. 사람과 자연이 사랑과 노동 속에 평화를 즐기는 곳.

구보 씨는 섬세한 질서를 찾아 현실의 심층구조, 현실의 성감대에 도달하려고 노력한다. 탐색의 도정에서 그는 언어의 질서와 현실의 혼란 사이에 있는 커다란 '틈'에 압도된다. 감당할 수 없는 틈서리에서 괴로워하면서 구보 씨는 그 나름의 조화를 간직하고 있던 전통문화를 그리워한다. 조선의 선비들이 샤갈의 용필(用筆)을 꾸짖고 음기(淫氣)를 나무라는 모습을 상상하는 이유가 여기에 있다. 그가 옥순네에 하숙을 정하고 옮기지 않는 것도 서울 토박이의 조화 있게 정돈된 살림살이가 마음에 들기 때문이다. 광대 셰익스피어의 판소리 한 대목보다 무심히 읊조리는 아낙네의 노랫가락에 구보 씨가 더욱 감동하는 것도 같은 이유에 말미암는다.

이 소설의 마지막 장을 최인훈은 꿈속에서 만난 스님과의 대화로써 아름답게 종결한다. 우리 시대의 혼란을 극복할 수 있는 영원한 질서로서 전통문화의 꽃인 불교를 발견한 것이다. 불교의 이미지는 이 소설의 여러 곳에 되풀이되고 있다. "참 자기란 무엇인가 하는 질문을 세우고 자기란 것은 없다고 깨달은 생각의 높이와 굳세기는 이 누리의 끝에서 끝까지의 지름보다 더 강하고 크다." "사람들은 여기(절) 와서 서로가 형제임을 안다. 임금과 거지도 비로소 알아본다. 머리에 쓴 금조각과 몸에 걸친 누더기 때문에 가렸던 동기간의 표적을. 그뿐인가 산천초목과 새·짐승까지도 한 핏줄임을 알아본다. 옛날에 씨가 달라 팔자가 다른 줄로만 알던 시절에 사람이 짐승보다 낫게 사는 길을 지켜 온 샘터가 여기다."

「크리스마스 캐럴」과 「소설가 구보 씨의 1일」은 혼란에 임하여 쉽사리 벗어나려 하지 않고, 그 안에 빠져서 괴로워하지도 않고, 혼란의 모습을 찬찬히 들여다보며 그것을 가라앉히려는 태도로 씌어진 소설이다. 살기 넘치던

고려 명종조를 혼자서 지키면서, 가만히 바라보는 시선 하나로 피바람을 멈추게 한 지눌을 최인훈에 비교해 보아도 무방할 듯하다. 우리 시대를 살아가는 바른 길도 유변(有邊)과 무변(無邊)을 떠나서 공에도 잡히지 않는 자비행 이외에 다른 데에 있을 리 없음은 분명하다.

②『가슴 속에 남아 있는 미처 하지 못한 말』(1977, 悅說堂)에서 박태순은 가슴속에 묻혀 있는 소중한 한 부분을 담백하게 드러냄으로써 그의 개인적 생활사에 의미를 부여했을 뿐 아니라 우리 겨레의 고통에 가득 찬 역정을 긍정하게 되었다.

박태순은 마치 피난민의 현대사를 더듬어내려는 듯이 광복 직후 서울의 모습을 면밀히 그려 놓는다. 황해도 옹진군 가루개에서 민족주의의 총수 이승만 박사를 사모하여 월남한 권씨 가족은 집 없는 설움을 뼈저리게 겪는다. 집이 없다는 사실은 황량한 자연공간에 버려져 있음을 의미한다. 공간 자체는 다정한 것도 황량한 것도 아닐 터이나, 인간의 삶에 있어서 집이 없으면 공간은 적대적인 빛깔을 띠게 된다. 집을 이룩함은 공간의 일부를 자기화하는 것−오리가리 흩어진 삶에 깃들일 수 있는 초점을 마련하는 것이다. 권씨가 겨우 자기 집으로 얻어낸 용산 경찰서 부근 둔덕 꼭대기, 상문(喪門)이 든 절터에서 이 소설은 시작된다.

전차칸이 제 집보다 깨끗해 보여서 그곳에서 살고 싶어 하는 아이는 광복과 월남을 모르는 채로 이모들의 귀염 속에 자라난다. 길들지 않은 동네의 낯섦. 그러나 어린이의 시선은 세계와 화해하고 있다. 근원적인 것에 대한 믿음에 토대한 어린이의 티없는 시선이 바라보는 낯섦은 오히려 아름다운 그림이 되고 있다. 어머니와 세 이모를 통해서만 세상을 이해하던 태룡이의 눈에 다른 사람들이 세월과 함께 비쳐들기 시작한다. 그의 삶이 진폭을 지니기 시작한 것이다. 어떠한 거친 밭에서도 삶은 싹이 트고, 그곳을 자기의 점유물로 일궈낸다. 지각 속에는 부분을 넘어선 전체의 색채가 물들기 시작하고 사물은 인간화된다. 일체의 판단을 보류하고, 감성으로 모든 것을 수용하며, 또렷한 인상으로 전사해 놓는 어린이의 지각은 이 소설의 처음부터 끝까지 변함없이 지속된다. 이러한 시선을 더욱 강조할 필요가 있을 듯하다고 생각되지만, 이 소설의 기조가 유지되지 못하는 곳은 한 군데도 없다. 그렇기 때문에 부득이 풀어서 해석하는 다음의 논점들도 이 소설 속에서는 서정적인 효과와 함께 제시되어 있다.

이 가난한 동네에서 환자에게 침을 놓고, 뜸을 뜨고, 무료로 환약을 지어주는 허 노인은 독립전쟁의 한 졸병을 자처하던 이로서 지금은 한독당의 평당원이다. 반침략 정신으로 팔팔한 이 노인이 보여주는 어리석고, 우스꽝스럽고, 어딘가 시대착오적인 언행은 동정적인 어조로 이야기된다. 이 노인의 울분이 조금도 받아들여지지 않는 마을의 분위기는 작가 자신이 곤혹으로 느껴왔던 문제의 일단인 듯하다. 그러나 이러한 대 곧은 민족정신이 주변세계와 만나서 이루는 불협화와 위화감을 박태순이 정직하게 파악할 수 있었다는 것은 그의 작가적 성숙을 표시하는 증거가 된다. 허 노인과 맞서서 티격태격하고 가벼운 손찌검까지 주고받는 채 목사는 반봉건·친미주의의 한 전형이다. 낮고 더러운 곳에 사랑의 복음을 심으려고 단신으로 뛰어든 채 목사의 열에 뜬 생활은 냉정하게 기술되어 있으나, 그렇다고 부정적으로 이야기되는 것은 아니다. 태룡이는 채 목사가 주는 사탕과 구제품이 좋고, 그가 가르쳐 주는 유희가 즐겁다. 부작용의 물거품이 뿜어대는 속에서 스스로 알지 못하는 사이에 그릇된 흐름에 휩쓸려 들면서 허 노인과 채 목사는 서로 다투고, 따로따로 열렬히 살아 나아간다. 광복과 함께 온 그 순수한 기쁨의 시대에 통일과 독립, 또는 자유와 민주라는 신념에 매달려 사는 사람들의 가슴이 불타올랐을 것은 추측하기에 어렵지 않다. 그들의 개인적인 정열은 주변사람들의 괄시를 받으면서 조직적인 투쟁단체에 의하여 천천히 밀려나거나 포섭된다. 사람들은 몸이 아파 누워 있는 태룡의 어머니처럼 그들을 '모두 참 이상한 사람들'이라고 생각하거나, 광복될 때까지 김구나 이승만의 이름조차 들어보지 못했던 권씨처럼 태도 결정에 당혹하고 있다. 칙칙한 애정으로 결합되어 있던 태룡이네 가족이 이들을 외면하는 것은 그들의 태도 속에서 고향의 안온함을 발견할 수 없었다는 데에 그 이유가 있다.

그러나 낯익은 것만이 진리는 아니다. 엄마와 아내만을 염려하고 있는 이 가정의 한복판으로 조직적인 투쟁단체가 뚫고 들어온다. 반장 정갑두가 배급표를 내주면서 권유하는 대동청년단은 서북청년회·족청과 어깨를 나란히 하여 분단의 현상을 긍정하고, 철저한 반공을 실천적 태제로 주장하고 나선 단체이다. 이들의 행동을 현실에 서 정당한 것으로 만드는 사태는 남로당 지하조직의 광분한 활동이다. 삐라와 데모와 파업의 흐름이 이 동네에까지 스며들어 왔을 때에, 싸움은 허 노인과 채 목사의 티격태격에서 좌익과 우익의 생사를 건 투쟁으로 발전한다.

제2장 '불러도 주인 없는 이름'과 제3장 '산산이 부서진 이름'은 이러한 민족적 혼란을 한 마을에 집약하여 분단을 고착시키게 된 슬픈 노정을 기록하고 있다. 오해와 의심의 소용돌이가 불어닥치고 허 노인과 채 목사가 쓸쓸히 좌절하여 마을을 떠난 후에 또 한 사람이 이 동네에 나타난다. 태룡이의 외할아버지뻘 되는 주창만이다. 그는 개성을 중심으로 한 남북 밀무역에 가담하려 하고 있다. 그는 끝내 삼팔선을 넘지 못하고 북에 머물게 되지만, 환상 없는 타산 정신과 의리 있는 모험 정신을 지니고 있는 이러한 인간형이 광복 이후 현금까지 한국사의 주역을 맡게 되었다.

할머니에 대한 추억으로 종결되는 제4장 '사랑하던 그 사람이여'는 그 속뜻에 있어서는 아버지께 드리는 노래이다. 태룡이라는 왜식 이름을 오태로 바꾸어 준 아버지의 마음을 헤아리며, 서술자는 그의 기억 속에 남아 있는, 결코 잊을 수 없는 아버지의 말씀을 회상한다. 어린이의 시선과 성장한 어른의 시선이 융합되면서 아버지가 다른 사람들과 나눈 대화의 의미가 민족사적으로 확대된다.

　저 어린 것들을 데리고 처음 서울에 도착했을 때에는, 야 그 바다 굉장히 넓구나 하고 감탄두 했지만, 그러니까 사람의 바다가 말이에요. 그런데 그게 아닙다. 사람들의 바다, 어떻게 부글부글 끓고 있는지, 그 속에 휘몰아치는 파도와 폭풍에 어떻게 거덜이 나는지……바로 나 자신두 그렇게 조난을 당해서 게 거품을 품게 되었는데, 그러는 통에 저도 아지 못하게 밀리고 밀리어 그 막판에 왔다고 생각하게 되는군요. 어쩌면 이것이 원점일지두 모르겠습니다. 생의 최소한도의 요구 조건, 그것만이 막판에 남는 것 아니겠습니까? 그 원점에 비로소 처음으로 와 서게 된 것 같습니다. 원점에서 더 뒤로 물러설 데는 없으니까 이제부터는 앞으로 나아가 볼 수가 있을 것 같다는 말이지요. 나만 그런 게 아니고 다른 사람들도 그렇구 이 시대라는 것두 그런 것 같아요. 하여튼 나는 이제부텀은 앞으로 나아가 보려구 합니다. 원점이 확보돼 있으니까, 이 원점만 생각해 본다면 우리가 더 이상 퇴보하지는 않지 않겠느냐는 희망이 생길 것 같아요.

소설은 삼팔선을 넘어와 손자를 얼싸안고 '내 새끼'를 외치는 할머니의 품 안에서 끝난다. 언제까지나 '할머니'를 부르고 그 품속에 안겨 있고 싶던 그 할머니는 다시 이북의 고향으로 돌아간다. 우리 모두가 안겨서 응석을 부리고 싶은 통일된 내 나라는 아직도 바위처럼 말이 없다.

● 저자 ●

김인환(金仁煥) ·약력

고려대 국문과 졸업
고려대 대학원 문학박사
고려대 문과대 국문과 교수

·주요 저서

『문학교육론』,『글쓰기의 방법』,
『비평의 원리』,『상상력과 원근법』,
『기억의 계단』,『다른 미래를 위하여』,
『동학의 이해』

·주요 역서

『주역』,『에로스와 문명』

● 문학과 문학사상

• 초판 인쇄 │ 2006년 1월 2일
• 초판 발행 │ 2006년 1월 2일

• 지 은 이 │ 김인환
• 펴 낸 이 │ 채종준
• 펴 낸 곳 │ 한국학술정보㈜
          경기도 파주시 교하읍 문발리 526-2
          파주출판문화정보산업단지
          전화 031) 908-3181(대표) · 팩스 031) 908-3189
          홈페이지 http://www.kstudy.com
          e-mail(e-Book사업부) ebook@kstudy.com
• 등   록 │ 제일산-115호(2000. 6. 19)
• 가   격 │ 17,000원

ISBN   89-534-4451-9 93810 (Paper book)
        89-534-4452-7 98810 (e-book)